W0307275

Melanie Hinz

Nie genug

1. Auflage Juli 2012

Coverfoto: Shutterstock
Gestaltung/Satz: Melanie Hinz
Lektorat: Malin Wolf / Melanie Hinz

http://www.melanie-hinz.de/
E-Mail: hinz.melanie@gmx.net

Die Autorin bestreitet jede Parallele zu der Protagonistin Emma, abgesehen von ihrer Vorliebe für Erdnussbutterschokoriegel und Tattoos.

1.

Der Vorteil an meinem Job als Schriftstellerin? Ich arbeite beinahe ausschließlich von zuhause aus.

Der Nachteil? Da ich meist bis in die Nacht hinein schreibe und morgens in keinem Büro antanzen muss, spüre ich selten vor Mittag das Bedürfnis, mich angemessen zu kleiden. Wobei die Bezeichnung „Nachteil“ da auch relativ ist.

Es ist nicht so, dass ich lange im Bett bleibe. Ich starte meinen Tag nur gerne entspannt und langsam. Sehr langsam. Das wird allerdings zum Problem, wenn ich keinen Kaffee mehr habe. Den Tag ohne Kaffee zu beginnen, ist schlicht keine Option.

Zu meinem Glück sind die Verkäuferinnen im kleinen Supermarkt auf der anderen Straßenseite Kummer gewohnt, denn mein Anblick am Morgen ist wahrlich kein Vergnügen. Mehr als eine Jogginghose, ein ausgeleiertes Shirt und eine Strickmütze auf ungekämmten Haaren sind vor 12.00 Uhr einfach nicht drin. Nicht, dass es bei meiner Figur einen Unterschied macht, wenn ich mich in Schale schmeiße. Fatalerweise ist mein Job nicht gerade körperlich anspruchsvoll und hat mir einige überflüssige Kilos eingebracht, die meine von Natur aus rundliche Figur noch fülliger machen.

In den letzten drei Jahren hatte ich verdammtes Glück. Mein erster erotischer Roman übertraf alle Erwartungen des Verlags und geht inzwischen schon in die dritte Auflage. In meinem Genre taucht man nicht unbedingt in Bestsellerlisten auf, aber ich kann inzwischen gut davon leben. Meine Familie hat keine Ahnung, wie ich meinen Lebensunterhalt verdiene. Noch kann ich ihnen glauben machen, dass ich Schreibarbeiten für überlastete Firmen übernehme, denn wie soll man seiner Mutter erklären, dass man mit expliziten Sexszenen sein Geld verdient, ohne sie zu beunruhigen?

Seit einem halben Jahr wohne ich in einem Haus am Stadtrand von Mönchengladbach. Gerade arbeite ich an meinem siebten Roman.

Jedoch nicht ohne Kaffee.

Mein Name ist Emma Lennartz, aber ich schreibe unter dem Pseudonym *Gemma Lennart.*

Mit missmutigem Gesicht ziehe ich die Haustür zu meinem kleinen Stadthaus zu und schlurfe über die Straße. Es ist ein milder Septemberanfang, doch die ersten Anzeichen des nahenden Herbstes liegen schon überdeutlich in der Luft.

Ich stehe noch nicht ganz auf dem gegenüberliegenden Bürgersteig, als ich fast von einem Mountainbikefahrer platt gewalzt werde. Während ich kaum mein Gleichgewicht halten kann und mich gerade noch abfange, um nicht wieder rückwärts auf die Straße zu stürzen, bemerkt der Penner noch nicht mal, dass er mich fast getötet hätte.

„Mach die Augen auf, du blinde Nuss", rufe ich ihm hinterher. Er parkt in aller Seelenruhe sein Fahrrad am Radständer neben den Einkaufswagen und fühlt sich noch nicht mal angesprochen. Der Typ ist bedeckt mit schwarzen Tattoos, die perfekt mit seiner dunklen Haut verschmelzen. Seine kurzen, krausen Haare glänzen beinahe pechschwarz, nicht auf diese schmierige Art, überlagert von zu vielen Stylingprodukten, eher bedingt durch sehr gute Pflege.

Meine Berufskrankheit ist es, attraktive Männer anzustarren und zu verinnerlichen, aber dieser Typ hat mich fast umgefahren und es noch nicht mal bemerkt. So einer verdient keinen zweiten Blick.

Mit einem beleidigten Schnauben folge ich ihm in den Laden. Da er so nah vor mir geht, scanne ich ihn dann doch etwas genauer. Ein breites Kreuz und trainierte Arme, die aus seinem dunkelgrünen T-Shirt rausschauen, halten meinen Blick gefangen. Unwillkürlich verspüre ich den Drang, ihn in die Schulter zu beißen und gleichzeitig mal zu fühlen, ob sein Hinterteil so rund ist, wie es in der Jeans wirkt. Jede Wette, wenn er sich streckt, dann schaut der Bund seiner Boxershorts über den Rand seiner Hose, vermutlich gekrönt von einem verlockenden V, dessen Kontur ich mit der Zunge nachzeichnen möchte.

Ich schüttele mich aus meinem kleinen Tagtraum und steuere zielstrebig das Kaffeeregal an.

Die Kaffeebohnen fest unter meinen Arm geklemmt, schlendere ich am Süßigkeitenregal vorbei. Kaffee und Schokolade machen ein perfektes Frühstück.

Ich sollte wirklich mehr auf meine Ernährung achten, aber wenn ich mitten in einem Projekt stecke, dann habe ich einfach keinen Kopf dafür. Meine geliebten Erdnussbutterschokoriegel liegen natürlich wieder ganz unten im Regal. Vermutlich bin ich die einzige Kundin, die diese Sorte regelmäßig kauft. Ich knie mich hin, greife mir eine Packung und stehe mit einem Ruck wieder auf. Auf halbem Weg werde ich von einer soliden, menschlichen Wand ausgebremst. Warmer Atem pustet in meinen Nacken. Meine Nackenhaare stellen sich auf und ich stoße ein wenig damenhaftes „Umpf“ aus. Ehe ich wieder mein Gleichgewicht verlieren kann, halten mich zwei große Hände an den Schultern aufrecht. Ich drehe mich um und sehe in die braunen Augen des rücksichtslosen Mountainbikers, der gerade nach einer Tüte Gummibärchen greifen wollte. Jetzt erkenne ich auch die Ursache, warum er nicht auf mein Rufen reagiert hat. Er hat die Kopfhörer seines

MP3-Players in den Ohren und wird von dröhnend lauter Musik beschallt. Ich spüre die Hitze aus meinem Brustkorb in die Wangen aufsteigen und kann genau den Moment benennen, in dem mein Gesicht einer Tomate gleicht. Mit einer lässigen Handbewegung zieht sich der Typ einen Stöpsel aus dem Ohr und grinst mich mit zwei strahlend weißen und ebenmäßigen Zahnreihen an. Wenn ich die Hände freihätte, dann würde ich sie auf meine Wangen legen.

„Ich bin knallrot", platze ich heraus. Meine kommunikativen Fähigkeiten leiden offenbar sehr unter meinem Job.

Dieser tätowierte Riese lehnt sich zu mir und beugt sich über mich. Mein Herz setzt fast aus, bis ich kapiere, dass er nur nach den Gummibärchen hinter mir greifen will. Er zieht eine Tüte aus dem Regal.

„Das bist du, Pinkpants", wispert er in mein Ohr und zieht sich zurück. Er steckt seinen Kopfhörer wieder ins Ohr, zwinkert mir zu und lässt mich zitternd am Regal stehen. Er hat mich Pinkpants genannt. Ich muss nicht an mir runter sehen, um zu wissen, warum. Heute habe ich wirklich meine schrecklichste Gammelhose aus dem Schrank gezogen. Eigentlich sollte ich immer noch sauer sein, doch statt-dessen habe ich das tiefe Grundbedürfnis ihn anzuspringen und zu reiten wie ein Pony.

Meiner letzter Sex ist eine Ewigkeit her. Genauer gesagt, die letzte schlechte Nummer liegt mindestens vier Jahre zurück. Die Sexgöttin bin ich nur auf dem Papier und ein wirklich guter Fick existiert bis jetzt nur in meiner Fantasie. Was das angeht, bin ich wirklich verzweifelt. Nur bin ich mit meinem Körper in keiner Position, mir zu nehmen, was ich möchte. Mit einem resignierten Seufzen schüttele ich mich aus der Starre, die mir dieser Typ verschafft hat, und gehe zur Kasse.

In der Hoffnung, einen kreativen Schub durch diesen visuellen Anreiz zu haben, setze ich mich zuhause direkt wieder an mein Manuskript. Doch es will heute nicht so klappen, wie ich es mir wünsche. Meine Charaktere langweilen mich und irgendwie habe ich mich an diesem Punkt der Geschichte verrannt. Entnervt gebe ich für diesen Vormittag auf. Ich mache mir eine neue Kanne Kaffee, nehme mir einen zweiten Schokoriegel und checke meine E-Mails. Neben den üblichen Werbemails und einer Anfrage meiner Agentin über den Fortschritt meines Manuskripts habe ich eine neue Freundschaftsanfrage auf meinem privaten Facebook-Account von einer Nadine P. Ich logge mich auf der Startseite ein, um mir ihr Profil anzusehen. Dafür muss ich jedoch die Freundschaft bestätigen, was mir überhaupt nicht passt. Mein privater Account ist eigentlich nur Leuten vorbehalten, die ich persönlich kenne. Löschen kann ich sie ja immer noch, also nehme ich an, um mir ihre Fotos ansehen zu können. Ihr Profilfoto sagt mir überhaupt nichts, da man nur einen kleinen Teil vom Gesicht sieht. Der Rest wird von einer blonden Mähne verdeckt. In ihrem Fotoalbum erkenne ich sie schließlich. Nadine Prinz. Wir sind zusammen zur Realschule gegangen, waren in einem Französischkurs und hatten auf der Abschlussfahrt unsere erste lesbische Erfahrung miteinander, doch das war nicht wirklich ernst gemeint.

Wir waren 16 Jahre alt, betrunken und neugierig. Sie war ein süßes Mädchen und keine von den oberflächlichen Zicken, die sich mehr für den Zustand ihrer Fingernägel, als für ein gutes Buch, interessiert haben. Wenn ich so darüber nachdenke, dann ist es eigentlich eine Schande, dass wir keinen Kontakt gehalten haben. Ich will gerade ihre Nachricht beantworten, als sie mich schon per Chat anschreibt.

Nadine P.: Emma? Bist das wirklich du?

Emma Lennartz: Wenn du die Nadine Prinz bist, mit der ich zur Schule gegangen bin, dann ja.

Nadine P.: Die bin ich. Aber ich heiße jetzt nicht mehr Prinz. Mein Nachname ist Paul.

Emma Lennartz: Paul? Sag mir nicht, du hast Markus geheiratet? Markus Paul?

Nadine P.: Genau den. Frag mich nicht, wie das passiert ist.

Emma Lennartz: Ehrlich? Der Markus? Auf den so ziemlich jedes Mädchen scharf war. Und wohl auch ein paar der Jungs … Erzähl! Wie hast du es geschafft, den zu zähmen?

*Nadine P.: Lange Geschichte, Emma. Außerdem, wer sagt, dass ich ihn gezähmt möchte? *zwinker**

Emma Lennartz: Da schlummerte also eine Vorliebe für wilde Jungs, die du immer gut verborgen hast?

Nadine P.: Nur eine Vorliebe für den wilden Markus, die ich mir erst sehr spät eingestehen konnte. Ich muss jetzt leider zum Dienst, aber wir sollten uns unbedingt noch mal treffen. Spontane Idee: Hast du morgen Abend Zeit? Markus ist mit seinem Kumpel unterwegs und ich hab die Wohnung für mich. Wie klingt Pizza, Rotwein und über alte Zeiten reden?

Mein erster Reflex ist es, eine Ausrede zu erfinden, warum ich keine Zeit habe. In den letzten Jahren habe ich mich zu einem überzeugten Eremiten entwickelt, der vergessen hat, wie man sich in Gesellschaft anderer Leute verhält. Nadine wird wahrscheinlich hinten über fallen, wenn sie sieht, wie sehr ich mich verändert habe, beziehungsweise, wie fett ich geworden bin. Doch ein Frauenabend klingt nach so langer Zeit wirklich verlockend, also sage ich zu. Sie schickt mir ihre Adresse und wir verabreden uns für den nächsten Abend.

2.

Nadine hat sich in den letzten 10 Jahren äußerlich kaum verändert. Die einzigen Überraschungen sind ein Augenbrauenpiercing und eine Tätowierung auf ihrer Schulter, die an den Seiten ihres Tanktops heraus schaut. Sie begrüßt mich herzlich und schließt mich gleich in ihre Arme, ohne nur ein Wort über meinen körperlichen Verfall zu verlieren. Vielleicht bin ich einfach paranoid. Was hätte sie auch tun sollen? Mich beschimpfen und raus schmeißen, weil ich nicht mehr so aussehe, wie mit 16?

Nadine führt mich in die Küche, wo wir uns an die Frühstückstheke setzen. Sie verliert keine Zeit und schenkt uns gleich Wein ein.

„Sorry, dass ich dich gestern so abgewürgt habe, aber ich musste dringend zur Arbeit", sagt sie und verschließt die Rotweinflasche mit dem Korken.

„Kein Thema. Wir haben ja jetzt Zeit zu reden. Was machst du eigentlich? Ich weiß nur, dass du nach der Realschule noch Abi gemacht hast."

„Ich bin Kinderkrankenschwester. Für eine Weile habe ich überlegt, Medizin zu studieren. Dann musste ich mir aber doch eingestehen, dass ich kein so großes Durchhaltevermögen habe. Das Abitur zu schaffen, war schon ein Kampf. Was machst du eigentlich beruflich? Hast du nicht eine Ausbildung beim Rechtsanwalt gemacht?"

Jetzt hätte ich die Wahl, von Beginn an ehrlich zu sein, aber ich kann es nicht. Ich weiß, dass Nadine nicht verklemmt ist, aber ich muss wissen, dass ich ihr vertrauen kann.

„Habe ich. Aber auf Dauer war ich nicht glücklich damit, den Fußabtreter für diese Schlipsträger zu spielen. Ich bin mit einem Schreibbüro selbstständig“, erzähle ich die schon so vertraute Lüge.

„Klingt doch gut. Der eigene Boss zu sein, hat schon seinen Reiz. Markus hat den Schritt vor einem Jahr getan und nicht bereut.“

„Was macht er denn?“, frage ich.

„Er hat Grafikdesign studiert. Damals hat er ja schon viel gezeichnet. Vor fünf Jahren hat er angefangen, sich nebenbei bei einem Bekannten zum Tätowierer ausbilden zu lassen. Letztes Jahr hat er dann mit seinem Freund ein Studio aufgemacht. Es läuft super und die beiden machen echt geniale Sachen“, sagt sie und dreht sich, um mir ihre Schulter zu präsentieren. Ich nicke anerkennend, obwohl ich keine wirkliche Ahnung von guten oder schlechten Tattoos habe.

„Wie lange seid ihr denn schon verheiratet? Und wie kam es überhaupt dazu, dass ihr ein Paar geworden seid?“

„Geheiratet haben wir vor 3 Jahren. Wir sind aber schon seit 7 Jahren zusammen. Ich war noch in der Ausbildung und Markus kam als Patient auf die Station, wo ich gerade als Schwesternschülerin war. Er hat den Blinddarm raus genommen bekommen und war mir zugeteilt. Seitdem bin ich ihn nicht mehr losgeworden. Er war echt hartnäckig.“

Wir bestellen Pizza und ziehen ins Wohnzimmer um. Nadine holt ihre alten Fotoalben hervor und wir sehen uns Bilder aus der Schulzeit an. Sie hat Fotos von mir, die ich noch nie gesehen habe. Es gibt sogar ein Bild von unserer Abschlussfahrt, wo wir gemeinsam am Strand vor einem Lagerfeuer sitzen. Ich erinnere mich gut an diesen Abend. Oh, wie gut ich mich daran erinnere.

„Kein Grund sich zu schämen, Emma“, kommentiert sie mein rotes Gesicht. „Wir waren blutjung und wir hatten Spaß. Es hat niemandem wehgetan. Oder?“

Ich möchte vor Scham hinter die Couch kriechen. Vor ein paar Stunden habe ich an meinem PC die offensten und sinnlichsten Sexabenteuer verfasst. Jetzt kann ich noch nicht mal meiner ersten und einzigen lesbischen Erfahrung in die Augen sehen.

Der Pizzabote rettet mich. Nadine geht zur Tür, um unsere Bestellung anzunehmen und ich nutze den Moment, um auf der Toilette verschwinden. Ein paar Hände voll kaltem Wasser kühlen mein überhitztes Gesicht. Als ich wieder ins Wohnzimmer komme, öffnet Nadine gerade die zweite Flasche Wein.

„Hältst du das für eine gute Idee?", frage ich und lasse mich neben sie auf den Boden vor den Couchtisch sinken. „Ich muss noch nach Hause fahren und eigentlich waren die ersten zwei Gläser schon zu viel."

„Ach, Emma. Wir haben uns zehn Jahre nicht gesehen. Jetzt willst du mir doch nicht den Spaß verderben. Wir haben ein Gästezimmer. Bleib einfach über Nacht."

„Ich weiß nicht, Nadine. Ich habe noch nicht mal eine Zahnbürste oder etwas, worin ich schlafen kann."

Sie winkt meine Einwände gleich ab.

„Ersatzzahnbürsten habe ich immer hier und zum Schlafen kann ich dir ein T-Shirt von Markus geben. Es kann gut sein, dass Sam auch hier schläft. Er ist Markus Freund und bleibt öfter über Nacht, wenn sie gemeinsam feiern waren. Ich warne meinen Mann aber vor, damit Sam sich nicht zu dir ins Bett, sondern auf die Couch legt."

Diese ganze Situation ist völlig außerhalb meiner Liga und ich weiß überhaupt nicht, wie ich mich verhalten soll.

„Ich will keine Umstände machen. Ich rufe mir einfach nachher ein Taxi und sammle morgen mein Auto wieder ein."

„So ein Schwachsinn, Emma. Oder musst du morgen früh

arbeiten?“

Verneinend schüttele ich den Kopf. Normalerweise würde ich gerade jetzt Zuhause vor dem PC sitzen.

„Dann bleibst du hier. Keine Diskussion. Wir haben noch einiges nachzuholen.“

Da mir die Argumente fehlen und ich eigentlich auch Lust habe, füge ich mich.

Nach einer weiteren Flasche Wein und so vielen ausgetauschten Erinnerungen schwirrt mir der Kopf. Ich habe gelacht, wie schon lange nicht mehr. Gegen Mitternacht verabschieden wir uns ins Bett. Mit einem übergroßen Shirt, selbst an meinem Körper, und in einem fremden Bett, fällt es mir jedoch schwer, in den Schlaf zu finden. Unruhig wälze ich mich hin und her auf der Suche nach einer komfortablen Schlafposition.

Etwa eine halbe Stunde später höre ich Stimmen im Wohnzimmer. Es wird wohl Markus sein, der mit seinem Freund nach Hause gekommen ist. Nach wenigen Minuten ist die Wohnung wieder komplett still.

Ich bin durstig von der Pizza und bereue, dass ich Nadine nicht nach einer Flasche Wasser gefragt habe. Es ist nicht meine Art, mich bei anderen Leuten so aufzuführen, als wäre ich Zuhause, aber jetzt muss ich mich auf die Suche nach etwas Trinkbarem machen. Die Straßenlaterne vor dem Wohnzimmerfenster spendet genug Licht, sodass ich keine Lampe einschalten muss. Auf leisen Sohlen tapse ich durch den Flur zur Küche, wo ich zielstrebig den Kühlschrank öffne. Dort finde ich zum Glück mehrere kleine Wasserflaschen. Ich nehme mir eine heraus, um sie im Gästezimmer zu trinken und schließe leise die Kühlschranktür. Mit dem Ziel, mich wieder aus der Küche zu schleichen, drehe ich mich. Wie bei meinem Zusammenstoß gestern im Supermarkt pralle ich wieder an einer massiven, menschlichen Wand ab. Alle Luft entweicht aus meinen Lungen, als ich feststelle, wer da vor mir steht.

„Pinkpants?"

OH. MEIN. GOTT. Ich kann nicht glauben, dass er mich wiedererkennt. Was macht er hier? Mein Schwips gibt mir die Courage, ihn von oben bis unten abzuchecken. Er trägt nur eine Pyjamahose, die er verdammt gut ausfüllt. Sein Oberkörper ist mit Tattoos übersät, seine Nippel sind gepierct und mit kleinen Stäben geschmückt. Ich versuche mich an einem verführerischen Lächeln, bis mir mein Auftritt bewusst wird. Dieses Mal sind es meine nackten Beine, ein übergroßes T-Shirt und ein Haarnest auf meinem Kopf.

„Du hast mich fast umgebracht, mit deiner rücksichtslosen Fahrweise", flüstere ich und versuche, mich an ihm vorbeizuschieben. Er muss Sam sein.

Der hält mich am Oberarm fest und drückt dabei in mein weißes, weiches Fleisch. Ich sehe fasziniert auf seine dunkle Hand, die einen krassen Kontrast zu meiner hellen Haut hat. Sein Griff ist locker, trotzdem lasse ich mich von ihm zurückhalten.

„Was hast du gesagt?", fragt er leise.

„Am Supermarkt. Du hast mich fast umgefahren und es noch nicht mal gemerkt."

Er hat doch wirklich den Anstand erschrocken auszusehen.

„Wenn das so war, dann entschuldige ich mich. Ich habe dich wirklich nicht gesehen."

Unattraktiven, dicken Frauen passiert das öfter. Ich bin es gewohnt, übersehen zu werden.

„Ich bin Sam", stellt er sich schließlich vor, als ich nicht auf seine Entschuldigung reagiere.

„Und ich bin auf dem Weg ins Bett.“ Mit jeder Menge Elan ziehe ich an der Küchentür, die sich jedoch nicht rührt, da sie Richtung Flur aufgeht. Dabei verliere ich die Wasserflasche, die zum Glück aus Kunststoff besteht. Ich bücke mich nach der Flasche zu meinen Füßen, stoße mir den Kopf an der Tür und präsentiere Sam meinen Slip.

Mit seinen langen Armen und Fingern greift er nach der Flasche und reicht sie mir. „Hast du dir wehgetan?“, fragt er und verkneift sich dabei ein Grinsen.

„Alles okay“, winke ich ab. „Nichts verletzt, außer meinem Stolz.“ Ich nehme das Wasser von ihm und öffne die Tür, diesmal in der richtigen Richtung.

„Emma?“ Na toll, jetzt weiß er auch noch den Namen zu der jämmerlichen Gestalt, die ich abgebe. Ich will eigentlich nur noch ins Bett, bevorzugt in mein eigenes.

„Woher kennst du meinen Namen?“ Ich kann ihn nicht ansehen und starre stattdessen auf die Maserung des Holztürrahmens vor mir.

„Nadine hat den ganzen Tag von dir gesprochen. Und Markus hat mir gesagt, dass du hier übernachtest.“

„Du hast mich wiedererkannt.“ Ich sag’s ja, meine kommunikativen Fähigkeiten lassen sehr zu wünschen übrig. Mein Mund arbeitet dafür schneller als mein Hirn.

„Die pinke Hose hat bleibenden Eindruck hinterlassen und ein solches Puppengesicht vergisst man so schnell nicht.“

Ich bin mir nicht sicher, ob ich mich geschmeichelt oder beleidigt fühlen soll.

„Gute Nacht, Sam.“ Ich bin schon fast durch die Tür, als er mir eine Hand auf die Schulter legt.

„Trink was mit mir, Emma.“

Mein Schwips muss ein Vollrausch sein, oder ich höre Stimmen.

„Bitte?“ Jetzt sehe ich doch zu ihm. Dazu muss ich allerdings einen gefühlten Meter nach oben schauen. Verdammt, der Typ ist riesig.

„Ich sagte, trink was mit mir.“

„Warum?“ Mit Sicherheit will er sich nur über mich lustig machen.

„Du bist wach, ich bin wach. Ich könnte einen Wodka brauchen. Etwas Gesellschaft wäre auch nicht schlecht.“ Sam lässt meine Schulter los und öffnet den Gefrierschrank, wo er eine eisgekühlte Flasche heraus nimmt. Gleich darauf greift er zielstrebig über sich in den Küchenschrank und holt zwei Schnapsgläser raus.

„Du bist wohl öfter hier.“

Mit einem Schulterzucken dreht er den Deckel von der Flasche.

„Solange Nadine nichts dagegen hat. Sie ist die Hausherrin hier, auch wenn Markus gerne etwas anderes behauptet.“ Er schenkt die Gläser ein und reicht mir eins.

Ich stelle die Wasserflasche wieder ab und will eigentlich nur meine nackten Beine bedecken. Als ich aufsehe, steht er ganz nah vor mir. Seine gepiercten Nippel sind genau auf meiner Augenhöhe und bringen mich dazu, mir auf die Wange zu beißen, damit ich nicht laut aufstöhne. Der Typ bringt mich um, schon wieder, auch wenn er mich dieses Mal nicht auf die Straße schubst. Ein vager Geruch nach Zigaretten, Gras und Bier geht von ihm aus, doch sein eigener Duft ist es, der all meine Sinne überlagert.

„Skål“, flüstert er und stößt an mein Glas.

„Prost.“ Meine Wangen stehen in Flammen und ich fühle mich wie ein dummes Schulmädchen. Sein Anblick weckt in mir das Verlangen, eine neue Romanfigur zu erschaffen, denn der Typ ist wie gemacht für eine erotische Geschichte. Ich frage mich, ob auch sein Schwanz gepierct ist, und muss mich sehr beherrschen, um nicht auf seinen Schritt zu starren. Hastig kippe ich den kalten Wodka runter, obwohl ich heute schon genug Rotwein hatte. Wenigstens kann ich mein rotes Gesicht auf den Alkohol schieben. Auch Sam hat sein Glas geleert und schüttet uns direkt nach. Ich will ablehnen, doch er wirft mir einen strengen Blick zu.

„Nur den Einen noch. Glaub mir, du wirst es gleich brauchen."

Ich habe keine Ahnung, was er damit meint, aber ich füge mich. Er hat so eine angenehm warme und tiefe Stimme.

„Warum genau brauche ich das?", frage ich heiser. Der zweite Wodka brennt in meiner Kehle.

„Wirst du gleich merken. Komm mit, Emma." Er nimmt meine Hand und zieht mich hinter sich her ins Wohnzimmer. Ich bin zu verdutzt, um mich zu wehren. Vielleicht auch ein bisschen zu betrunken. Er schiebt mich auf die Couch und lässt sich neben mich fallen.

„Gott, bist du sexy." Er streicht mir eine verirrte, braune Locke hinters Ohr und starrt mich hungrig an. Mir entgleisen alle Gesichtszüge.

„Bist du betrunken, Sam?" Ich sehe auf meine nackten Schenkel, die im Sitzen noch breiter aussehen, als sie ohnehin schon sind.

„Stocknüchtern."

Mein Blick wandert zu seinem Brustkorb. Seine Tattoos bestehen fast vollständig aus schwarzen Ornamenten, die ich aber nicht benennen kann.

„Bekifft?", frage ich. Meine nächste Vermutung wäre schlechte Augen.

„Nein, Emma. Ich war der Fahrer heute Abend." Er riecht an seinem Arm. „Ich war mit Markus in Venlo im Coffeeshop, aber nur er hat geraucht. Ich nicht. Der Wodka war der Erste heute. Und bevor du fragst, meine Sicht ist ausgezeichnet."

„Na dann. Danke fürs Gespräch. Ich gehe ins Bett." Ich weiß, wie ich aussehe, aber ich lasse mich nicht gerne verarschen. Bevor ich meinen dicken Hintern vom Polster stemmen kann, drückt Sam mich an der Schulter wieder runter. Ich will protestieren, aber er legt mir seinen Zeigefinger auf die Lippen.

„Hör hin", flüstert er und streicht mit dem Daumen über meine Unterlippe. Der Typ ist wahrscheinlich total gestört oder hat eine perverse Vorliebe für dicke Frauen.

Ich fühle seinen Atem auf meiner Haut und höre jetzt, worauf er mich aufmerksam machen wollte.

„Nein?", wispere ich mit schockiertem Blick.

Sam grinst und nickt.

„Oh doch. Die beiden sind schon seit Jahren zusammen und jede Nacht rocken sie das Bett. Wahrscheinlich nicht nur nachts." Er rückt ganz nah an mich ran. Ich bin völlig hypnotisiert und kann mich nicht rühren.

„Hast du einen Freund, Emma?"

Ich kann mich schwer aufs Sprechen konzentrieren, bei den Hintergrundgeräuschen. Oder aufs Denken, wo wir schon einmal dabei sind. Deswegen schüttele ich nur mit dem Kopf. Er streicht mit seiner Nase über meine Wangenknochen. Zitternd schließe ich die Augen. Ich kann nichts tun, aus Angst, seine Aufmerksamkeit falsch zu interpretieren. Ja, ich bin ein Idiot. Es gibt nicht viel misszuverstehen.

Im Hintergrund höre ich Nadine wimmern und ein tiefes Stöhnen von Markus. Sie hätte mich wirklich warnen können, dann wäre ich nach Hause gefahren.

„Die sind verdammt laut."

Von Sam kommt nur ein raues, leises Lachen. Ich mache den Fehler, die Augen zu öffnen und dabei einen Blick auf die Beule in seiner Pyjamahose zu werfen. Es ist mir unbegreiflich, was gerade passiert, aber der Typ ist hart. Wenn ich vorhin dachte, dass er seine Hose gut ausfüllt, dann muss das schon schmerzhaft eng sein. Ich schlucke schwer und schließe schnell wieder die Augen.

„Sam, was machst du da?“ Wenn ich ihn nicht spüren und riechen könnte, würde ich vermuten, dass ich einen verflucht guten Sextraum habe.

„Du weißt genau, was ich hier mache.“ Mit seinen vollen Lippen streift er jetzt über mein Ohrläppchen. Sein warmer Atem verursacht mir Gänsehaut. Meine Nippel stellen sich auf. Erschrocken reiße ich die Augen auf und verschränke die Arme vor der Brust.

Er sieht mir in die Augen, schüttelt den Kopf und nimmt meine Arme wieder runter.

„Nicht“, sagt er leise, aber bestimmt. Ich fühle mich komplett entblößt vor ihm.

Die Geräusche des Liebesspiels im Schlafzimmer lassen mich nicht kalt, da will ich überhaupt nicht lügen. Sams Nähe verstärkt den Effekt noch.

Wenn ich mich in meinem Körper gut fühlen würde, dann hätte ich ihn schon längst angesprungen. Wenn ich nur einen Funken Selbstbewusstsein hätte, dann würde ich mich nicht verhalten, wie ein verschrecktes Mäuschen.

„Soll ich dir sagen, was ich mit dir anstellen möchte?“, fragt er jetzt wieder. Er legt seine Hand in meinen Nacken und zieht mich an sich, seine Lippen ganz nah an meinem Ohr. Auch auf die Gefahr hin, dass jetzt ein blöder Spruch kommt, nicke ich und warte auf seine Worte.

Ich weiß bei diesem Mann überhaupt nicht, wo ich zuerst

hinsehen soll. Die Tattoos, Piercings und unwahrscheinlich geschmeidige, schokobraune Haut. Darf man das sagen, ohne diskriminierend zu sein? Ich weiß es nicht anders zu benennen, denn sein Hautton gleicht wirklich dem von Vollmilchschokolade. Es ist naiv, aber ich würde ihn gerne mal anfassen. Nur um zu sehen, ob sich seine dunkle Haut anders anfühlt.

„Emma", seufzt er in mein Ohr. Ich mag es, wie er meinen Namen sagt.

„Du scheinst so unschuldig, aber ich glaube nicht, dass du es bist." Seine Fingerspitzen wandern über mein Schlüsselbein, das durch den weiten Halsausschnitt von Markus T-Shirt entblößt wird.

„Du bist hart." Ich kann selbst nicht glauben, dass ich das gesagt habe. Er nimmt seinen Mund nicht von meinem Ohr, bewegt aber auch die Lippen nicht. Ich muss mich daran erinnern zu atmen.

„Wie könnte ich auch nicht. Mir dir neben mir." Sein Mund verzieht sich zu einem Grinsen.

„Du kennst mich doch gar nicht." Wir sind nur gerade beide angeheizt, von den Sexgeräuschen aus dem Nebenraum. Außerdem sollte ich es wohl am Besten wissen, dass kein Mann eine Frau kennen muss, um von ihr erregt zu werden.

Wenn mich meine Sinne nicht vollständig täuschen, dann ist er gerade mit seiner Zunge über mein Ohrläppchen gefahren. Der Alkohol benebelt mich etwas. Oder ist es seine Nähe?

„Aber mir gefällt, was ich sehe."

„Dann musst du blind sein." Er kann das nicht ernst meinen. Ich stoße ihn weg und stehe auf. Meine heftige Reaktion überrascht mich selbst, doch ich muss mich von dieser Situation entfernen, wenn ich nicht verletzt werden will. Männer wie Sam haben kein ernstes Interesse an Frauen wie mir.

„Emma“, ruft er mir hinterher und folgt mir ins Gästezimmer. Ehe ich ihm die Tür vor der Nase zuknallen kann, hat er sich schon dazwischen geschoben. Vor Wut zitternd balle ich die Hände zu Fäusten. Wenn er nur einen Schritt näher kommt, dann fängt er sich eine.

„Was willst du, Sam? Dich über das dicke Mädchen lustig machen? Sehen, wie weit du es treiben kannst, bis sie einknickt, um sie dann auszulachen? Das wird nicht passieren.“

Er tritt einen Schritt zurück und hebt abwehrend die Hände. Seine Erektion hat wohl meinem hysterischen Anfall nicht standgehalten, wie ich mit einem Blick auf seine Hose feststelle. Mit einem bitteren Lachen setze ich mich aufs Bett und hoffe darauf, dass er verschwindet. Er hat leider andere Pläne. Das Bett sinkt neben mir ein und ein Arm schmiegt sich um meine Schultern.

„Ich bin zu weit gegangen, das geb ich zu. Aber was du mir unterstellst, ist absurd. Wer hat dir so einen Mist eingeredet?“

„Es ist okay, Sam. Geh schlafen. Ich erzähl Nadine nicht, was vorgefallen ist. Mach dir keine Sorgen.“

Mit der freien Hand rauft er sich die Haare und legt schließlich mit einem Seufzen sein Kinn auf meinem Kopf ab. Ich bin total irritiert. Er geht mit mir um, als würden wir uns schon länger kennen, obwohl wir uns erst zwei Mal kurz gesehen haben. Vielleicht entwickelt man so eine Art, wenn man jede Frau haben kann.

Nach einem Moment peinlicher Stille rutscht er vom Bett und kniet sich vor mich. Er nimmt meine Hände und sucht meinen Blick.

„Du bist eine Bombe, Emma. Du hast Kurven, ja. Aber ich stehe auf kurvige Frauen. Ich bin ein großer Junge und ich kann mit zerbrechlichen Püppchen wenig anfangen.“

„Du musst das nicht sagen, damit ich mich besser fühle.“

„Ich sage das, damit du verstehst, dass ich dich heiß finde. Jesus, Emma. Wer hat so dermaßen dein Selbstbild zerstört?“ Mit der Zunge befeuchtet er seine vollen Lippen. Ich kann nicht wegsehen. Der Typ ist purer Sex, aber ich glaube, das weiß er auch.

„Das dürfte der Moment gewesen sein, in dem ich meinen Ex auf Knien vor seinem bestem Freund gefunden habe. Bis zu dem Augenblick wusste ich nichts über seine ausgezeichneten oralen Fähigkeiten. Mir hat er die nämlich immer vorenthalten.“

Sam reißt schockiert die Augen auf. Ich hätte das wirklich nicht sagen sollen, auch wenn es nur die halbe Wahrheit ist. Noch nicht mal Nadine habe ich es vorhin erzählt.

„Scheiße. Das erklärt natürlich einiges“, flucht er vor sich hin.

Ich nehme die Hände weg und ziehe die Beine aufs Bett. Dieser Typ gibt mir das Gefühl, völlig nackt vor ihm zu stehen. Damit kann ich überhaupt nicht umgehen.

„Geh ins Bett, Sam.“ Ich ziehe mir die Decke unters Kinn und warte darauf, dass er den Raum verlässt. Er steht auf und nimmt meinen Kopf in seine großen Hände. Für einen Moment denke ich, er küsst mich auf den Mund, aber er drückt nur seine Lippen auf meinen Scheitel und lässt mich dann endlich alleine.

3.

Noch beim Einschlafen habe ich mir fest vorgenommen, abzuhauen, ehe die Anderen aufwachen. Als Nadine mich an der Schulter wachrüttelt, muss ich feststellen, dass ich meine Chance verpasst habe. Verdammter Rotwein. Oh, und verdammter Wodka.

Mein Hirn braucht nur wenig Sekunden, um mir die Ereignisse der Nacht wieder ins Gedächtnis zu rufen. So betrunken war ich dann leider doch nicht. Widerwillig öffne ich die Augen und sehe Nadine auf mich runterlächeln.

„Guten Morgen, Schlafmütze“, flüstert sie. Ich rieche Kaffee. Der Gedanke an Sam lässt mir die Hitze in die Wangen steigen.

„Ist Markus‘ Kumpel noch da?“, frage ich so unschuldig, wie nur möglich. Dass ich dabei auf ganzer Linie versage, zeigt mir ihr Grinsen.

„Sam ist noch da. Wie ich hörte, hattet ihr eine Begegnung?“

Ich will wirklich nicht darüber sprechen, aber wenn Nadine nur ein bisschen so ist, wie damals, dann wird sie nicht locker lassen.

„Kann man so sagen. Was hat er denn gesagt?“

„Der Gute hat seine Verführungskünste wohl etwas überschätzt.“

„So kann man es auch nennen. Merkwürdiger Typ.“

„Sam ist ein ganz Lieber, Emma. Ich glaube nur, er ist manchmal etwas einsam. Deswegen ist er auch so oft hier.“

„Und das, obwohl er euch dann jedes Mal beim Vögeln zuhören muss.“ Das wollte ich eigentlich nicht ansprechen, doch die Verbindung zwischen Verstand und Sprachzentrum ist noch nicht ganz hergestellt. Wenigstens hat Nadine den Anstand, rot zu werden.

„Sorry, Süße. Mein Mann macht es mir unmöglich, dabei leise zu sein."

„Du Glückliche." Ich beneide sie wirklich, auch wenn ich ihr dieses Glück von Herzen gönne.

„Das bin ich." Sie wuschelt mir durch die Haare und steht vom Bett auf. „Zieh dich an und dann komm frühstücken. Markus freut sich auch schon, dich endlich wiederzusehen."

Ich nicke, obwohl ich am liebsten flüchten möchte. Eine weitere Begegnung mit Sam steht nicht auf der Liste meiner bevorzugten Tätigkeiten.

Markus hat sich komplett verändert. Ich hätte ihn fast nicht mehr wiedererkannt. Damals war er dieser coole, aber klapperdürre Außenseiter. Jetzt ist er breitschultrig, durchtrainiert, tätowiert und geht total aus sich raus. Einen Teil seiner Offenheit kann man vermutlich Nadine zuschreiben. Er rennt, genau wie Sam, immer noch in seiner Pyjamahose und mit nacktem Oberkörper durch die Wohnung. Seine Tattoos sind farbiger als die von Sam und er trägt keine sichtbaren Piercings. Ich weiß überhaupt nicht, wo ich hinsehen soll.

Markus setzt sich mit seiner Teetasse neben mich und grinst mich abwartend von der Seite an.

„Was?", frage ich verlegen und verstecke mich hinter meiner Kaffeetasse. Nadine ist mit Sam in der Küche, somit bin ich auf mich allein gestellt.

„Magst du Sam?"

„Ich kenne Sam nicht, aber er ist sicher nett." Nett ist zwar nicht der Begriff, den ich in meinem Kopf verwende, aber ich glaube kaum, dass Markus wissen will, wie sein Anblick alleine bei mir das Bedürfnis weckt, mein Höschen zu verlieren. In der Theorie versteht sich. Praktisch wäre ich nie in der Lage so aus mir heraus zu gehen.

„Er steht auf dich, Emma."

„Ja, klar." Jetzt fängt er auch noch mit diesem Unsinn an.

Nadine kommt mit Sam ins Esszimmer und erspart mir damit eine weitere Diskussion.

„Wegen dem Piercing kannst du nächste Woche reinkommen", wendet sie sich an mich. Mist, das hatte ich schon verdrängt. Der Alkohol hat mich letzte Nacht ein bisschen übermütig gemacht. So übermütig, dass ich mich fast von einem fremden Kerl habe küssen lassen.

„Ich überlege es mir noch mal."

Von der anderen Seite des Tisches zwinkert Sam mir zu. Ich werde wieder rot und ich hasse mich dafür. Man sollte wirklich meinen, dass ich ein bisschen offener bin, wenn man meinen Job bedenkt.

„Nadine ist ganz sanft. Sie macht das wirklich gut. Du musst keine Angst haben", sagt Markus und stupst seine Schulter gegen meine.

„Wir machen erst das Helix-, und wenn du dann noch durchhältst, das Traguspiercing", erklärt mir Nadine. Ich habe keinen Schimmer, wovon sie redet, aber sie wird schon wissen, was richtig ist.

„Ich muss jetzt wirklich nach Hause", sage ich und trinke den letzten Schluck aus meiner Tasse. Sam sucht meinen Blick.

„Kannst du mich mitnehmen? Wenn ich richtig vermute, dann wohnen wir in derselben Ecke. Wir haben letzte Nacht Markus' Auto genommen, deswegen bräuchte ich einen Fahrer."

„Kein Problem", antworte ich lässig. Aber es ist ein Problem. Wie soll ich mich auf den Verkehr konzentrieren, wenn er neben mir sitzt? Und wie soll ich diesen gigantischen Kerl in meinen Mini bekommen?

Sam ist flexibler als ich dachte, obwohl es witzig aussieht, wie er mit angezogenen Beinen neben mir sitzt. Immer wenn ich den Gang wechsele, streife ich seinen Oberschenkel. Die Fahrt nach Hause scheint ewig zu dauern und gleichzeitig wie im Flug zu vergehen. Sam will nicht, dass ich ihn vor seiner Haustür absetze. Er will bei mir aussteigen und zu Fuß weitergehen. Vielleicht hat er Angst, dass ich ihm einen Überraschungsbesuch abstatte, wenn er mir zeigt, wo er wohnt.

Ich parke mein Auto auf dem kleinen Stellplatz neben meinem Haus und will gerade aussteigen, als Sam mich am Arm festhält. Ehe ich ihn fragen kann, was los ist, legt er mir seine große Hand auf den Mund und schüttelt den Kopf.

„Halt die Klappe, Emma." Er zieht seine Hand weg und ersetzt sie durch seine Lippen. Ich sollte ihn wegstoßen, aber ich kann nicht. Sein Mund ist so warm und ich habe das schon so lange nicht mehr gehabt. Mein Körper leistet keinen Widerstand. Ich schließe die Augen, als seine Zungenspitze meine Lippen teilt. Er lässt mich sein Zungenpiercing spüren, welches mir vorher noch nicht aufgefallen ist. Das Gefühl ist fremd, aber angenehm. Sam kann gut küssen. Er geht sehr behutsam vor und trotzdem mit dem nötigen Nachdruck. Seine Hand liegt auf meiner Wange, als könnte er mich so festhalten, damit ich nicht wieder abhaue. Ich greife in seine Haare und spüre die raue Textur unter meinen Fingerspitzen. Ein wohliges Raunen dringt aus seiner Kehle und bringt mich in die Wirklichkeit zurück. Ich lege meine Hand auf seinen Brustkorb und schiebe ihn sanft von mir.

„Ich muss …" Meine Stimme zittert. Ich suche nach dem Türgriff, doch Sam packt mich am Kinn und dreht mein Gesicht zu ihm.

„Emma, ich würde mich entschuldigen, aber es tut mir nicht leid. Darf ich noch auf einen Kaffee reinkommen? Ich schwöre, ich bleibe anständig, aber ich will wirklich noch nicht gehen."

„Okay", murmele ich und flüchte aus der Enge meines Autos. Sam hat eine überwältigende Präsenz, der ich in diesem kleinen Raum einfach nicht ausweichen kann. Er entfaltet sich aus meinem Auto und folgt mir ins Haus. Auf wackeligen Beinen gehe ich in die Küche und starte die Kaffeemaschine. Ich höre ihn, wie er hinter mich tritt. Er bleibt etwa einen halben Meter entfernt stehen, doch ich kann seine Körperwärme fühlen.

„Warum bist du so nervös?" Ich höre ein gewisses Mitgefühl in seiner Stimme und kann mir nicht erklären, woher es kommt. Er hat ein sehr tiefes Timbre, das mir direkt unter die Haut fährt.

„Ich hab keine Ahnung. Was willst du von mir, Sam?" Mein Blick auf den Kaffeeautomaten fixiert, halte ich die Tasse fest und warte darauf, dass sie mit der heißen, schwarzen Flüssigkeit befüllt wird. Er ist der erste Mann in meinem Haus, wenn man meinen Bruder mal außen vor lässt. Sam lässt sich von meiner Unsicherheit nicht beirren. Er lehnt sich neben mich an die Arbeitsplatte und beobachtet mich.

„Das weiß ich noch nicht, aber ich würde es gerne rausfinden. Keine Angst, Emma. Ich beiße nicht, solange du mich nicht darum bittest."

Nun muss ich doch grinsen. Ich schaue zu ihm hoch und sehe meinen Gesichtsausdruck in seinem gespiegelt.

„Schon besser, Pinkpants."

„Hey, nenn mich nicht so." Ich haue ihn spielerisch auf den Oberarm. „Für meine Bekleidung vor dem ersten Morgenkaffee übernehme ich keine Verantwortung."

„Ich fand es lustig. So sieht meine Mutter immer aus, wenn sie Waschtag hat." Mit dem Kaffee in der Hand folgt er mir ins Wohnzimmer. Dass er mich mit seiner Mutter vergleicht, lasse ich jetzt mal unkommentiert.

Ich setze mich auf die Zweiercouch und rechne eigentlich damit, dass er sich auf den Sessel gegenüber niederlässt, doch er setzt sich auf den engen Platz neben mir. Sam dreht sich zu mir und pustet in die dampfende Tasse.

„Ich würde dich gerne tätowieren, Emma. Deine Haut hat den perfekten Farbton für eine gute Leinwand."

Jetzt ist er vollkommen übergeschnappt.

„Oh, ich denke nicht. Mein Körper ist alles andere als eine Leinwand." Mein Körper ist ein Wrack.

Mit einem Augenrollen quittiert er meinen Kommentar und nimmt einen großen Schluck Kaffee, bevor er ihn auf dem kleinen Beistelltisch hinter sich abstellt. Dann nimmt er mir meine Tasse ab und platziert sie daneben. Er streicht mir die Haare hinters Ohr und rückt noch ein Stück näher an mich ran, um mit den Fingerspitzen über meinen Hals zu streichen.

„Ich würde dich wirklich gerne noch einmal küssen, Emma." So wie er meinen Namen sagt, verursacht er mir ein heißes und gleichzeitig erregendes Gefühl im Unterleib. Meine Nippel ziehen sich zusammen und reiben über den Spitzenstoff meiner Unterwäsche.

„Beim ersten Mal hast du auch nicht gefragt", wispere ich und schließe die Augen.

„Ich frage auch nicht, ich sage es dir nur."

Ich schmecke seinen Atem auf den Lippen, bevor er seinen Mund auf meinen drückt. Er streicht mit seinem Piercing über meine Unterlippe und entlockt mir damit ein Wimmern. Die Vorstellung, wie sich dieses kleine Stück Metall zusammen mit seiner warmen Zunge an einer anderen Körperstelle anfühlen würde, entlockt mir ein Seufzen. Das Traurige daran ist, ich weiß noch nicht mal, wie sich eine warme Zunge dort anfühlt. Meine ganzen Geschichten entspringen ausschließlich meiner Fantasie und basieren nicht auf persönlicher Erfahrung. Gemma ist die Sexprinzessin, Emma ist nur die graue Maus mit der lebhaften Fantasie und Zugriff zu Internetpornos.

Sam beendet den Kuss und lässt mich schwer atmend zurück. Er streicht mir mit dem Handrücken über die Wange und grinst mich an.

„Siehst du, ich beiße nicht."

Nein, tust du nicht, dafür küsst du wie der Teufel. Aber das spreche ich jetzt nicht aus.

„Ich bin …", setze ich an, doch mir fehlen die Worte.

„Was bist du, Emma?"

Ich sehe auf seine Hände, die er in seinem Schoß platziert hat. Die Spitzen seiner Tätowierungen reichen sogar bis auf die Handrücken.

„Ich bin nur ein bisschen überfordert, das ist alles. Ich bin seit 5 Jahren Single und ich … Ich weiß es auch nicht."

„Mach dich locker, Pinkpants." Er streicht über meinen Oberschenkel. Beinahe hätte ich ihm auf die Finger gehauen, doch ich kann mich gerade noch zurückhalten. Sam entgeht meine angespannte Haltung nicht. Er nimmt seine Hand wieder weg.

„Tut mir leid, Emma. Ich bin zu weit gegangen. Schon wieder."

„Du solltest besser gehen." Es ist nicht das, was ich möchte. Trotzdem kommt er meinem Wunsch nach und verabschiedet sich ohne großes Drama. Das ist auch gut so, denn ich brauche dringend ein frisches Höschen.

4.

„Sie stellt sich vor uns, nur im Slip und noch mit tropfenden Haaren. Ihre Locken kringeln sich über ihren vollen Brüsten. Niemand traut sich, etwas zu sagen. Marko weiß genauso gut wie ich, was sie möchte. Sie hat es uns oft genug deutlich gemacht.

Ich weiß nicht, ob ich das kann. Ich weiß es wirklich nicht. Mir ist übel vor lauter Aufregung.

Mia kommt auf mich zu und setzt sich rittlings auf meinen Schoß. Sie leckt sich verführerisch über die Lippen und streckt mir ihren Oberkörper entgegen. Ich fühle dieses erregende Ziehen im Bauch, welches ich als Kind immer hatte, wenn ich etwas Verbotenes getan habe.

Doch das hier ist nicht verboten, auch wenn einige Leute da anderer Meinung sein mögen.

Ich lasse meine Hände über Mias Oberschenkel wandern und fahre über ihre Hüften die Taille hoch. Abwartend lege ich eine Handfläche auf ihren flachen Bauch. Sie kommt mir für einen Kuss entgegen. Ich fühle Markos Blick. Er wird unruhig neben uns und rückt etwas näher. Seine Körperwärme ist extrem spürbar, aber vielleicht sind auch nur meine Sinne so geschärft."

Und hier ist meine Muse schon wieder erschöpft. Zweihundert Wörter in vier Stunden. Zweihundert Wörter, mit denen ich überhaupt nicht zufrieden bin. An guten Tagen schaffe ich bis zu Fünftausend, doch diese Story läuft nicht so, wie sie sollte. Das Problem liegt in der Sichtweise. Ich bin kein Kerl, deswegen war es wahrscheinlich dumm, die Geschichte aus männlicher Sicht zu beginnen. Bei der Erstellung des Plots erschien es mir noch sinnvoll, doch habe ich nicht bedacht, wie sehr ich mich in einen Mann hinein fühlen muss. Und wie schwer es mir fallen würde, weil ich selbst seit Jahren mit keinem mehr zusammen war.

Für heute gebe ich es jedenfalls auf und lade mich bei meiner Mutter zum Abendessen ein.

Ich hasse meinen Kleiderschrank. Auch wenn ich nur zu meiner Mutter fahre, so will ich doch einigermaßen passabel aussehen. Nichts passt mehr so, wie es das vor einem halben Jahr noch getan hat. Von der Kleidung, die mir vor 5 Jahren noch gepasst hat, gar nicht zu reden.

Kleidergröße 36 hatte ich das letzte Mal mit 16. Spätestens als ich die Größe 40 überschritten habe, hätten meine Alarmglocken schrillen sollen. Inzwischen bin ich bei der 44 angelangt und vermeide unnötige Blicke in den Spiegel unterhalb meines Halses. Mein Gesicht mag ich, auch wenn es für meinen Geschmack etwas zu rund ist. Dadurch werde ich meist einige Jahre jünger geschätzt, was durchaus seinen Reiz hat, wenn man auf die 30 zugeht.

Frustriert greife ich nach den obligatorischen Jeans, bei denen ich noch nicht mal mehr den obersten Knopf schließen kann. Dazu kombiniere ich ein weites Sweatshirt, mit dem ich meine offene Hose überdecken kann.

Scheiß Schokoriegel. Scheiß Sexfrust.

So sehr ich meine Unabhängigkeit auch liebe, freue ich mich doch jedes Mal, wieder nach Hause zu kommen. Meine Mutter wohnt immer noch in dem 300-Einwohner-Dorf, in dem ich meine Kindheit verbracht habe. Nachdem mein Vater vor zehn Jahren an Lungenkrebs gestorben ist, wollte ich sie überreden, ein bisschen zentraler umzuziehen. Ich wohne zwar auch nicht im Zentrum, aber in einem Stadtteil von Mönchengladbach, in dem alle Einkaufsmöglichkeiten vorhanden und fußläufig zu erreichen sind. Meine Mutter aber ist aus ihrem Dorf nicht rauszubekommen, und ich kann sie verstehen. 30 Jahre sind eine lange Zeit, an denen viele Erinnerungen hängen. Es würde ihr das Herz brechen, das Haus aufgeben zu müssen, das sie mit meinem Vater so mühsam aufgebaut hat.

Ich sehe sie in der Küche stehen, als ich auf den kleinen Hof hinterm Haus fahre, um mein Auto zu parken. Lächelnd schaut sie auf, als sie mich hört, und kommt gleich darauf zur Haustür.

Noch bevor ich meine Mutter begrüßen kann, kommt ein kleiner Wirbelwind hinter ihr hervorgeschossen. Jolina, die 3jährige Tochter ihrer Nachbarin, auf die sie gelegentlich aufpasst.

„Emma, Emma!“, ruft sie mir entgegen und fliegt mir in die Arme. „Tante Gina hat mit mir Kekse gebackt. Ganz riesengroße, wie das Krümelmonster isst.“

Keine Ahnung, warum, aber kleine Kinder lieben mich. Es ist noch nicht mal so, als würde ich auf sie zugehen. Nein, sie kommen immer gleich zu mir, ohne dass ich mich um ihre Aufmerksamkeit bemühen muss.

„Hey Jolina.“ Ich nehme sie hoch und gehe mit ihr zur Tür. „Ihr habt Kekse gebacken? Darf ich die probieren?“

„Du musst, Emma.“ Sie presst mir ihren duftenden, blonden Lockenkopf in die Halsbeuge. Mit Jolina auf dem Arm drücke ich meine Mutter an mich und begrüße sie. Jolina befreit sich aus meinem Griff und rennt ins Wohnzimmer.

„Wo geht sie hin?“, frage ich. Gemeinsam gehen wir in die Küche, wo der Duft nach frisch gebackenen Keksen überwältigend ist.

„Vermutlich holt sie ihr Teegeschirr, damit sie dir angemessen servieren kann.“ Wir setzen uns gegenüber an den Küchentisch. Meine Mutter lächelt mich an. Sie sagt nichts und gibt mir nur diesen ‚Ich sehe dich so lange an, bis du mir sagst, was los ist – Blick'. Ich hasse es, wenn sie das tut. Das ist etwas, was wohl nur Mütter können. Dieser Blick hat mich schon Dinge eingestehen lassen, von denen meine Mutter noch nicht mal einen Verdacht hatte.

„Wie geht's dir, Ma?", frage ich, in dem naiven Versuch, den Spieß umzudrehen.

„Gut, Emma. Mir geht es immer gut, das weißt du doch. Dein Bruder hat sich beschwert, dass du ihn schon so lange nicht mehr angerufen hast."

„Ich hab viel Arbeit zurzeit, Mama. Aber ich ruf ihn die Tage mal an. Davon abgesehen, die Leitung funktioniert in beide Richtungen."

„Emma", seufzt meine Mutter schwer. „Mir gefällt es nicht, dass du dich so sehr in deinem Haus vergräbst und keine Freundschaften mehr pflegst. Ich weiß, dass du arbeitest. Aber das kann doch nicht alles sein."

Ich hasse es, wenn sie recht hat. Jolina kommt mit ihrem Puppengeschirr zurück und unterbricht zu meiner Erleichterung dieses Gespräch.

Nach dem Abendessen verabschiedet meine Mutter mich mit ermahnenden Worten und einer großen Dose Kekse. Als ob ich davon nicht schon genug hätte. Sowohl Gebäck, als auch ein schlechtes Gewissen. Sie meint es nicht so, aber es verhagelt mir die Laune. Auf der zehnminütigen Fahrt nach Hause lacht mich die Keksdose vom Beifahrersitz an. Fast schon automatisch schiebe ich mir nach und nach drei Stück in den Mund. Als hätte ich nicht schon genug bei meiner Mutter gegessen.

Zuhause angekommen steige ich aus dem Auto aus und suche mal wieder den Haustürschlüssel in meiner übergroßen

Handtasche. Gleichzeitig balanciere ich die Kekse in einer Hand und stolpere dabei fast über die Gestalt, die im Dunkeln vor meiner Haustür sitzt.

„Guten Abend, schöne Frau“, erklingt die angenehm dunkle Stimme von Sam.

„Was machst du hier?“, frage ich genervt und schließe die Haustür auf.

„Nach deiner Telefonnummer fragen, damit ich in Zukunft nicht mehr unangemeldet aufschlagen muss.“ Er folgt mir ins Haus und legt einen Motorradhelm, der mir jetzt erst auffällt, auf der Garderobe ab.

„Komm doch rein“, sage ich überflüssigerweise. „Kekse?“ Ich drücke ihm die Dose in die Hand und streife meine Schuhe ab. Sam steht etwas verloren in meiner Diele, während ich mich meiner Jacke entledige.

„Was hat dich denn gebissen?“

Er kennt mich nicht gut genug, um das Recht zu haben, mich so anzusprechen.

„Was willst du wirklich?“ Ich bin komplett entnervt von seiner Anwesenheit. Das liegt nicht daran, dass er eine anstrengende Person ist, auch wenn ich ihn etwas dreist finde. Es hat damit zu tun, dass ich mich mit einem heißen Kakao mit Sahne auf der Couch zusammenzurollen wollte. Auf meinem Plan stand nicht, heiße, dunkelhäutige und große Tätowierer zu unterhalten und dabei nicht zu wissen, wo ich meine Fettrollen verstecken soll. Zugegeben, ich habe vielleicht etwas PMS heute. Aber auch nur etwas.

„Ich will wirklich deine Telefonnummer, damit ich dich anrufen kann. Vielleicht möchte ich dich ja mal zum Essen oder ins Kino einladen. Oder einfach nur mit dir reden.“

„Warum, Sam?“, belle ich ihn an und gehe in die Küche. Wie erwartet folgt er mir, aber nicht ohne vorher seine schwere Motorradjacke auszuziehen und sie auf meine Couch zu schmeißen. Ich nehme Milch aus dem Kühlschrank und schiebe ihn beiseite, um einen Topf aus dem Schrank zu ziehen.

„Weil ich dich interessant finde."

Der Kakao steht im Schrank hinter ihm, doch ich arbeite um ihn herum, als wäre er gar nicht da, auch wenn ich mich dafür an ihn pressen oder ihn wegdrücken muss.

„Ich höre nur bla bla. Zieht das bei anderen Frauen?"

Sam hat zwischenzeitlich die Dose geöffnet und isst im Stehen die krummen Kinderkekse. Mit dem Schneebesen rühre ich energisch Kakaopulver in die aufkochende Milch.

„Ich hab keine Ahnung, ob das bei anderen zieht. Mich würde es nur freuen, wenn es bei dir funktioniert."

Genervt von seiner Beharrlichkeit, lasse ich den Kopf auf die Brust sinken und seufze theatralisch.

„Willst du auch einen Kakao?", frage ich schließlich, auch wenn ich mich besser fühlen würde, wenn er einfach geht.

„Gerne, Pinkpants." Der Triumph in seiner Stimme ist nicht zu überhören.

Mit Kakao und Keksen setzen wir uns auf meine Terrasse und schauen in den Garten. Die Temperaturen sind recht mild, sodass man es gut ohne Jacke aushalten kann. Ich bin froh, dass der Tisch etwas Abstand zwischen uns bringt.

„Also?", fragt er und nippt an seiner Tasse.

„Was, also?"

„Bekomme ich deine Nummer?"

Ich seufze ergeben und strecke ihm meine Hand entgegen.

„Gib mir dein Telefon!"

Er greift in seine Hosentasche und legt es mir in die Handfläche. Zum Glück hat er eins mit normaler Tastatur. Diese

Dinger, die nur einen Touchscreen haben, sind nichts für meine ungeschickten Finger. Ich tippe meine Nummer ein und rufe mich selbst an. Als ich drinnen meine Handtasche klingeln höre, lege ich auf und gebe ihm sein Telefon wieder.

„Den Namen kannst du selbst speichern. Ich wäre dir dankbar, wenn du nicht Pinkpants nehmen würdest."

Sam grinst und steckt kopfschüttelnd sein Handy wieder ein. Dabei streckt er den Oberkörper und lässt kurz ein Stück Haut zwischen Shirt und Hosenbund blitzen. Und ich kann natürlich nicht anders, als hinzuschauen.

Sam bemerkt das unglücklicherweise und kann es nicht kommentarlos stehen lassen. „Gefällt dir, was du siehst?"

Ich nehme einen Schluck Kakao, um nicht sofort antworten zu müssen. Er sieht mich abwartend an und zieht eine Augenbraue hoch.

„Fishing for compliments, Sam? Ich denke, du kennst deine Wirkung auf Frauen ganz genau."

„Emma, Emma. Mich interessiert nicht, wie mich andere Frauen finden, denn das ist mir durchaus bewusst. Ich will wissen, ob ich dir gefalle. Im Gegensatz zu diesen anderen Frauen sendest du sehr gemischte Signale."

Jetzt gerade wünschte ich mir, mein Kakao wäre mit einer guten Portion flüssiger Courage in Form von Sahnelikör aufgefüllt.

„Ja, Sam. Ich finde dich attraktiv. Geht es dir jetzt besser?"

Er zuckt die Schultern.

„Besser nicht. Nur musst du dir jetzt eine sehr gute Ausrede einfallen lassen, um nicht mit mir eine kleine Motorradtour zu machen."

„Jetzt?"

„Nicht jetzt, Pinkpants. Am Samstag. Ich hole dich noch vor dem Frühstück ab. Oder hast du Angst?"

„Nein, ich habe keine Angst." Das ist gelogen. Ich habe noch nie auf einem Motorrad gesessen. „Aber wo willst du denn hin?"

„Lass dich überraschen. Das Wetter soll noch ein paar Tage stabil bleiben. Deswegen dachte ich, wir könnten ein bisschen weiter raus fahren. Vertraust du mir?"

Es ist wohl kaum angebracht, dass ich ihm darauf eine ehrliche Antwort gebe. Das ist aber überwiegend mein Problem. Die Erfahrung hat gezeigt, dass ich niemanden außer mir selbst trauen kann.

„Ich versuche es."

„Damit kann ich leben. Aber ich sollte jetzt gehen. Ich will dich nicht vom Schlafen abhalten."

Oh Sam, du darfst mich jederzeit um den Nachtschlaf bringen.

„Du hältst mich höchstens vom Arbeiten ab. Ich sollte noch etwas tun."

„Stimmt, du bist selbstständig. Nadine hat davon gesprochen. Hat sie dich eigentlich schon eingeladen?"

„Eingeladen, wozu?"

Sam trinkt den letzten Schluck Kakao aus und steht auf. Er reicht mir eine Hand, um mich aus dem Stuhl hochzuziehen und mit mir zur Haustür zu gehen. Ich bin enttäuscht, als er sie gleich wieder loslässt.

„Sie hat vorhin Einladungen per SMS an Kolleginnen und Freundinnen verschickt. Soweit ich weiß, plant sie eine Verkaufsparty für Sextoys. Männer sind leider nicht eingeladen."

„Verkaufsparty für Sextoys?" Da kann nichts Gutes bei rumkommen. „Ich hab noch nicht auf mein Handy gesehen."

„Wird bestimmt lustig, Emma. Lass dir das nicht entgehen. Nadine wäre enttäuscht, wenn du nicht kommst." Er hält mir die Terrassentür auf und folgt mir ins Haus.

„Was macht dich so sicher, dass sie mich überhaupt eingeladen hat?“

„Die Tatsache, dass sie seit eurem Wiedersehen nur noch von dir spricht. Emma hier, Emma da. Du traust nicht vielen Leuten, oder?“

Bin ich so leicht zu durchschauen?

„Nicht wirklich, nein.“

Er schlüpft wieder in seine Jacke und wirft mir auf dem Weg zur Tür einen skeptischen Blick zu. In der Diele bleibt er stehen und sieht mich nachdenklich an.

„Was ist?“, frage ich unsicher.

„Nadine hat mich zusammengefaltet und gesagt, ich soll mich zurückhalten. Aber Emma, ich würde dich wirklich gerne küssen.“

Er steht dort und sieht mich an, wie ein kleiner Junge, der um einen Nachschlag vom Nachtisch bettelt. In der Kombination mit seiner Optik ist dieses Bild zum Brüllen komisch. Ich fange lauthals zu lachen an. Sam sieht aus, als hätte jemand seinen Welpen getreten, doch ich kann mir einfach nicht helfen.

„Du hättest auch einfach Nein sagen können.“ Jetzt ist er tatsächlich beleidigt. Er greift nach der Türklinke, doch ich halte ihn zurück, bevor er sie nach unten drücken kann.

„Sam, warte!“ Ich lege eine Hand auf seine Schulter und wische mir die Lachtränen aus dem Augenwinkel. Er dreht sich zu mir und wartet auf eine Erklärung, doch ich habe keine, die ihn zufriedenstellen würde.

„Ich verstehe einfach nicht, warum du um einen Kuss bettelst. Ein Kuss von mir, wohlgemerkt. Sam, was willst du mit mir? Ich verstehe es immer noch nicht. Du könntest etwas weitaus Besseres haben.“

Die Frage war ein Fehler, doch ich brauche eine Antwort.

Die bekomme ich auch. Und was für eine. Sam zieht mich an sich. Er schlingt einen Arm um meine Taille und legt seine Lippen an mein Ohr.

„Emma, süße Emma. Soll ich dir wirklich sagen, was ich von dir will?“

Mein schwaches Nicken ermuntert ihn, direkt weiter zu reden. Meine Kehle ist gerade viel zu trocken, um verbal zu antworten.

„Bei unserem ersten Treffen im Supermarkt fand ich dich süß, aber etwas chaotisch. Getroffen hat es mich beim zweiten Mal, als ich dich nur im T-Shirt in Markus Küche gesehen habe. Da hätte ich dich am Liebsten auf die Arbeitsplatte gesetzt, deinen Slip beiseite geschoben und dir gezeigt, wie sexy ich dich finde.“

„Wie hättest du es mir gezeigt?“, frage ich atemlos. Ich hänge in seinem Griff und kann mich nicht von der Stelle rühren. Wenn er spricht, streifen seine Lippen meine Ohrmuschel.

„Du willst es wirklich wissen?“ Ich spüre sein Grinsen an meiner Wange. „Ich hätte deine Hand genommen und in meine Pyjamahose geschoben, damit du dich selbst davon überzeugen kannst, wie hart ich schon für dich bin. Dabei hätte ich dich hier geküsst.“ Er lässt seine Nasenspitze über meinen Hals wandern, um mir zu zeigen, was seine Lippen tun würden.

„Ich hätte mit meinem Finger getestet, ob du schon für mich bereit bist, denn ich fürchte, dass du sehr eng bist, und ich bin nicht gerade schmal gebaut.“

Sam weiß ganz genau, was er da gerade tut. Alles, was er erzählt, könnte er auch gerade mit mir machen, ohne auf Widerstand zu stoßen. Ich reibe meine Schenkel aneinander, in der Hoffnung ein bisschen Anspannung abzubauen, doch das macht es nur schlimmer. Mein frustrierter Seufzer spornt ihn noch mehr an.

„Du hättest es gar nicht erwarten können, meinen harten Schwanz in dir zu spüren, aber ich hätte mir noch etwas Zeit gelassen. Deine kleine, warme Hand hätte ich allerdings wegnehmen müssen, weil du sehr geschickt bist und ich fast über deine Finger gekommen wäre."

Bei der Vorstellung spüre ich ein Pochen direkt in der Klit und meine Nippel, die sich im BH zusammenziehen.

„Sam", höre ich mich selbst stöhnen. Dabei berührt er mich nicht wirklich, er hält mich nur im Arm.

„Was willst du, Emma?", flüstert er an meinem Ohr.

„Ich … ich weiß nicht …"

„Sag es mir, Emma." Er streicht durch meine schwarzen Haare und spielt mit meinen Locken.

Mein Höschen ist komplett durchnässt. Ich kann mich nicht erinnern, dass das vorher schon mal vorgekommen ist. Eigentlich werde ich nur schwer feucht.

„Ich kann nicht!"

„Soll ich dir sagen, was ich denke?"

Mein schweres Schlucken ist für ihn Antwort genug.

„Ich denke, du möchtest mich anfassen. Aber du traust dich nicht. Doch viel dringender willst du selbst berührt werden."

Ich lege eine Hand auf seine Brust und spüre seinen starken, regelmäßigen Herzschlag unter meinen Fingern. Er ist so warm.

„Darf ich auch, Emma?" Er nimmt mein Ohrläppchen zwischen seine Lippen. Ich kann nur noch wimmern. Seine Hand schiebt er an meinem Rücken hoch und arbeitet sich langsam nach vorne. Mit den Fingerspitzen streicht er über die seitliche Rundung meiner Brust.

Ich halte mich an seinem Arm fest und schiebe mich näher an ihn. Da spüre ich ihn an meinem Bauch. Er ist hart, verdammt hart.

„Sam“, wispere ich.

„Bekomme ich einen Kuss, Emma?“

Ich drehe meinen Kopf und finde sofort seine Lippen. Zwei Dinge passieren gleichzeitig, die ich nicht stoppen kann, aber auch gar nicht will. Sam legt eine Hand in meinen Nacken und schiebt mir die Zunge in den Mund. Sein Piercing spüre ich zur selben Zeit, wie seine Hand zwischen meinen Schenkel. Völlig willen- und wehrlos hänge ich in seinen Armen.

Ich bin nicht leicht erregbar, nie gewesen, aber Sam schafft es, mich mit der Reibung seines Daumens über meiner Hose, innerhalb von kurzer Zeit zum Höhepunkt zu bringen. Keuchend löse ich mich von seinem Mund und lehne meinen Kopf an seinen Brustkorb. Ehe ich wieder zu Atem komme, wäscht die Scham in heißen Schüben über meinen ganzen Körper. Bin ich gerade wirklich durch eine so kleine Berührung gekommen? Noch dazu bei einem fast Fremden? Wenn jetzt nicht ein guter Moment wäre, wo sich unter mir ein großes Loch auftun könnte, dann weiß ich nicht, wann sonst.

„Emma?“ Sam schiebt mein Gesicht am Kinn zu sich hoch und drückt mir einen Kuss auf die Lippen. „Danke für diesen unvergesslichen Gutenachtkuss. Normalerweise haue ich nicht gleich ab, wenn ich eine Frau zum Kommen gebracht habe, aber ich muss wirklich los.“

Wenn er jetzt über mich lacht, dann trete ich ihm in die Eier.

Ich kann immer noch nicht reden, doch Sam erwartet zum Glück keine Antwort. Er küsst mich noch einmal auf die Stirn und nimmt dann seinen Helm von der Garderobe.
Grinsend und kopfschüttelnd zieht er die Tür hinter sich zu.
Meinen ersten Orgasmus in Gegenwart eines Mannes hatte ich mir irgendwie ein bisschen anders vorgestellt.

5.

Morgen habe ich mein Date mit Sam, doch heute gehe ich zum ersten Mal in den Shop, um mir ein Piercing stechen zu lassen. Nadine hat so lange gequengelt, bis ich zugesagt habe. Sam weiß nichts davon, und ich bin schon sehr gespannt darauf, ihn während der Arbeit zu sehen.

Nadine sitzt mit Markus im Vorraum des Shops über einem Zeichenblock, als ich die Tür öffne. Sie sieht auf, während ich den Raum betrete, und strahlt mich an.

„Hey Emma!“, ruft sie und springt auf, um mir gleich um den Hals zu fallen. Markus winkt mir von seinem Platz auf der großen Couch im Wartebereich zu.

„Hey, ihr beiden.“ Es fällt mir noch schwer, mit Nadines selbstverständlicher Nähe umzugehen, doch ich lasse sie gewähren und erwidere ihre Umarmung. „Ich hab euch etwas mitgebracht.“

Ich stelle eine große Dose mit selbst gebackenen Muffins auf die Theke in der Mitte des Raums und ziehe meine Jacke aus. Unauffällig lasse ich meinen Blick durch den Shop schweifen. Vier Türen gehen von dem großen Raum aus. Hinter den ersten beiden Türen scheinen die Tattooräume von Sam und Markus zu liegen. Ich versuche wirklich, nicht zu auffällig zu suchen, doch Nadine lässt sich nichts vormachen.

„Sam hat noch eine Kundin. Er müsste aber in ein paar Minuten fertig sein. Ich sag ihm Bescheid, dass du hier bist.“

Ehe ich widersprechen kann, hat sie schon die Tür zu Sams Reich geöffnet. Sie unterhält sich über die laute Musik, die aus dem Raum schallt, mit ihm. Es ist nicht zu verstehen, was sie reden, doch Sam kommt einen Moment später schon raus und lächelt mich an. Er trägt schwarze Gummihandschuhe und hält die Hände, wie ein Chirurg bei der Unterbrechung seiner OP, in die Luft.

„Sorry, Pinkpants. Ich hatte keine Ahnung, dass du kommst. Kein Piercing für dich heute. Ich bin gleich bei dir."

Bevor ich seine Ansage hinterfragen kann, ist er schon wieder verschwunden. Nadine schließt die Tür und sieht mich fragend an.

„Keine Ahnung", sage ich schulterzuckend. „Ich bin genauso schlau wie du."

„Pinkpants?" Markus verkneift sich ein Grinsen.

„Frag nicht. Das war nicht mein glanzvollster Moment."

Nadine macht uns Kaffee und setzt sich mit mir ins Büro. Markus hat eine Kundin, also warten wir alleine auf Sam und seine Erklärung. Seit unserer letzten, für mich peinlichen Begegnung, habe ich ihn nicht mehr gesehen und auch nichts von ihm gehört. Der Gedanke an meine Spontanexplosion lässt mir jetzt noch die Hitze in die Wangen steigen, aber ich habe beschlossen, mich wie eine erwachsene Frau zu benehmen und da drüber zu stehen.

„Kommst du nun zu meiner kleinen Party in zwei Wochen?", fragt Nadine mit Unschuldsmiene und reicht mir die Milch.

„Muss ich?" Eine Horde Mädels, die hysterisch über ein paar Dildos kichern? Nicht meine Idee von Spaß. Andererseits habe ich mir vorgenommen, wieder mehr unter Leute zu gehen.

„Bitte, Emma", bettelt Nadine und zieht einen gekonnten Schmollmund.

„Schon gut. Ich komme." In genau diesem Moment spüre ich Sams Hand auf meiner Schulter.

„Du kommst?“, fragt er, und bemüht sich, ein Grinsen zu unterdrücken. Bei meinem Glück war klar, dass er nur den letzten Teil mitbekommt. Ich kann nicht zu ihm aufsehen, meine Wangen glühen auch so schon genug.

„Gedanken aus der Gosse, Sam. Warum darf ich Emma nicht piercen?“ Nadine sieht ungeduldig zu ihm hoch.

„Weil wir ein Date haben und sie dafür einen Helm tragen muss. Das macht sich ganz schlecht mit frisch gepiercten Ohren.“

„Ihr habt ein Date?“ Sie schaut mich skeptisch an. Ich zucke nur mit den Schultern.

Sam greift nach meiner Hand und zieht mich vom Stuhl hoch.

„Kommt mit, Pinkpants. Ich muss dir etwas zeigen.“

„Nenn mich nicht Pinkpants“, nörgele ich und lasse mich trotzdem mitschleifen.

„Ich könnte dir auch eine andere Stelle piercen“, ruft Nadine hinter uns her.

„Nadine!“, sagt Sam mit einem warnenden Unterton.

„Ich klär das mit Emma später.“ Sie kann es nicht lassen. Die beiden scheinen Spaß daran zu haben, sich zu necken.

Sam schiebt mich in seinen Tattooraum und schließt die Tür. Sofort drängt er mich gegen die geschlossene Tür und greift in meine Haare, um meinen Zopf zu lösen. Seine Nähe macht es mir unmöglich, nur ein Wort herauszubekommen oder in irgendeiner Form zu protestieren. Ich verstehe immer noch nicht, warum er scheinbar auf mich steht. Diese Skepsis kann ich auch nicht abstellen.

„Ich kann dich auch piercen, Emma“, raunt er mir ins Ohr. Mein ganzer Körper wird von einer Gänsehaut überzogen.

„Obwohl deine Klit schon sensibel genug ist.“ Er streift mit der Zungenspitze meine Ohrmuschel. „Wenn ich dich dort piercen würde, dann könntest du dich bei den einfachsten Bewegungen schon nicht mehr konzentrieren. Aber hier …“ Er streift mit dem Daumen über meinen aufgerichteten Nippel. „… diese Stelle könnte dir Spaß machen.“

Falls Sam es sich zum Ziel gemacht hat, mich wieder zum Kommen zu bringen, dann ist er auf dem besten Weg dahin.

„*Hangin‘ round, downtown by myself* …“, plärrt und vibriert es aus meiner Hosentasche.

„Was ist das?“, fragt Sam und grinst an meinem Hals, den er gerade mit Küssen bedeckt.

„*I SMELL SEX AND CANDY* …“, schrillt es jetzt noch lauter.

Mit zitternden Händen greife ich zwischen uns, um in meine Hosentaschen fassen zu können, streife dabei aber über Sams Erektion. Er presst sich noch enger an mich und klemmt meine Hand ein.

Jetzt vibriert es zwischen uns, während der Song immer weiter spielt. Ich kann keinen klaren Gedanken fassen, außer dass ich meine Agentin töten möchte, die es irgendwie immer schafft, mir bei jedem Treffen ihren persönlichen Klingelton zu ändern.

„Sam“, keuche ich und spüre seinen harten Schwanz an meinem Handrücken. „Ich muss da ran, das ist wichtig.“

„Gleich.“ Er legt eine Hand auf meine Wange und drückt überraschend zärtlich seine Lippen auf meine. Völlig atemlos lässt er mich stehen und setzt sich auf die große Liege, die gleich neben uns an der Wand steht. Ich kann mich noch nicht rühren. Meine Mailbox springt an und der penetrante Klingelton bricht ab, nur um wenige Sekunden später wieder zu beginnen. Sam sitzt mit verschränkten Armen vor mir und sieht mich lächelnd an.

„Pinkpants, du klingelst schon wieder.“

„Ich versuche nur, Kontrolle über meine Gliedmaßen zu bekommen", flüstere ich und suche mit fahrigen Bewegungen nach der Öffnung meiner Hosentasche, ohne meinen Blick von Sam abzuwenden.

„Wie läuft das so für dich?" Er beobachtet meine Finger und grinst über meine ungeschickten Bemühungen.

„Nicht gut." Schließlich sehe ich doch an mir runter und finde das plärrende Ding. Ich klappe es auf und lasse es dabei fast wieder fallen. Schließlich halte ich mir den Hörer ans Ohr und nehme das Gespräch an.

Ehe ich meine Agentin begrüßen kann, motzt sie mir schon ins Ohr.

„Ich hasse deine Mailbox, Emma. Wie geht's voran?"

„Hallo Tina. Danke der Nachfrage. Mir geht es auch gut. Ist in Stuttgart wieder der Kaffee knapp, oder woher kommt die herzliche Stimmung noch vor deiner Mittagspause."

Sam deutet mir, dass er zu Nadine geht, damit ich in Ruhe telefonieren kann.

„Sorry, Emma. Ich weiß nur im Moment nicht, wo mir der Kopf steht. Mir ist klar, dass wir noch 6 Wochen bis zu deiner Deadline haben, aber ich könnte wirklich schon einen kleinen Einblick gebrauchen."

„Du hast doch das ausführliche Exposé, Tina."

„Du weißt, dass ich es genauso hasse, diese Dinger zu lesen, wie du es hasst, sie zu schreiben."

„Dafür liebe ich dich, Tina. Du vertraust mir blind, dass ich etwas Gutes zustande bringe. Also vertrau mir einfach weiterhin."

„Du machst mich wahnsinnig, Emma-Gemma", brüllt sie in den Hörer und bringt mich dazu, ihn mir einen halben Meter vom Ohr wegzuhalten. In dem Moment steckt Sam den Kopf zur Tür rein und hält mir mit fragendem Blick einen Muffin entgegen, während er mit der anderen Hand auf sich zeigt. Ich nicke zur Bestätigung, dass er ihn essen kann, und halte mir das Telefon wieder ans Ohr.

„Jetzt, liebe Tina, habe ich ausnahmsweise auch einmal Wochenende. Montagmorgen werde ich, weil ich so eine brave Autorin bin, dir die ersten fünf Kapitel zukommen lassen. Aber erwarte wirklich nur die Rohfassung bis dahin." Sam hat den Raum schon wieder verlassen, sonst könnte ich nicht so offen antworten.

„Besser ist das, Emma. So, ich muss wieder los. Bis dann." Keine Antwort abwartend legt sie direkt auf.

Ich verdanke Tina wirklich einiges. Ohne ihre Unterstützung hätte ich es niemals so schnell geschafft. Normalerweise ist sie eine lustige und liebe Person, aber unter Stress wird sie zur Furie.

Kopfschüttelnd schiebe ich mir mein Mobiltelefon in die Hosentasche, als Sam schon wieder den Kopf zur Tür rein steckt.

„Alles okay?", fragt er.

„Ja, ja. Alles gut. Nur die Arbeit. Wenn ich kein Piercing haben darf, dann stör ich euch nicht weiter und fahr wieder nach Hause."

Sam kommt in den Raum und schließt die Tür hinter sich ab. Mit wildem Blick geht er auf mich zu und drängt mich auf die Liege, auf der er vorhin gesessen hat.

„Emma-Gemma?", flüstert er und streicht mit der Nasenspitze über meine Ohrmuschel. Tina und ihr lautes Organ. War ja klar, dass er ausgerechnet das hören musste.

„Wie alt bist du eigentlich, Sam?", frage ich, um vom Thema abzulenken. Es ist gar nicht so einfach, einen Satz zu artikulieren, wenn er sich an mich presst.

„Einunddreißig bin ich, Emma." Er schiebt sein Knie zwischen meine Schenkel und streicht mit den Fingerspitzen über meine Unterarme. Ich stütze mich mit den Handflächen auf der Liege ab und schließe die Augen. Sams Lippen wandern über meinen Hals und hinterlassen eine feuchte Spur.

„Willst du gar nicht wissen, wie alt ich bin?" Es wundert mich wirklich, dass ich soviel Gewalt über meine Stimme habe. Vor allem, da Sam gerade seine Hand auf meiner Hüfte abgelegt hat und kleine Kreise durch den Stoff meiner Hose reibt.

„Du bist 27", stellt er fest. „Das hat Nadine mir schon verraten. Außerdem war es ja offensichtlich, da ihr in einem Jahrgang zur Schule gegangen seid." Er lässt keine Sekunde von mir ab, völlig unbeeindruckt durch mein Gebrabbel.

„Warum hast du die Tür abgeschlossen?"

„Weil Nadine mir gesagt hat, ich soll mich zurückhalten. Aber ich kann nicht, Emma. Ich will dich." Zur Untermalung seiner Aussage drückt er seinen gespannten Schritt an meine Scham. Er streicht mit der Zungenspitze über meine Oberlippe und entlockt mir damit ein willenloses Seufzen.

„Ich liebe die kleinen Töne, die du machst, wenn ich dich an den richtigen Stellen berühre. Aber warum fasst du mich nicht an?" Er streicht meine Haare über die Schultern nach hinten und legt die Arme um mich, damit er mich ansehen kann.

„Ich weiß es nicht. Irgendwie schüchterst du mich ein. Vielleicht warte ich auch noch auf den Augenblick, wo du mit dem Finger auf mich zeigst und laut rufst „Verarscht"."

Sam zieht die Stirn kraus und sieht mich fassungslos an.

„Ich weiß gar nicht, was ich sagen soll, Emma. Du musst echt ein paar prägende Erfahrungen gemacht haben. Ich wünschte, ich müsste jetzt nicht den Arbeitsplatz für meinen nächsten Kunden vorbereiten und hätte mehr Zeit für dich.

Können wir morgen darüber reden?“

Nickend will ich mich aus seinem Arm befreien, doch er hält mich fest und lässt mich nicht eher gehen, bis er mir mit einem innigen Kuss die Knie weich gemacht hat.

Auf dem Weg zum Parkplatz bekomme ich eine Kurzmitteilung von Sam.

-Ich mag dich, Emma. Und ich freue mich auf unsere Tour morgen. Vergiss deinen Personalausweis nicht und zieh dir die wärmsten Sachen an, die du hast. Auf dem Motorrad kann es ganz schön kalt werden. Sam. PS: Wenn ich dich nicht sexy finden würde, dann wäre ich nicht jetzt noch schmerzhaft hart. Ich kann dich immer noch auf meinen Lippen schmecken.-

6.

6.30 Uhr am Samstagmorgen? Ernsthaft. Vor dem Frühstück muss doch nicht heißen, vor dem Sonnenaufgang.

Sam steht vor meiner Haustür, in kompletter Motorradkluft, und sieht einfach zum Anbeißen aus. Ich habe es gerade mal geschafft, mich anzuziehen und mir einen Kaffee zu machen, was normalerweise um diese Uhrzeit auch nicht vorkommt. Völlig ungekämmt und noch vom Schlaf zerknautscht, lasse ich ihn in meine Küche.

„Du bist früh", bemerke ich mürrisch und stelle eine zweite Tasse unter die Kaffeemaschine.

„Und du bist schlecht drauf." Er sieht enttäuscht aus.

„Nein, Sam. Nur noch nicht ganz da. Kannst du mir noch eine halbe Stunde geben, damit ich mich in Ruhe fertigmachen und klar im Kopf werden kann? Mir ist klar, dass du los willst, aber ich muss erst wach werden." Ich reiche ihm den dampfenden Kaffee und will gerade nach oben gehen, doch er hält mich am Handgelenk fest. Vorsichtig stellt er die Tasse neben sich auf die Arbeitsplatte. Er schiebt sich vor mich und sucht meinen Blick.

„Hast du keine Lust, Emma?"

„Es ist nicht das. Ich bin nur kein Morgenmensch und außerdem bin ich kein Fan von Überraschungen."

„Okay. Und was noch?"

Eigentlich habe ich immer eingebildet, dass ich nicht so leicht zu durchschauen bin.

„IchbinnochnieaufeinemMotorradmitgefahrenundichhabe-eineScheißangst." Wenn ich es ganz schnell sage, dann kann ich im Zweifelsfall bestreiten, es jemals gesagt zu haben. Oder?

„Bitte, was?“ Ein tiefes Lachen erschüttert seinen Brustkorb.

„Du hast mich schon verstanden.“

„Ja, hab ich“, nickt er zur Bestätigung. „Möchtest du lieber hier bleiben? Wir könnten auch mit dem Auto fahren.“

„Nein, ich will schon. Aber du musst mir versprechen, nicht zu schnell und zu waghalsig zu fahren. Ich hänge an meinem Leben.“

„Versprochen, Emma. Mach dir keine Sorgen, ich bin ein sehr guter und vernünftiger Fahrer. Ich pass auf dich auf.“ Er küsst mich auf die Stirn und schafft es doch tatsächlich, dass ich mich in seiner Gegenwart schmal und zerbrechlich fühle.

„Sagst du mir, wo wir hinfahren. Die Tatsache, dass ich meinen Ausweis brauche, beunruhigt mich etwas.“

„Wir fahren ans Meer. In knapp drei Stunden müssten wir es bis nach Schoorl schaffen.“

„Wir fahren nach Holland?“ Ich sehe ihn ungläubig an. Das ist ganz schön weit für einen Tagesausflug.

„Wenn du dabei bist, ja. Aber du musst dir wirklich noch mehr anziehen. Ich hab dir eine Motorradjacke und einen Helm mitgebracht, aber du brauchst auf jeden Fall noch einen dicken Pullover über dem Shirt und am besten zwei Hosen übereinander. Es soll zwar trocken bleiben, aber trotzdem ist der Fahrtwind sehr kalt.“

Super. Dann sehe ich noch mehr aus wie ein Michelin-Männchen.

Nachdem ich meine anfängliche Angst überwunden hatte, war es ein aufregendes Erlebnis, mit Sam auf dem Motorrad zu fahren. Ich weiß nicht, wie er das durchhält, aber Sam ist die ganzen zweieinhalb Stunden durchgefahren. Obwohl mir auf den letzten hundert Kilometern mächtig das Hinterteil wehgetan hat, habe ich die Zähne zusammengebissen. Die Quittung dafür bekomme ich jetzt.

Sam fährt auf einen Parkplatz, direkt hinter den Dünen und wartet darauf, dass ich absteige. Das Problem ist, ich kann nicht. So sehr ich mich auch anstrenge, ich bin nicht in der Lage, ein Bein anzuheben. Ich habe kein Gefühl in den Oberschenkeln und meine Füße kribbeln.

Sam zieht seinen Helm ab und dreht sich zu mir um.

„Was ist los?“, höre ich ihn, gedämpft durch meinen Helm, fragen.

„Meine Beine sind eingeschlafen und verkrampft.“ Mir schießt das Blut in die Wangen. „Ich kann nicht aufstehen“, bemerke ich beschämt.

Sam lacht und dreht sich kopfschüttelnd um. Umständlich steigt er vor mir ab und stellt das Motorrad auf den Seitenständer. Da ich mich jetzt nicht mehr an ihm festhalten kann, klammere ich mich an die Sitzbank. Sam greift unter mein Kinn und öffnet den Helm. Vorsichtig zieht er ihn mir vom Kopf und hängt ihn an den Lenker.

„Ich hab dir gesagt, du sollst dich melden, wenn du eine Pause brauchst“, sagt er lachend und greift unter meine Arme. Wie ein kleines Kind hebt er mich von der Maschine und stellt mich auf die Füße. Peinlich berührt nestele ich an der Jacke rum, um sie ausziehen.

„Bist du okay?“, fragt Sam.

„Beschämt. Aber sonst ist alles in bester Ordnung.“ Es wird wohl zur Gewohnheit, dass ich mich in seiner Gegenwart blamiere.

„Emma?“ Er stellt sich vor mich und packt mich an den Schultern. Ich sehe zu ihm auf, obwohl ich seinem Blick eigentlich lieber ausweichen möchte..

„Mach dich locker.“ Er schiebt meine Hände beiseite und

öffnet für mich die Jacke. „Wir suchen uns jetzt ein Café, wo wir frühstücken können, und dann machen wir uns einen guten Tag am Strand. Auf der Rückfahrt machen wir mindestens zwei Pausen. Du hast noch nie auf einem Motorrad gesessen und trotzdem so lange ausgehalten. Es ist meine Schuld. Ich hätte das wissen müssen."

Ich schaue auf seine Hände, die sich unter der offenen Jacke auf meine Hüften gelegt haben.

Sam greift unter mein Kinn und zwingt mich, ihn anzusehen.

„Hast du mich gehört?" Er schaut besorgt auf mich runter.

„Hab ich", flüstere ich und blinzele ihn an.

Wir sitzen uns in einem der zahlreichen Strandcafés gegenüber und genießen beinahe wortlos unser Frühstück. Nach einem Croissant und einem großen Milchkaffee lehnt Sam sich auf seinem Korbstuhl nach hinten und beobachtet mich. Unsicher nippe ich an meinem Orangensaft und weiß nicht so recht, wohin mit mir.

„Können wir mal ein paar Dinge klären, Emma? Denn ich fürchte, sonst wird das ein sehr verkrampfter Tag, und so hatte ich mir das eigentlich nicht vorgestellt." Er lächelt mich an und streckt die langen Beine unter dem Tisch aus. Unsere Knie berühren sich. Dieser Kontakt macht mich wütend, weil ich mich wieder instinktiv zurückziehen möchte. Es hat nichts damit zu tun, dass ich Sam nicht anfassen will. Ganz ihm Gegenteil. Ich habe nur ein Problem damit, dass er mich berührt und dabei eine Problemzone nach der anderen entdeckt.

„Genau das meine ich, Emma. Warum zuckst du immer zurück, wenn ich dir zu nahe komme? Ich verstehe das nicht. Wenn du mich nicht leiden könntest, dann würdest du jetzt nicht hier mit mir sitzen."

„Sam“, seufze ich und ringe nach Worten, um ihm das begreiflich zu machen. „Der Gedanke, dass du an mir interessiert sein könntest, ist für mich immer noch komplett abwegig. Typen wie du interessieren sich nicht für Frauen wie mich. Vielleicht nerve ich dich inzwischen damit, deswegen sollte ich dir vielleicht sagen, warum ich so denke. Ich bin nicht schlank, ganz im Gegenteil. Auch bin ich nicht der Mensch, der besonders aus sich raus geht. Ich bin langweilig, durchschnittlich, und ich neige dazu, mich mit Schokolade zu trösten, was man leider auch zu deutlich sieht.“

„Ernsthaft, Emma. So siehst du dich? Du hast ja schon eine Andeutung gemacht, dass da was mit deinem Ex vorgefallen ist. Aber es ist doch nicht deine Schuld, dass er jetzt auf Schwänze steht.“ Er sagt das mit einem todernsten Gesichtsausdruck und bringt mich damit zum Lachen.

„Siehst du, schon besser. Du bist vieles, Emma, aber nicht langweilig. Für mich bist du sexy, doch es ist offensichtlich, dass du dich mit deinem Körper überhaupt nicht wohlfühlst.“ Er trifft den Nagel auf den Kopf und ich weiß nicht, ob ich das gut finde.

„Du hast recht. Was soll ich dazu sagen, Sam? Ich bin nicht besonders glücklich über mein Aussehen und kann mir deshalb nur schwer vorstellen, dass jemand anderes es sein könnte.“

„Warum bist du mitgefahren?“

„Weil ich dich mag.“ Schon wieder steigt mir das Blut in die Wangen. Ich hasse diese unkontrollierbare Reaktion.

„Können wir jetzt zum Strand gehen“, sage ich, um von meiner Scham abzulenken.

„Hast du denn deinen Bikini mitgebracht?“ Er sieht mich mit einer hochgezogenen Braue herausfordernd an.

„Sehr witzig, Sam. Es sind maximal 18 Grad draußen, da

ziehe ich mich bestimmt nicht aus."

„Ich gehe auch nackt schwimmen."

Daran habe ich keinen Zweifel.

Schoorl hat wirklich einen traumhaften Strand mit vielen versteckten Flecken in den Dünen. Wir liegen nebeneinander auf dem Rücken und beobachten die Wolken, die an uns vorbeiziehen.

Sam hat sich tatsächlich den Pullover ausgezogen, doch hier ist es windgeschützt und deswegen nicht ganz so kalt. Er hat die Arme hinter dem Kopf verschränkt und die Augen geschlossen, aber seine Atmung verrät mir, dass er nicht schläft.

Ich lege mich auf die Seite und beobachte ihn. Vorsichtig strecke ich meine Hand aus, um die Tinte auf seinem Brustkorb zu berühren, ziehe mich jedoch im letzten Moment wieder zurück.

„Tu's einfach, Emma." Er dreht den Kopf zur Seite und blinzelt mich an. Die Sonne hat noch ganz schön Kraft, dafür, dass wir schon September haben, doch wenn sich eine Wolke davor schiebt, dann wird es gleich ein paar Grad kälter.

Sam dreht sich zu mir und legt die Hände wie ein Kissen unter seine Wange. Ich strecke wieder die Finger aus und streiche über sein Gesicht. Er schließt die Augen und genießt meine Berührung.

„Tiefer", fordert er leise.

Meine Hand wandert vom Hals über seinen Oberkörper. Dort zeichne ich die Konturen seiner Tätowierungen nach. Sam schlägt die Augen wieder auf und beobachtet mich. Seinen Arm um mich schlingend zieht er mich ganz nah an sich. Ich lege meine flache Hand auf seinen Brustkorb. Sein Herz schlägt schnell, aber er atmet ganz ruhig. Vorsichtig streiche ich mit dem Daumen über sein Brustwarzenpiercing, was Sam überraschend ein gequältes Stöhnen entlockt. Erschrocken ziehe ich meine Hand weg und weiche etwas zurück.

„Habe ich dir wehgetan?“

„Nein, Emma“, antwortet er mit rauer Stimme. Er muss sich erst räuspern, um weitersprechen zu können.

„Das tut überhaupt nicht weh. Ganz im Gegenteil. Wenn du das machst, dann schießt mir gleich das Blut eine Etage tiefer.“

„Oh, sorry!“, sage ich und bereue es im selben Moment. Manchmal bin ich echt ein solches Kind. Wir sind beide erwachsen, es gibt keinen Grund sich für so etwas zu entschuldigen. Sam sieht das wohl ähnlich und lacht mich aus.

„Du bist echt der Hammer, Pinkpants. Warum entschuldigst du dich dafür, dass mich deine Berührung erregt?“

Will er darauf jetzt wirklich eine Antwort? Beschämt vergrabe ich mein Gesicht an seinem Hals. Sam erspart mir zum Glück eine weitere Erklärung und verschließt meinen Mund mit einem Kuss.

Neben Sam am Strand her zu laufen fühlt sich gut an. Wir haben uns die Schuhe und Socken ausgezogen und lassen unsere Füße von den Wellen umspülen.

„Kann ich deine Hand halten“, fragt er unvermittelt und sieht mich dabei unsicher von der Seite an.

„Du hattest schon deine Zunge in meinem Mund und deine Hand in meinem Schritt. Ich denke, damit werde ich fertig.“

„Du bist unglaublich, Emma.“ Er nimmt meine Hand und verschränkt unsere Finger miteinander.

So schlendern wir eine Weile weiter, bis ich anfange zu frieren. Sam hat sich schon längst wieder seinen Pullover übergezogen, doch die Jacken haben wir in den großen Satteltaschen seines Motorrads verstaut.

„Wir sollten zurückgehen und uns vielleicht ein Lokal suchen, wo wir essen können", sagt er und dreht auch schon auf dem Absatz um. Es ist später Nachmittag und wir haben bisher nur gefrühstückt. Ich folge seinem Richtungswechsel und sehe sofort, was ihn mitten im Schritt bremst.

„Das ist nicht gut", bemerkt er mit Blick auf die tiefschwarze Wolkenwand vor uns. In der Ferne regnet es schon heftig.

„Und jetzt? Ich dachte, es soll trocken bleiben."

„Dachte ich auch. Wenn das hier rüber zieht, was es sehr wahrscheinlich wird, dann können wir nicht fahren. Wir haben keine Regenkleidung, und außerdem fahre ich nicht gerne bei starkem Regen. Schon gar nicht mit Sozius."

„Toll, Sam. Was machen wir?" Ich versuche gerade wirklich, mich nicht aufzuregen.

„Wir gehen jetzt essen und dann suchen wir uns eine Pension", sagt er schulterzuckend. Ihn scheint die ganze Situation nicht weiter aufzuregen.

„Du willst hier übernachten?", frage ich ungläubig.

„Ähm, ja. Ist das ein Problem?" Er stellt sich vor mich und streicht mir ein paar verirrte Strähnen aus dem Gesicht. Der Wind nimmt gerade ordentlich Fahrt auf und wirbelt meine Haare hoch.

„Ich hab keine Zahnbürste." Ehrlich, Emma. Deine Argumente lassen sehr zu wünschen übrig.

„Im Ort gibt es eine Drogerie. Da können wir was besorgen."

„Ich habe aber nichts, worin ich schlafen kann." Mir ist klar, dass Sam wohl ein gemeinsames Zimmer nehmen will, und ich werde nicht in Unterwäsche neben ihm liegen.

„Dann bekommst du ein T-Shirt von mir. Ich habe noch eins in der Satteltasche."

Jetzt sind mir alle Argumente ausgegangen.

„Hmpf…!“

Sam strahlt mich an und zieht mich gleich hinter sich her, Richtung Dünen.

7.

Es ist offiziell: Ich hasse Sam. Dafür, dass er mich zu Dingen überredet, bei denen ich mich unwohl fühle. Dafür, dass er ständig an meine Grenzen stößt. Dafür, dass er so verflucht charmant ist.

Nach einer schon fast lautstarken Diskussion vor der Chefin der Pension, darüber wer das Zimmer bezahlt, hat er mir einfach meine Tasche abgenommen und seine Kreditkarte auf den Tisch geknallt.

Oh, und dass er doch kein Ersatzshirt in seiner Tasche hatte, habe ich gerade erst erfahren. Mit an den Oberkörper gezogenen Knien sitze ich auf dem Bett und sehe trotzig zu ihm hoch.

„Es ist keine große Sache, Emma. Du gehst jetzt duschen und wickelst dich in eins der großen Badetücher. Wenn du aus dem Bad kommst, dann gehe ich rein und in der Zeit kannst du unter der Decke verschwinden. Ich schwöre, ich werde heute Nacht keinen heimlichen Blick wagen."

„Ich hasse dich, Sam!"

„Tust du nicht." Er zieht mich vom Bett hoch und schiebt mich ins Bad.

Eine halbe Stunde später liege ich unter der Decke, nur mit meinem Slip bekleidet, und warte auf Sam. Die Dusche hat er gerade abgestellt. Wenige Momente später kommt er, nur mit einer eng anliegenden Boxershorts bekleidet, aus dem Bad. Er reibt sich die Haare mit einem Handtuch trocken, wodurch seine kurzen Locken ein überraschendes Volumen bekommen.

„Hey!", sagt er und folgt meinem Blick, der sich gerade auf

dem Weg von seinem Kopf bis zu den Zehen befindet. So wie sein Oberkörper aussieht, hatte ich eigentlich mehr Tattoos unterhalb der Gürtellinie erwartet, aber er hat nur den rechten Unterschenkel mit ähnlichen Mustern, wie auf seinem Rücken und Brustkorb, tätowiert.

„Soll ich mich einmal umdrehen, damit du alles bewundern kannst?“, fragt er und breitet seine Arme aus. Ich weiß, dass es nicht jedermanns Geschmack ist, aber für mich ist Sam eine absolute Augenweide. Ich nicke und mache eine Drehbewegung mit dem Zeigefinger. Sam lässt sich einmal von allen Seiten anschauen und wirft das Handtuch hinter sich auf einen Stuhl.

Warum kann ich nicht so offen mit meinem Körper umgehen? Ach ja, richtig: weil ich fett, hässlich und untrainiert bin. Ich nerve mich mit meinem Selbstmitleid, aber ich kann es einfach nicht abstellen.

Sam schmeißt sich neben mich aufs Bett und bleibt auf der Decke liegen. Er dreht sich zu mir und beobachtet mich.

„Ist dir nicht kalt?“, frage ich.

„Ich nehme mir gleich meine Decke. Die Dusche hat mich etwas aufgeheizt“, flüstert er und streicht mit den Fingerspitzen über meinen nackten Oberarm. Seine Berührung verursacht mir eine Gänsehaut.

„Ist dir kalt?“, fragt er grinsend. Er weiß genau, was er da tut.

„Nein.“ Ich strecke meine Hand aus und fahre über seine Schulter. Er hat so weiche, ebenmäßige Haut.

„Ich mag es, wenn du mich anfasst, Emma“, flüstert er und schließt die Augen. Sam legt seine Hand über der Decke auf meine Hüfte und rückt ein Stück näher. Schnell nehme ich meine Finger weg, doch Sam lässt sich nicht beirren und schiebt ein Bein unter meine Decke. Seine Haut auf meiner, das ist einfach ein unbeschreibliches Gefühl.

Mit einer Hand greife ich hinter mich und lösche das Licht auf meinem Nachttisch. Wir haben vergessen, die Vorhänge zu schließen, deswegen kann ich ihn immer noch gut sehen. Ehe ich es mir anders überlegen kann, hebe ich meine Decke an und lasse Sam darunter schlüpfen. Er sieht weiterhin nur in mein Gesicht, wofür ich sehr dankbar bin.

„Ich will dich auch anfassen." Er streicht mit der Zungenspitze über meinen Hals und verschränkt unsere Finger miteinander.

„Sam", seufze ich. Mein ganzer Körper schreit danach, mich in seine Berührung zu schmiegen.

„Was ist es, Emma? Sag mir, was du willst." Seine Lippen wandern über mein Schlüsselbein, direkt zu meinem Brüsten. Ich packe Sams Kopf und ziehe ihn wieder zu mir hoch.

„Ich will dich", flüstere ich. „Aber ich kann nicht."

„Du kannst, wenn du willst." Sam legt sich auf den Rücken und zieht mich in seinen Arm. „Aber ich werde dich zu nichts drängen."

Ich lege die flache Hand auf seinen Bauch und spüre tiefe Atemzüge unter meinen Fingerspitzen.

„Erzähl mir von deinen Tattoos, Sam."

„Da gibt es nicht viel zu erzählen. Es sind Tribals, die eigentlich keine bestimmte Bedeutung haben. Wir stechen sie meistens, um bestimmte Körperformen zu betonen." Genau das tun sie bei ihm perfekt. Sam nimmt seinen Arm unter meinem Kopf weg und setzt sich auf.

„Siehst du das auf meinem Rücken? Wenn du genau hinschaust, dann erkennst du einen Drachen."

„Nicht wirklich, Sam. Es ist zu dunkel."

Er will nach dem Lichtschalter greifen, doch ich halte seine Hand fest und setze mich hinter ihn. In der Dunkelheit lehne ich meine Stirn an seinen Rücken und atme tief ein. Er hält ganz still. Ich drücke einen Kuss auf seine Haut und lasse meine Finger wandern. Wie feine Narben kann ich die Umrisse seines Tattoos fühlen. Sam scheint meine Berührung zu gefallen.

„Schläfst du gerade im Sitzen ein?", frage ich, weil er immer entspannter wird.

„Überhaupt nicht", antwortet er mit rauer Stimme. „Ich genieße das total." Er lehnt sich nach hinten und lässt mir gerade noch genug Zeit, meine Finger wegzunehmen. Sein Rücken presst sich an meine nackten Brüste und meinen Bauch, den ich so hasse.

„Gib mir deine Hände, Emma." Er lehnt den Kopf an meine Schulter und sieht mich an.

„Warum?"

„Weil ich sie auf mir fühlen will."

„Wo?"

„Wo immer du willst."

Mein Mund ist so trocken, ich muss erst ein paar Mal schlucken, doch schließlich nehme ich meine Hände nach vorne. Sam legt sie auf seinen Brustkorb und umschließt sie mit seinen eigenen. Verwundert sehe ich, wie klein und zierlich meine Hände im Gegensatz zu seinen wirken.

Sam benutzt seine eigenen Hände, um mich zu führen. Er zeigt mir, wie hart ich seine Brustwarzenpiercings anfassen kann, damit es für ihn angenehm ist. Mir entgeht natürlich nicht, wie sehr sich seine Boxershorts wölbt und wie seine Atmung immer schneller wird.

„Emma", raunt er und sucht meinen Mund. Er leckt vorsichtig über meine Oberlippe, bis ich ihm Einlass gewähre. Meine Hände wandern immer tiefer, auch ohne dass Sam mich führt. Ich streiche über das Bündchen seiner Boxershorts und versuche, meinen ganzen Mut zusammen zu nehmen.

Sam hat seine Hände auf meinen Knien abgelegt.

„Ich hab das schon lange nicht mehr gemacht, Sam", flüstere ich zwischen zwei Küssen.

„Du kannst nicht viel falsch machen." Er nimmt meine Hand und legt sie auf seine Shorts. Ich spüre die heiße Haut, auch durch den Stoff.

„Du musst mir sagen, wenn ich dir wehtue."

Sam zieht meinen Kopf zu sich und küsst meinen Hals. Er dreht sich leicht zur Seite, doch ich stoppe ihn, bevor er sich ganz umdrehen kann.

„Nicht", bitte ich.

Mit einem Seufzer dreht er sich wieder um.

„Ich will auch etwas für dich tun, Emma. Du fühlst dich so gut an, aber ich würde gerne mehr spüren."

„Nicht jetzt, Sam. Bald, aber nicht jetzt."

„Okay." Er merkt, dass eine weitere Diskussion gerade nichts bringt. Dafür nimmt er meine Hand und schiebt sie ohne Umschweife in seine Boxershorts. Er stöhnt auf, als ich an die bereits feuchte Eichel stoße. Hektisch ziehe ich meine Finger zurück.

„Du bist aber dort nicht auch gepierct?", frage ich schnell.

Sam lacht auf.

„Nein, Emma. Ich lasse viel mit mir machen und halte einiges aus, aber da kommt kein Metall hin."

„Gut." Ich atme erleichtert aus und lasse meine Hand wieder unter das Bündchen wandern. Er dreht den Kopf zu mir und beobachtet mich.

„Du machst mich nervös, Sam."

„Warum?"

„Ich weiß es nicht."

„Vielleicht kann ich dir helfen?"

Verlegen beiße ich mir auf die Unterlippe und nicke. Sam legt seine Hand auf meine, um mich zu führen. Mit unseren Händen schiebt er seine Shorts ein Stück runter. Sein harter Schwanz springt frei. Sofort legt er meine Hand auf seine Länge. Ich spüre die seidige Haut unter meinen Fingerspitzen. Schon nimmt er seine Hand wieder weg, und für einen Moment will ich protestieren, bis mir bewusst wird, wie albern das ist. Mit dem Daumen fahre ich vorsichtig über die Spitze und verteile den ausgetretenen Lusttropfen. Sam ist beschnitten, und ich bin mir nicht ganz sicher, wie ich damit umgehen muss.

Es ist eine surreale Situation, ihn so vor mir liegen zu haben.

Behutsam nehme ich ihn in die Hand und massiere mit leichtem Druck von oben nach unten. Sam keucht an meiner Schulter und sieht dabei zu, was ich mache. Er streichelt über meine nackten Oberschenkel, die ich inzwischen um seine Hüften geschlungen habe. Nach seinen Reaktionen zu schließen, scheine ich alles richtig zu machen. Die Dunkelheit gibt mir eine gewisse Sicherheit. Mit der freien Hand streiche ich über einen gepiercten Nippel, was dazu führt, dass er heftig pulsiert. Ich nehme seine Hand und schiebe den Zeigefinger zwischen meine Lippen, um in mit der Zungenspitze zu umkreisen.

„Emma", keucht er auf. Ich liebe es, wie er meinen Namen sagt. In der Praxis mag ich unerfahren sein, doch die Theorie kenne ich nur zu gut, damit habe ich mich lange und ausdauernd beschäftigt. Ich spüre mein feuchtes Höschen und würde mich nur zu gerne selbst berühren, doch ich belasse es dabei, weiter Sam zu massieren. Er sieht mir dabei zu, wie ich seinen Mittelfinger mit meiner Zunge bearbeite. Natürlich weiß ich, dass er sich vorstellt, meinen Mund in derselben Weise an sich zu spüren. Ich lasse seine Hand wieder los und lege meine Lippen an sein Ohr.

„Würdest du gerne sehen, wie sich meine Lippen um deinen Schwanz schließen, Sam?" Es ist nicht meine Art, aber er bringt diese Seite in mir raus. Wenigstens für kurze Momente, in denen ich meinen Mut zusammennehme. Außerdem hat er noch eine kleine Rache für die Aktion in meiner Diele verdient.

„Emma", wimmert er jetzt, nicht in der Lage, eine Antwort zu formulieren. Ich verstärke den Druck und massiere ihn schneller. Er windet sich auf mir und reibt dabei über mein feuchtes Höschen.

„Willst du kommen, Sam?", flüstere ich direkt in sein Ohr. Ich sauge leicht an seinem Ohrläppchen und lasse meine andere Hand auch nach unten wandern.

„Bitte, Emma!" Sam hat die Augen geschlossen und lehnt entspannt den Kopf auf meine Schulter. Seine Bauchmuskeln zucken und seine Atmung kommt stoßweise. Nur wenige Momente später zittert dieser riesige Kerl in meinen Armen und kommt über meine Hände.

Ich habe so ein großes Verlangen, ihn jetzt in mir zu spüren, doch das hätte ich mir ein paar Minuten vorher überlegen müssen.

Er dreht seinen Kopf zu mir und sieht mich mit verhangenem Blick an.

„Dafür, dass du das schon lange nicht mehr gemacht hast, war es fantastisch." Er greift an meinen Hinterkopf und zieht mich an seine Lippen. Ich weiß, dass er meinen feuchten Slip im Rücken spürt. Ich weiß aber auch, was ich vorhin abgelehnt habe. Sam streichelt mir über die Wange und steht dann auf. Er zieht seine Boxershorts wieder hoch und geht ins Bad, wo er das Licht einschaltet. Schnell greife ich nach der Bettdecke und lege sie über meinen Bauch, da das Zimmer jetzt durch die Badezimmerbeleuchtung erhellt wird. In einem Versuch von Gelassenheit lasse ich meine Brüste frei, da sie so ziemlich der einzige Körperteil sind, mit dem ich noch zufrieden bin.

Sam schaut um die Ecke und ruft: „Fang!“ Er wirft mir ein Gästehandtuch zu, welches ich gleich auffange, und schließt dann die Tür hinter sich, um sich in Ruhe zu säubern. Auch ich reinige meine Hände und muss urplötzlich losgrinsen. Das gerade war wohl so ziemlich das Verdorbenste, was ich bis jetzt gemacht habe. Mir ist klar, dass andere Frauen in meinem Alter schon ganz andere Dinge getan haben, aber für mich war es das erste Mal, dass ich so forsch war. Traurig für eine Erotikautorin, aber wenn ich eins gelernt habe, dann, dass Fantasie bei einem Erotikroman so ziemlich das einzig Ausschlaggebende ist, und nicht die Erfahrung. Bei den härteren Spielarten mag das anders aussehen, aber das ist absolut nicht mein Genre.

Sam kommt aus dem Bad und krabbelt direkt aufs Bett. Ich beneide ihm um seine Selbstsicherheit, fast nackt und ohne Scham vor mir rumzulaufen. Wir liegen wieder in der angenehmen Dunkelheit, die jetzt nur noch Umrisse erahnen lässt. Sam schlüpft zu mir unter die Decke und schiebt sich zwischen meine Schenkel. Mit den Ellbogen stützt er sich neben meinem Kopf ab und ertastet mein Gesicht mit seinen Fingerspitzen.

„Ich mag dich, Emma. Ich mag dich wirklich.“

„Ich mag dich auch, Sam. Aber wenn wir ehrlich sind, dann wissen wir nichts voneinander.“

Draußen pfeift ein ordentlicher Wind ums Haus und der Regen prasselt lautstark gegen die Fensterscheiben. Ein alles erhellender Blitz, der sofort von einem krachenden Donner begleitet wird, lässt mich zusammenzucken.

„Du bist sicher bei mir“, flüstert Sam und verteilt kleine Küsse auf meinem Hals, die den Zustand in meinem Höschen nicht verbessern. „Und ich würde das gerne ändern, Emma.“ Jetzt widmet er sich meiner Schulter. „Ich möchte alles über dich wissen.“ Seine Hände streichen an meinen Rippen entlang, sein Mund wandert immer weiter nach unten. „Du kannst mich alles fragen, und du wirst immer eine ehrliche Antwort bekommen.“

Ehe er noch tiefer rutscht, greife ich in seine Haare, und versuche, ihn wieder nach oben zu dirigieren. Ich bin kurz davor, ihn an den Ohren hochzuziehen, als er schließlich grinsend wieder auftaucht.

„Ich weiß, ich weiß. Ich bleibe brav, obwohl es offensichtlich ist, dass du leidest.“

„Sam …“

„Schon gut.“ Er rollt sich von mir runter und zieht mich an seine Seite. Ich lege ein Bein über seinen Oberschenkel und schmiege mich an seinen Brustkorb. An diese Position könnte ich mich gewöhnen.

„Gehst du nächste Woche mit mir zum Gesundheitsamt?“, fragt er unvermittelt.

„Was sollen wir denn da?“ Stirnrunzelnd sehe ich zu ihm hoch, obwohl es mittlerweile so dunkel ist, dass ich ihn nicht mehr erkennen kann. Das Gewitter scheint schon abgezogen zu sein, Donner ist nur noch in der Ferne zu vernehmen.

„Gemeinsam einen HIV-Test machen.“

„Oh. Ähm.“ Mir fehlen da wirklich die Worte.

„Es ist eine Sache, die ich jedes halbe Jahr mache. Jetzt wäre wieder ein guter Zeitpunkt.“

Da hat er offensichtlich mehr Verantwortungsbewusstsein

als ich. Vielleicht ist es auch ein weiterer Versuch, mir klar zu machen, dass er es ernst meint.

8.

„Nein, Sam. Das kannst du mir nicht antun!“

„So schlimm sind meine Eltern nicht, Emma.“

„Das hab ich auch nicht gesagt, aber du hättest mich wirklich vorwarnen können.“

Wir kommen gerade von unserem gemeinsamen HIV-Test, zu dem Sam mich mit dem Motorrad mitgenommen hat. Auf dem Rückweg hat er dann einfach einen kleinen Umweg über sein Elternhaus gemacht, um mir nun zu verkünden, dass wir hier zu Mittag essen. Ich bin begeistert.

„Hättest du denn ja gesagt, wenn ich dich gefragt hätte.“

„Wahrscheinlich nicht.“ Wir kennen uns viel zu kurz, um uns schon unseren Eltern vorzustellen. Davon abgesehen haben wir noch nicht wirklich darüber gesprochen, was wir füreinander sind.

„Komm schon, Emma. Ich gehe jeden Dienstag bei meinen Eltern Mittagessen, weil ich da erst spät in den Shop muss. Du musst jetzt mitkommen, oder zu Fuß gehen.“ Der Schalk in seinem Blick sagt mir deutlich, dass er mich natürlich nicht laufen lassen würde, aber auch, dass er kein Nein als Antwort akzeptiert.

„Muss ich irgendetwas beachten?“, frage ich mit einem ergebenden Seufzer.

„Was meinst du?“ Er sieht mich verwundert an.

„Das zum Beispiel.“ Ich sehe zwischen uns, auf unsere verschränkten Finger. „Können wir uns an den Händen halten, oder fühlt sich dann jemand auf die Füße getreten?“ Ich weiß ja noch nicht mal genau, wo Sam her kommt und welche Traditionen dort herrschen.

„Natürlich nicht, Emma.“ Er schüttelt lachend den Kopf

und drückt auf die Klingel. Sofort wird die Tür von einer zierlichen Frau mit heller Haut, Sommersprossen und roten Haaren, die von grauen Strähnen durchzogen sind, aufgerissen.

„Sammy", ruft sie sofort und fällt ihm um den Hals. Er lässt meine Hand los und hebt sie ein Stück vom Boden, um sie in seine Arme zu schließen. Doch sie klopft ihm empört auf den Brustkorb.

„Lass mich runter, Junge. Ich bin zu alt dafür. Das sag ich dir jedes Mal."

Ich hab die Fakten noch nicht ganz zusammengebracht, was man mir wohl auch ansieht. Die rothaarige Frau hakt sich bei Sam ein und sieht zu ihm hoch.

„Hast du das arme Mädchen auflaufen lassen?", fragt sie tadelnd. Er hebt abwehrend die Hände.

„Sie hat nicht gefragt", rechtfertigt er sich.

Sams Mutter wendet sich an mich und reicht mir zur Begrüßung die Hand.

„Du musst Emma sein. Ich bin Brigitte. Und das ist mein Sohn Sam, den ich vor 31 Jahren adoptiert habe."

Genau deswegen ist es in meinen Augen zu früh hierfür. Ich weiß nichts von ihm.

„Es freut mich, sie kennenzulernen", sage ich und funkele Sam von der Seite an, der jetzt die Unschuld in Person spielt. „Sam hat mich vor vollendete Tatsachen gestellt und ist einfach mit mir hierher gefahren."

„Ich sehe schon. Kein Problem, Emma. Er hat euch heute Morgen angemeldet."

Ich werfe Sam einen strafenden Blick zu. Brigitte lässt ihn los und hakt sich bei mir ein, um mich ins Haus zu führen.

„Hat er dich wirklich nicht darüber aufgeklärt, dass er adoptiert ist?" fragt Sams Mutter in der Küche. Sie stellt mir einen Becher Kaffee vor die Nase und widmet sich wieder der Essenszubereitung, während sie sich mit mir unterhält. Sam ist zu seinem Vater, den ich bis jetzt noch nicht kennengelernt habe, in den Wintergarten gegangen.

„Wir kennen uns noch nicht lange. Das Thema ist bisher nicht aufgekommen. Eigentlich spielt es ja auch keine Rolle."

„Meine Rede, Emma. Du bist wirklich so hübsch, wie er dich beschrieben hat." Sie nimmt einen kleinen Löffel aus der Besteckschublade, um die Soße für die Rouladen abzuschmecken. Ich bin irgendwie irritiert darüber, dass Sam aus so einem gewöhnlichen, deutschen Elternhaus kommt. Sein Aussehen ist scheinbar das einzig Exotische an ihm.

„Danke", erwidere ich leise, auch wenn ich ihr Kompliment abwehren möchte.

Sam kommt in die Küche und setzt sich zu mir an den Tisch. Er zwinkert mir zu, und klaut mir einfach meinen Kaffee. Seine Mutter dreht sich um, und verpasst ihm einen Klaps auf den Hinterkopf. Er ist so überrascht, dass er fast den Kaffee wieder ausspuckt.

„Wofür war das denn?", fragt er empört.

„Dafür, dass du deine hübsche Freundin nicht aufklärst, bevor du sie einfach hier hinschleppst. Sie war ja völlig verunsichert."

Ich glaube, ich liebe Sams Mama jetzt schon. Sie ist zwar nur etwa halb so groß wie er, aber dafür hat sie ihn auch jetzt noch sehr gut im Griff. Kichernd hole ich mir meine Tasse zurück und trinke den Rest aus.

„Du kannst Emma das Haus zeigen, bis ich das Essen fertig habe", wendet sich Brigitte an Sam.

„Heißt im Klartext, wir sollen aus ihrer Küche verschwinden", sagt er zu mir.

„Samuel!“, klingt es drohend vom Herd. Sam reißt die Augen auf und zuckt zusammen. Faszinierend.

„Wir verschwinden besser.“ Er zieht mich vom Stuhl hoch und geht mit mir aus dem Raum.

Natürlich machen wir noch einen kleinen Umweg über den Wintergarten, wo ich auch Sams Vater kennenlerne. Er ist ein ruhiger, aber freundlicher Mann, der mir auch gleich das Du anbietet. Der Schalk blitzt aus seinen Augen. Man erkennt sofort, wo Sam diesen Charakterzug erlernt hat.

Bernd entlässt uns auch gleich wieder auf unsere Tour durchs Haus.

„Soll ich dir mein Zimmer zeigen?“, fragt Sam und wackelt anzüglich mit den Augenbrauen. Er zieht mich eine kleine Treppe hoch und schiebt mich ins erste Zimmer auf dem oberen Flur. Der Raum ist bis unter die Decke mit Zeichnungen tapeziert. Ansonsten gibt es nur noch ein altes Jugendbett und einen Kleiderschrank sowie einen Schreibtisch. Andächtig gehe ich durchs Zimmer und sehe mir die Zeichnungen an. Ich habe ihn zwar bei der Arbeit beobachtet, aber bisher habe ich noch keine Resultate gesehen. Er ist wirklich gut.

„Die sind toll. Ich hatte keine Ahnung.“

Sam lehnt an der geschlossenen Tür und sieht schon fast verlegen aus. Er starrt auf seine Füße und scharrt dabei kleine Kreise in den quietschbunten 90er-Jahre-Teppich.

„Die sind schon alt. Meine Mutter weigert sich, sie abzunehmen. Heute bin ich besser.“

Ich löse meinen Blick von den Kunstwerken und gehe auf ihn zu. Wo er vorhin noch so selbstsicher war, ist er jetzt richtiggehend schüchtern.

„Warum hast du mich hergebracht, Sam?“, frage ich, als er wieder Augenkontakt mit mir aufnimmt.

„Weil du mich kennenlernen sollst. Du musst verstehen,

dass ich nicht nur einen gelegentlichen Fick suche. Ich mag dich wirklich sehr und ich will auch alles über dich wissen, aber dafür ist es nötig, dass du mich ein wenig mehr an dich ranlässt."

„Okay." Ich nicke ihm zu.

„Kannst du mich jetzt bitte küssen." Er sieht schon die ganze Zeit auf meine Lippen, und eigentlich habe ich längst damit gerechnet, dass er es tut.

„Warum küsst du mich nicht?"

„Weil ich gerne spüren würde, dass das hier nicht nur einseitig ist, und dass du mich auch willst."

Ich dachte, das wäre Samstagnacht in Holland schon klar gewesen, aber den Kommentar verkneife ich mir. Stattdessen ziehe ich ihn zum Bett und lasse mich darauf fallen. Mit dem gekrümmten Zeigefinger winke ich ihn zu mir.

„Ich wollte schon immer in meinem Kinderzimmer mit einem heißen Mädchen rummachen." Mit seinem Knie spreizt er meine Schenkel, um dazwischen schlüpfen zu können. Ich greife in seine Haare und ziehe ihn an meinen Mund. Grollend presst er seine Lippen auf meine und drückt mich gleichzeitig ein Stück im Bett hoch.

Er kostet von meinem Mund, als wäre es das Beste, was er jemals probieren durfte. Um seine runden Pobacken spüren zu können, schiebe ich meine Hände in seine Jeans. Unwillkürlich presse ich ihn fester an mich und spüre ihn dabei hart auf meinem Venushügel. Sam lässt seine Hände unter meinen Pullover wandern. Wir sind immer noch im Haus seiner Eltern und mit Sam auf mir geraten solche Momente schnell außer Kontrolle.

„Nicht", flüstere ich, als er sich an meinem Hosenknopf zu schaffen macht. „Nicht hier."

„Ich schulde dir immer noch einen Orgasmus", sagt er grinsend, steigt aber trotzdem von mir ab.

„Stimmt nicht. Du hast mir schon mal einen verschafft."

„Da habe ich dich ja noch nicht mal richtig angefasst." Er reicht mir eine Hand, um mich vom Bett hochzuziehen.

„Du schuldest mir nichts. Um den Orgasmus habe ich mich schon selbst gekümmert, als du mich Sonntagabend Zuhause abgesetzt hast." Ich drücke einen Kuss auf seinen Mundwinkel und gehe an ihm vorbei aus dem Zimmer. Hinter mir höre ich ihn gequält aufstöhnen. Jetzt ist es an mir, teuflisch zu grinsen.

Das Mittagessen mit Sams Eltern verläuft entspannt. Sie stellen mir ein paar Fragen, aber gehen zum Glück nicht weiter auf meinen Beruf ein. Ich würde mich schlecht fühlen, wenn ich sie belügen müsste. Sam lässt keine Gelegenheit aus, mich zu berühren, oder mir seine Aufmerksamkeit zu schenken. Sein Verhalten ist für mich immer noch nicht fassbar, aber ich versuche, mich damit zu arrangieren. Auch wenn ich auf diesen Überfall gerne verzichtet hätte, hilft es mir, ihn in seinem Elternhaus, und damit in einem völlig anderen Licht, zu sehen.

„Hast du noch Lust, mit in den Shop zu kommen, oder soll ich dich direkt Zuhause absetzen?", fragt er, bevor wir aufs Motorrad steigen.

Er winkt seiner Mutter zu, die uns von der Haustür aus beobachtet, während ich noch mit dem Helm kämpfe.

„Ich würde gerne, aber ich muss unbedingt noch ein bisschen arbeiten."

„Schade. Ich hätte dir gerne ein paar meiner aktuellen Arbeiten gezeigt." Sam hilft mir bei dem Verschluss am Kinn und klappt das Visier hoch.

„Die würde ich auch wirklich sehr gerne sehen, aber ich

muss etwas tun. Wenn du Lust hast, dann kannst du aber gerne vorbeikommen, wenn du im Shop fertig bist."

„Emma, das wird zu spät. Ich bin wahrscheinlich nicht vor 23.00 Uhr da raus. Ich muss ein großes Rückenmotiv fertigstellen. Das dauert."

„Das ist okay, Sam. Ich bin dann ohnehin noch wach."

„Nur wenn es dir wirklich nichts ausmacht. Ich will dich nicht vom Schlafen abhalten." Er gibt mir durch das geöffnete Visier einen Kuss auf die Nasenspitze und steigt aufs Motorrad.

„Du hältst mich von gar nichts ab. Ich bin eine Nachteule und muss auch nicht früh aufstehen. Wenn es geht, dann bring ein paar Bilder mit und wir sehen sie uns bei einem Glas Wein an."

„Das klingt nach einem Plan."

9.

Seit Sam mich abgesetzt hat, habe ich keine Zeit verschwendet und sofort losgelegt. 6.000 Wörter an einem Tag – mein persönlicher Rekord. Dabei ist mir etwas die Zeit davongelaufen. Es ist schon halb zehn, und ich wollte noch in Ruhe duschen und mir die Beine rasieren. Außerdem muss ich mich noch um eine Kleinigkeit zum Essen kümmern. Keine Ahnung, ob Sam schon gegessen hat, aber ich brauche auf jeden Fall noch etwas. Hastig fahre ich meinen Computer runter und klappe mein Notizbuch zu. Auf dem Weg ins Bad entledige ich mich meiner Kleidung. Wie immer vermeide ich dabei den Blick in den Spiegel.

Gerade abgetrocknet und eingecremt wickele ich mich in ein großes Handtuch, als mein Telefon klingelt. Ohne auf die Anruferkennung zu achten, nehme ich den Hörer ab.

„Emma", klingt direkt Nadines fröhliche Stimme durchs Telefon. „Normalerweise rufe ich nicht so spät an, aber ich war gerade im Shop und Sam hat mir gesagt, dass du noch wach bist."

„Hey Nadine. Ja, er wollte gleich vorbeikommen."

„Du bist eine blöde Ziege. Weißt du das eigentlich?" Sie klingt nicht wirklich wütend, dennoch weiß ich nicht, worauf sie anspielt.

„Was hab ich getan?"

„Du und Sam? Ich hatte keine Ahnung, dass es schon so ernst ist."

„Ist es das? Nadine, ich hab keinen Plan."

„Du magst ihn doch."

„Schon. Aber irgendwie ist es zu gut, um wahr zu sein. Ich

meine, sieh dir ihn an, und dann mich. Er wird das irgendwann auch merken."

„Er hat dich heute mit zu seinen Eltern genommen", stellt sie fest.

„Hat er, und ich verstehe immer noch nicht so recht, warum er das jetzt schon gemacht hat."

„Ach Emma. Wir brauchen dringend noch mal einen Mädelsabend, damit ich dir mal ordentlich den Kopf waschen kann. Sam steht total auf dich. Das ist seine Weise, dir zu zeigen, dass er es ernst meint."

„Ich höre, was er sagt, aber es dringt noch nicht so ganz durch", antworte ich leise. Ich stehe immer noch nur im Handtuch und mit tropfenden Haaren im Flur. Allmählich beginne ich zu frieren.

„Das wird schon, Emma. Da bin ich mir sicher. Du kommst doch nächste Woche zu meiner kleinen Party?"

Die Sextoys. Ich hatte es schon fast erfolgreich verdrängt.

„Aber natürlich, Nadine", sage ich mit allem Enthusiasmus, den ich aufbringen kann. „Sei mir nicht böse, aber ich muss jetzt Schluss machen. Ich komme gerade aus der Dusche."

„Alles klar, Süße. Bis dann. Und viel Spaß mit Sam."

„Bis dann, Nadine." Ich lege gerade den Hörer auf die Station, als es an der Haustür klingelt. Um diese Uhrzeit kann es nur Sam sein. Ich schaue durch den Spion und sehe meinen Verdacht bestätigt. Wenn ich jetzt wieder ins Schlafzimmer laufe, um mir etwas anzuziehen, dann denkt er noch, es ist niemand Zuhause. Außerdem bin ich mir ziemlich sicher, dass er mich schon gehört hat. Ich verstecke mich hinter der Tür, die ich ihm öffne.

„Du bist zu früh", sage ich, als er auf meine halb nackte Figur schaut. Er schließt die Haustür hinter sich und schaut mich von oben bis unten an.

„Sehe ich nicht so. Ich würde eher sagen, ich komme genau richtig." Er wirft sich die Motorradjacke von den Schultern und lässt gleichzeitig den Helm und eine Zeichenmappe in die Ecke fallen. Ich bin so damit beschäftigt, mein Handtuch festzuhalten, um mich nicht selbst zu entblößen, dass ich Sam nicht zurückhalten kann. Er drückt mich gegen die Wand und schiebt seine Hände von meinen Schenkeln hoch zu meinen Pobacken. Seine Lippen saugen an meiner nackten Schulter.

„Sam." Mehr bekomme ich nicht raus, obwohl ich ihn besser wegschieben sollte.

„Ich mag es, wie du meinen Namen stöhnst, Emma", raunt er in mein Ohr und saugt leicht mein Ohrläppchen zwischen seine vollen Lippen. Ich lasse meine Arme fallen, völlig willenlos in seiner Umarmung. Mein Handtuch bleibt zum Glück an Ort und Stelle, doch das hält Sam nicht davon ab, seine Hände wandern zu lassen.

Für einen Moment bekomme ich meine Sinne wieder zusammen und ducke mich unter seinen Armen raus. Sam stößt sich verblüfft von der Wand ab.

„Das kannst du nicht machen, Emma. Wenn du mir so die Tür öffnest, dann kannst du nicht erwarten, dass ich mich zurückhalte."

Abwehrend halte ich eine Hand hoch.

„Sieh mich nicht an, als wolltest du mich essen. Ich gehe mir schnell was überziehen." Und damit stürme ich die Treppe hoch.

Das Gesicht in meinen Händen vergraben, sitze ich im Dunkeln auf meiner Bettkante. Ich kann es selbst nicht fassen, wie dämlich ich bin. Sam will mich und er könnte es nicht deutlicher zeigen, aber ich habe immer noch diesen verfickten Fluchtinstinkt in mir.

Wir sind keine Teenager mehr. Natürlich wartet man da nicht mehr bis zum Sankt-Nimmerleins-Tag, bevor man zum ersten Mal miteinander intim wird. Davon abgesehen ist es ja gar nicht das, was ich will. Die Erregung, die ich nur in seiner Nähe spüren, kann ich einfach nicht abstreiten.

„Darf ich reinkommen?", höre ich es leise von der Schlafzimmertür. Erschrocken sehe ich auf. Sam steht mit verschränkten Armen im Türrahmen und beobachtet mich. Keine Ahnung, wie lange er mir schon zusieht.

Ich nicke, denn wenn ich jetzt ein Wort sage, dann fange ich an zu heulen. Er kommt sofort auf mich zu und kniet sich vor mich. Liebevoll streicht er mir die nassen Haarsträhnen aus dem Gesicht.

„Du bist so wunderschön. Ich kann dir das nicht oft genug sagen, auch wenn es in deinen Sturkopf noch nicht rein geht." Er küsst mein nacktes Knie. „Ich würde dich nie zu etwas drängen, was du nicht willst, Emma. Hörst du?"

„Ich weiß, Sam."

„Aber du weißt selbst nicht, was du willst." Oh doch, das weiß ich sehr gut. Ich will Sam. Nackt. Unter mir. Über mir. In mir.

„Ich fühle mich nicht wohl mit mir selbst. Deswegen kann ich mir kaum vorstellen, dass sich jemand in meiner Anwesenheit wohlfühlt."

„Oh, Emma." Er schüttelt den Kopf und greift nach meiner Hand, die er gleich in seinen Schritt legt. „Das ist nur davon, dass ich unten kurz deinen wunderschönen, runden Po angefasst habe. Ich fühle mich mehr als wohl in deiner Gegenwart."

Ich nehme meine Hand nicht weg, als er sein Shirt über den Kopf zieht. Sam greift in meine Kniekehlen und spreizt meine Beine. Er zieht mich an die Bettkante und nimmt mein Gesicht in seine Hände. Ehe ich protestieren kann, küsst er mich liebevoll. Mein Handtuch wird nicht mehr lange halten und meine blanke Scham ist nur noch Millimeter von seinem nackten Bauch entfernt. Seine Lippen wandern über meinen Hals, zu meiner Schulter. Sanft beißt er mich, um gleich darauf den Biss mit einem Zungenstrich zu besänftigen. Ich lasse meine Hände über seinen Rücken wandern. Sam zieht mich näher an sich und fühlt meine feuchte Scham an seinem Unterbauch. Er stöhnt auf, und ich mache sofort einen Satz nach hinten.

„Entschuldige, ich ...“, stammele ich los, doch er schüttelt heftig den Kopf.

Er zieht mich wieder an sich. Sanft zwingt er mir seinen Blick auf.

„Schluss, Emma.“ Er sieht wütend aus. „Du denkst zuviel. Weißt du eigentlich, wie geil mich das macht, dich so nass und für mich bereit an mir zu fühlen? Ich kann dich bis hier riechen, und ich kann gerade an nichts anderes denken, als dich zu schmecken. Sag, Emma, darf ich dich schmecken?“

Mein Verstand hat gerade offiziell den Raum verlassen. Mein Wimmern genügt ihm als Zustimmung. Ohne den Blick von meinem Gesicht zu lösen, fährt er mit zwei Fingern durch meine Spalte.

„Emma, Emma. Was mach ich nur mit dir?“ Während er die beiden Finger in mich schiebt, küsst er mich stürmisch. Mit vorgestrecktem Brustkorb stütze ich die Hände hinter mir ab. Mein Handtuch löst sich und rutscht von meinem Körper. Ich will sofort wieder danach greifen, doch Sam zieht seine Finger aus mir raus und hält meine Hände fest. Als er sich sicher ist, dass ich mich nicht widersetze, schiebt er die benetzen Finger zwischen unsere immer noch verbundenen Lippen, damit wir beide mich schmecken können. Sanft drückt er mich nach hinten, bis ich gerade auf dem Rücken liege, und setzt sich mit gespreizten Beinen über mich. Er beobachtet mich und streichelt dabei über meinen Bauch, sieht mir aber weiterhin ins Gesicht.

„Du bist wunderschön, Emma."

„Du siehst mich ja noch nicht mal an." Typisch weibliche Unsicherheit. Männer können es nicht richtig machen. Sam lässt sofort seinen Blick nach unten wandern. Sein Blick streichelt mein Schlüsselbein, mein Dekolleté und bleibt an meinen Brüsten hängen. Er streckt die Finger aus und streift über meine aufstellten Brustwarzen.

„Ich sehe dich an, Emma. Und ich will jeden Zentimeter von dir sehen." Er steigt von mir und spreizt meine Schenkel, um sich vor dem Bett dazwischen zu knien. Jetzt kann er wirklich alles von mir sehen.

„Sam, ich weiß nicht …", setze ich an, doch er lässt sich nicht beirren und zieht mich wieder an die Bettkante.

„Aber ich weiß es. Ich muss dich schmecken."

Er leckt und knabbert sich einen Weg von meinem Knie bis zu der kleinen Falte, an der der Oberschenkel in meine Scham übergeht.

„Bitte", wimmere ich und weiß überhaupt nicht, worum ich bettele. Sam streicht mit der Nasenspitze über die frischrasierte Haut und atmet tief ein. Mit dem Finger teilt er meine Lippen und verschwendet keine Zeit, von mir zu kosten. Er leckt über meine Klit und lässt mich dabei deutlich sein Piercing spüren. Vorsichtig schiebt er zwei Finger in mich. Immer wieder will ich meine Schenkel schließen, doch er hält sie nach unten gedrückt. Ich spüre sein Grinsen, weil ich fast durch die Decke gehe, bei diesen ungewohnten Liebkosungen. Sein warmer Mund fühlt sich so gut an, ich hätte mir nicht vorstellen können, wie intensiv das ist. Sam nimmt meine Klit zwischen seine Lippen und saugt leicht daran, um sie sofort wieder mit seiner Zunge zu umkreisen. Ich kralle mich in die Bettdecke, jede Faser meines Körpers ist angespannt. Es ist so gut, aber zuviel, schon fast unangenehm.

„Sam." Sein Name kommt in diesem Moment mehr einem Stöhnen gleich.

„Ich weiß, Baby. Es quält dich, aber du musst los lassen." Unermüdlich bewegt er seine Finger in mir, und massiert jetzt mit dem Daumen das kleine Nervenbündel.

„Wenn du dich entspannst, dann wirst du dich so gut fühlen." Wieder lässt er mich seine Zunge spüren, doch ich fühle noch etwas anderes. Sam löst seinen Gürtel und knöpft seine Jeans auf, um sich aus seiner Hose zu befreien und im Takt seiner Zungenschläge selbst zu massieren. Die Bewegungen seines Arms kann ich auf erregende Weise an meinem Bein spüren.

„Komm hoch", keuche ich, und versuche, ihn an der Schulter hochzuziehen, doch Sam drückt mich sofort wieder aufs Bett.

„Noch nicht", sagt er mit rauer Stimme. Wieder widmet er sich meiner Perle und zieht seine Finger aus mir heraus, um sie zur Hilfe zu nehmen. Mein gesamtes Blut scheint in meinen Unterleib zu rauschen, was mich ein wenig schwindelig macht. Ich fühle so etwas wie einen Puls in meinem Innersten.

„Lass los, Emma. Komm für mich", fordert Sam. Seine Worte sind der letzte Auslöser, um mich komplett gehen zu lassen und unter ihm zu zerfallen. Sam hat Mühe, meine Beine unten zu halten, damit ich ihm nicht den Kopf zerquetsche. Als er sicher ist, dass es vorbei ist, setzt er sich auf, und grinst mich an, eine Hand an seinem immer noch harten Schwanz. Ich setze mich aufrecht, völlig außer Atem.

„Wenn du kommst, dann werden nicht nur deine Wangen rot." Er bewundert mich, und zum ersten Mal ist mir nicht danach, zurückzuweichen. Immer weiter massiert er seine Länge, sein Blick ganz verhangen. Auch er macht sich gerade total verletzlich, ob bewusst oder unbewusst, weiß ich nicht zu sagen. Er greift nach meiner harten Brustwarze und kneift sanft hinein.

„Ich will auf dir kommen, Emma", flüstert er verlegen. Er ist so nah an meiner Spalte, die Verlockung ist so groß ihn in mir zu spüren.

„Mach es, Sam."

Mein Bett ist sehr tief und Sam ist sehr groß, wenn er vor mir kniet. Deswegen schafft er es mühelos, sich halb über mir zu positionieren. Nur wenige Momente später kommt er über meinen Bauch und auf meine Brüste. Keuchend lassen wir uns beide aufs Bett zurückfallen. Sam hat immer noch die Hose auf den Knien. Obwohl sich sein ganzer Samen zwischen uns verteilt, zieht er mich in seine Arme. Er fährt durch meine Haare, die inzwischen fast trocken sind, und starrt an die Decke. Andächtig schaue ich mir sein Profil an und bin mal wieder erstaunt darüber, wie dieser Mann in mein Bett gefunden hat.

„Was denkst du?", flüstert er und wendet mir sein Gesicht zu.

Mit dem Daumen streiche ich den Schwung seiner Augenbrauen nach. „Sam, kann ich dir etwas sagen, und du versprichst mir, nicht zu lachen."

„Natürlich, Emma. Ich würde dich nie auslachen."

„Es ist eigentlich wirklich armselig."

„Was ist los?" Er dreht sich auf die Seite, um mich besser ansehen zu können.

„Ich hatte vorher noch nie einen Orgasmus in Anwesenheit

eines Mannes.“ Sofort vergrabe ich mein Gesicht in seiner Halsbeuge. Sam hält mich und sagt erstmal nichts. Er streichelt über meinen Rücken und seufzt einmal schwer.

„Emma, das ist wirklich traurig. Ich könnte es gar nicht genießen, wenn du dabei auf der Strecke bleibst.“

Es muss schon kurz vor Sonnenaufgang sein, doch wir sitzen noch im Wohnzimmer und schauen uns Sams Zeichnungen und Fotos an. Ich habe keine Ahnung, wie spät es ist, da ich keine Uhr in Reichweite habe. Mein Mund steht die halbe Zeit offen, vor lauter Begeisterung über sein Talent.

„Von dir würde ich mich auch stechen lassen“, sage ich in einem Moment von Übermut. Vielleicht bin ich auch einfach nur total müde.

„Würdest du?“ Sam grinst. „Ich würde dich sehr gerne tätowieren, Emma.“

„Mal sehen. Ich habe ja noch nicht mal eine Ahnung, was mir gefallen könnte.“

Mit Sam hinter mir auf der Couch, haben wir die Zeichnungen auf meinem Schoß ausgebreitet.. Ich habe mir einen Strickpulli und eine Pyjamahose übergezogen.

Das nutzt Sam, um den weiten Halsausschnitt meines Pullovers runterzuziehen und meine Schulter zu küssen.

„Das wäre eine perfekte Stelle“, wispert er und lächelt, als er meine Gänsehaut bemerkt. Jetzt streicht er meine Haare zurück und küsst mich auf das kleine Stück Haut hinter meinem Ohr. „Oder hier.“

Er nimmt meine Hand und dreht mein inneres Handgelenk nach außen. Mit dem Daumen streicht er über meinen Puls.

„Das wäre auch eine gute Stelle. Mir würden noch tausend andere an deinem Körper einfallen.“

„Tut es sehr weh?“, frage ich.

„Das kann ich dir nicht pauschal beantworten. Es gibt Stellen, die sind schlimmer als andere. Außerdem hat auch nicht jeder die gleiche Schmerztoleranz. Darf ich dir was vorschlagen?“

„Vorschlagen darfst du alles.“

„Ich würde gerne ein paar Zeichnungen machen. Dinge, bei denen ich glaube, dass sie zu dir passen. Wenn was dabei ist, was dir gefällt, und du dich für eine Stelle entscheiden kannst, dann mache ich dir das.“

„Sam, nein. Das kann ich nicht erwarten, dass du dir für mich so viel Arbeit machst. Was ist, wenn ich gar keins davon will? Dann hast du dir umsonst die Mühe gemacht.“

„Und? Zeichnen gehört zu meinem Beruf und da kann ich gar nicht genug trainieren. Ob ich das jetzt nur für mich mache, oder etwas Brauchbares dabei rauskommt, spielt letztlich keine Rolle.“

„Was kostet so ein Tattoo? Ich hab davon keine Ahnung.“

„Wenn du auch nur für eine Sekunde lang glaubst, dass ich mich von dir bezahlen lasse, dann bist du schief gewickelt.“

Ich drehe mich um, und setze mich mit angezogenen Beinen zwischen seine Knie, damit ich ihn ansehen kann. „Sam, das ist dein Job. Du verdienst deinen Lebensunterhalt damit. Natürlich werde ich dich bezahlen. Du würdest dir doch sicher nicht von mir für lau die Buchhaltung machen lassen, oder?“ Es fühlt sich nicht mehr gut an, diese Lüge vorzubringen.

„Das ist was anderes, Emma.“

„Ist es nicht, Sam.“

„Wenn du dich tatsächlich tätowieren lassen willst, dann machen wir es halt außerhalb meiner offiziellen Arbeitszeit. Ich lasse mich nicht von meiner Freundin bezahlen und darüber diskutiere ich auch nicht.“

Er hat „meiner Freundin“ gesagt, nicht „einer Freundin.“

„Meinst du das so?“, flüstere ich. Ich bin so müde, vielleicht habe ich mich auch nur verhört.

„Was? Dass ich mich nicht von dir bezahlen lasse? Natürlich meine ich das.“

„Ich rede eher von dem Part, wo du mich als deine Freundin betitelt hast.“

„Ach Emma, natürlich bist du meine Freundin. Oder wie soll ich dich sonst nennen? Ist das immer noch nicht in deinen Schädel gedrungen, dass ich mit dir zusammen sein möchte?“

„Nicht wirklich“, antworte ich hinter vorgehaltener Hand, und versuche dabei, ein Gähnen zu unterdrücken.

„Du musst ins Bett“, stellt er fest. „Ich fahr jetzt nach Hause. Es war eine lange Nacht und bald wird es schon wieder hell.“

Er zieht mich von der Couch hoch, um mit mir zur Tür zu gehen, doch ich schüttele nur den Kopf, zu müde für noch mehr Worte, und nehme ihn mit in mein Schlafzimmer.

10.

Dieser Abend wird ein böses Ende nehmen. Ich habe es jetzt schon im Gefühl. Vor mir auf Nadines Couchtisch liegen Variationen von Dildos, Gleitgel und anderem Sexspielzeug ausgebreitet. Der Prosecco fließt großzügig, und auch ich bediene mich gerade an meinem dritten Glas. Die Damen um mich herum sind mir alle fremd, aber mit der entsprechenden Menge Alkohol macht das auch nichts mehr. Alle kichern und tuscheln über die Verwendungsmöglichkeiten der diversen Toys. Ich sitze debil grinsend dazwischen, denn nichts davon weckt mein Interesse.

„Emma, schau mal." Nadine hält mir einen riesigen, schwarzen Vibrator entgegen und wedelt damit in der Luft rum.

„Erinnert dich das an etwas?" Sie wackelt anzüglich mit den Augenbrauen.

Damit ist das Niveau dieser Veranstaltung offiziell auf Bodenhöhe gesunken. Ich werfe ihr ein halbherziges Lächeln zu, und stehe auf, um in der Küche eine neue Flasche Prosecco zu holen, obwohl sie wirklich nicht noch mehr Alkohol braucht. Zwei Flaschen finde ich noch im Kühlschrank und nehme diese auch direkt raus. Die Damen schlucken einiges, da werden sie mit diesen beiden Flaschen schnell gespielt haben. Ich nehme mir einen Moment, die Ruhe zu genießen, bevor ich zu dem Hühnerhaufen zurückkehre. Fast schon instinktiv greife ich in meine Hosentasche und nehme mein Telefon, um Sam eine Nachricht zu schreiben.

- Ich glaub, ich bin zu alt für so etwas. Wenigstens der Alkohol macht es erträglich. E.-

Wie immer lässt Sam mich nicht lange warten.

-Vermiss dich, Pinkpants. Darf ich dich gleich abholen? Scheinbar bist du ja schon jetzt nicht mehr fahrtüchtig. ;) S.-

-Darauf zähle ich, Sammy! Irgendjemand muss ja mein Auto nach Hause fahren. E.-

-Nenn mich nicht Sammy, du Hexe. Sonst muss ich dir nachher den Hintern versohlen. S.-

-Auch darauf zähle ich, Sammy. ;) E.-

Grinsend stecke ich mein Telefon ein und rücke meinen verrutschten Ausschnitt zurecht. Wenn Sam gleich kommt, dann muss ich schließlich die Mädels in perfekte Position bringen.

Ich traue meinen Ohren nicht, als ich in eine hitzige Diskussion unter Nadines Kolleginnen rein platze.

„Ich wünschte, mein Mann wäre so geschickt mit seinen Fingern", sagt Mareike, die Älteste in der Runde, und wedelt sich dabei Luft zu.

„Keine Ahnung, wie die Frau das macht, aber jedes Mal, wenn ich nur ein Kapitel in diesen Büchern lese, dann falle ich anschließend über Markus her." Das war Nadine.

Ich habe eine üble Ahnung, worüber sie sprechen. Die Verkaufsdame teilt Bestellzettel aus und beteiligt sich angeregt an dieser Unterhaltung.

„Meine Kundinnen sind alle total angetan von den Romanen. Ich habe schon überlegt, ob ich sie in meinen Bestand aufnehmen soll. Gemma Lennart ist wirklich ein Ausnahmetalent in dieser Sparte.“

Zum Glück schaut gerade niemand auf mich, denn mein Gesicht muss jetzt eine beunruhigend rote Färbung haben. Ich greife nach einer geöffneten Proseccoflasche und gieße mir mein Glas bis zum Rand voll, während ich versuche, diese Unterhaltung auszublenden.

Nach zwei weiteren Gläsern stupst Nadine mich an und reißt mich aus meiner betrunkenen Trance.

„Kennst du die Bücher, Emma?“ Jedes einzelne Wort, aber das kann ich ihr gerade schlecht sagen, also schüttele ich verneinend den Kopf.

„Die muss ich dir unbedingt mal leihen.“ Aufgeregt hüpft sie auf ihrem Sessel herum und verschüttet dabei fast den Inhalt ihres Glases. Ich kann nicht antworten, denn ich habe gerade einen ernsten Fall von Mundfasching, da ich absolut die Kontrolle über meine Zunge zum Zwecke der Wortbildung verloren habe. Darum hebe ich als Bestätigung meinen Daumen und versuche mich an einem erfreuten Grinsen, das wohl mehr einer Grimasse ähnelt.

Gegen Mitternacht löst sich die Truppe auf. Nadine verabschiedet die Gäste an der Haustür, während ich immer noch überlege, wie ich von der Couch hochkommen soll. Eine gute Idee wäre vielleicht, erstmal das Proseccoglas beiseite zu stellen, doch es ist immer noch halb voll, und wenn ich es loslasse, dann nimmt es mir nachher jemand weg.

Mit der Horde Mädels, die gerade die Wohnung verlässt, kommen Sam und Markus zur Tür rein. Sam lehnt sich in den Türrahmen und beobachtet mich aus sicherer Entfernung. Ich will etwas zu ihm sagen, doch ich bekomme die Lippen nicht richtig auseinander. Viel zu schwer.

„Bist du betrunken, Emma?"

Ich hebe meine freie Hand und zeige zwischen Daumen und Zeigefinger, wie viel. Er kommt gleich auf mich zu und nimmt mir das Glas ab. Ich will protestieren, doch die Worte wollen nicht rauskommen.

„Du hast genug für heute. Komm, ich bring dich nach Hause." Er legt sich meinen Arm um die Schultern und zieht mich von der Couch hoch. Widerwillig folge ich ihm, da ich überhaupt nicht die Kraft habe, mich zu wehren.

Irgendwie sitze ich plötzlich im Auto, obwohl ich mich nicht erinnere, wie ich hier reingekommen bin. Sogar meine Handtasche liegt auf meinem Schoß und irgendwer hat mir in die Jacke geholfen.

„Schaffst du es bis Zuhause, oder muss ich bei Nadine noch eine Kotztüte holen."

„Schon okay", bekomme ich heraus, plötzlich wieder Herr über mein Sprachzentrum.

Sam sieht so witzig aus, hinter dem Steuer meines Kleinwagens.

„Ich bin noch nie so richtig gefickt worden", platzt es aus mir raus, als Sam den Motor startet.

„Jetzt gerade bist du vor allem betrunken."

„Kann schon sein, aber ich muss dir das sagen." Ich pikse mit dem Finger in seinen Oberarm, um mir seine Aufmerksamkeit zu sichern. „Mein erster Freund war einfach nur ungeschickt, und wir waren auch nicht so lange zusammen. Dann kam schon mein Ex, aber der hat mich nur im Dunkeln angefasst, und auch nicht mehr als nötig."

„Und seit dem hast du mit niemandem mehr geschlafen?" Sam sieht mich grinsend von der Seite an. Er scheint mich gerade sehr witzig zu finden. Vielleicht wittert er auch nur eine Möglichkeit, mir meine intimsten Geheimnisse zu entlocken. Seine Chancen stehen hervorragend, würde ich sagen.

„Oh, nein. Da gab es noch jemanden. Der Typ war ein Riese, sogar noch größer als du. Ich war so naiv zu glauben, dass es Aufschluss auf andere Körperteile geben könnte.“ Ich muss kurz Luft holen. So viele Worte in so kurzer Zeit, da kommt mein Gehirn nicht nach. Oder ist es mein Mund?

„Aber ganz im Gegenteil, Sam. Sein Penis war so klein, so was sieht man sonst nur in medizinischer Fachlektüre. Dafür hatte er eine wahnsinnige Ausdauer. Nur blöd, dass ich ihn fast nicht gemerkt habe.“

„Wie bist du denn an so etwas gekommen?“ Sam lacht, obwohl ich das damals nicht so witzig fand.

„Oh, ich hab ihn auf einer Convention getroffen, wo ich einen Vortrag übers Schreiben gehalten habe. Wusstest du es noch nicht? Ich bin die Sexgöttin Gemma Lennart. Leider existiert dieses Leben nur auf dem Papier. Nadine und die anderen Hühner kannten alle meine Bücher, nur weiß niemand, wer ich bin.“ Jetzt breche ich in eine Mischung aus hysterischem Gekicher und Geheule aus. Sam reicht mir ein Taschentuch und sieht mich verwirrt an. Der arme Kerl hat keinen Schimmer, wovon ich rede. Schneller als erwartet bringt er das Auto zum Stehen und parkt vor einem großen Apartmentkomplex, nur eine Straße von meinem Haus entfernt.

„Wo sind wir?“, frage ich. Der Alkohol bringt einen neuen Schwung Hitze in mein Gesicht. Einfach so, ohne Grund. Was’n Scheiß.

„An meiner Wohnung. Ich kann dich heute Nacht wohl schlecht alleine lassen.“ Er zieht den Zündschlüssel und steigt aus.

Ich versuche, meinen Gurt zu lösen, finde aber dieses komische Steckding nicht. Sam öffnet meine Tür und beugt sich über mich, um mich aus dem Sitz zu befreien. Er findet den Verschluss und macht ihn für mich auf. Als ich schließlich frei bin, reicht er mir eine Hand, um mich aus dem Auto zu ziehen. Irgendwie bringt er mich mit beiden Füßen auf den Asphalt und greift mir gleich zur Unterstützung unter die Arme. Ich bin selbst erstaunt, wie schlecht mein Körper mir gehorcht. Eigentlich finde ich mich geistig noch ganz klar.

„Weißt du, Sam. Ich dachte ja, du wolltest mir deine Wohnung nicht zeigen."

Plötzlich stehen wir vor einem Aufzug, der Weg dahin ist mir entgangen. Vielleicht bin ich doch nicht so ganz nüchtern.

„Wie kommst du darauf?" Er zieht mich in die Kabine des sich öffnenden Aufzugs.

„Weil du mich dann nicht abwimmeln musst, wenn ich lästig werde."

„Oh, Emma." Er schließt mich in seine Arme und drückt mein Gesicht an seine Brust. Ich glaube, ich sabbere ihm gerade auf sein Shirt.

„Warum hast du dich so betrunken?", fragt er.

„Alles war voller Sexspielzeuge und dann haben sie auf einmal über meine Bücher gesprochen, da habe ich etwas die Kontrolle verloren."

„Ich hab keine Ahnung, wovon du redest. Es ist wohl besser, wenn ich dich morgen noch mal frage, nachdem du deinen Rausch ausgeschlafen hast."

„Vielleicht besser so", nuschele ich an seiner Brust.

Der Aufzug bleibt mit einem Ruck stehen und schiebt einen Teil meines Mageninhalts die Speiseröhre hoch. Ich schlucke ein paar Mal und versuche, mir nichts anmerken zu lassen, doch mit wenig Erfolg. Mein Körper rebelliert und ich fange an zu würgen. Sams Wohnung ist zum Glück gleich gegenüber vom Aufzug. Er öffnet rasch die Tür und schiebt mich in die Gästetoilette neben der Wohnungstür. In letzter Sekunde finde ich die Toilettenschüssel und knie mich davor. Sam ist sofort hinter mir und hält mir die Haare aus dem Gesicht. Ich versuche, ihn von mir wegzudrücken, doch er lässt sich nicht abschrecken.

Eine gefühlte Ewigkeit später ist mein Magen leer, und scheint sich vorerst beruhigt zu haben. Der kleine Raum riecht nach Erbrochenem, doch Sam sitzt immer noch tapfer hinter mir und streichelt mir den Rücken.

„Besser?", fragt er leise.

„Ich glaube schon." Meine Stimme ist rau und belegt. „Geh raus, Sam. Du musst dir das echt nicht antun."

Er ignoriert mich und greift stattdessen nach einem Gästehandtuch und macht es unter dem Wasserhahn nass. Dafür muss er sich noch nicht mal von mir wegbewegen. Er zieht mich von der Toilette weg, an der ich mich immer noch abstütze, und lehnt mich mit dem Rücken an seinen Brustkorb. Er legt mir das feuchte Tuch auf die Stirn und sieht besorgt auf mich runter.

„Wie klingt eine Dusche?", fragt er leise und streichelt mir über die Wange.

„Himmlisch. Aber eine Zahnbürste wäre noch besser."

„Da kann ich dir aushelfen." Er steht vom Boden auf und zieht mich mit hoch. Ich habe keinen Blick für seine Wohnung, meine Augen tränen immer noch von der Anstrengung. Sam schiebt mich ein paar Räume weiter, in ein großes Badezimmer. Er setzt mich auf den geschlossenen Toilettendeckel und schließt das Fenster. Der Raum ist ziemlich ausgekühlt, also dreht er die Heizung hoch. In einer Kommodenschublade kramt er nach einer neuen Zahnbürste und wird auch gleich fündig. Er reicht mir noch ein frisches Handtuch und bittet mich, kurz zu warten. Einen Moment später kommt er schon mit einem T-Shirt und einer kurzen Trainingshose wieder.

„Die Sachen sind dir zu groß, aber ich denke, im Moment macht das nichts“, sagt er und sieht an mir runter. Ich folge seinem Blick und muss beschämt feststellen, dass meine Bluse Flecken hat, über die ich gar nicht weiter nachdenken mag.

„Danke, Sam.“

„Nicht dafür, Emma. Kannst du mir versprechen, die Tür nicht abzuschließen? Ich schwöre dir, ich komme nicht gucken. Aber ich will auch nicht die Tür aufbrechen müssen, damit du nicht unter der Dusche ertrinkst.“ Er zwinkert mir zu, obwohl er es vollkommen ernst meint, wie sein besorgter Blick zeigt.

„Ich verspreche es.“

„Gut. Zahnpasta ist dort.“ Er zeigt auf ein Regal über dem Waschbecken. „Nimm dir, was du brauchst. Wenn dir etwas fehlt, dann ruf mich einfach. Ich bin in der Küche und mache uns Kaffee. Möchtest du etwas essen?“

Auch wenn es eklig klingt, aber ich habe tatsächlich Hunger. Ich spüre zwar noch den Alkohol in meinem Blutkreislauf, doch geistig hat mich die kleine Kotzorgie tatsächlich wieder ausgenüchtert. Außerdem habe ich heute nur gefrühstückt, weswegen es wohl eine sehr schlechte Idee war, so viel zu trinken.

„Gerne, Sam. Aber mach dir wegen mir keine Umstände“, flüstere ich und sehe dabei auf meine Füße. Ich bin so beschämt, ich kann ihn nicht ansehen.

Mit einem tiefen Seufzer streicht er mir eine verirrte Strähne hinters Ohr und lässt mich dann alleine.

Es kostet mich eine Menge Überwindung, das Badezimmer

nach meiner ausgiebigen Dusche wieder zu verlassen, auch wenn ich mich wie ein neuer Mensch fühle. Obwohl mir noch ein wenig schummerig ist, geht es mir schon wesentlich besser.

Leise schleiche ich mich ins Wohnzimmer, meine dreckige Kleidung in einem Bündel auf dem Arm. Sam sitzt mit einer Teetasse auf der überdimensionalen Eckcouch. Hinter ihm im Halbdunkeln erkenne ich eine offene Küche.

Er stellt seine Tasse ab und kommt auf mich zu.

„Gib mir das!“, fordert er und nimmt mir meine Kleidung ab. „Ich schmeiß das schnell in die Waschmaschine. Du setzt dich jetzt hin und isst etwas. Dann reden wir.“ Er macht keinen wütenden Eindruck, aber er scheint auch nicht besonders glücklich. Ausnahmsweise füge ich mich ohne Protest und lasse mich auf den Boden vor dem kleinen Couchtisch nieder. Sam hat mir ein Sandwich mit Putenfleisch und Tomaten gemacht. Neben dem Teller hat er zwei kleine Wasserflaschen und eine Packung Aspirin platziert.

Diese kleine Geste reicht, um alle Dämme einzureißen und die Tränen über mein Gesicht laufen zu lassen. Ich will nicht heulen, aber ich kann es auch nicht stoppen. Mit dem Gesicht in meine Handflächen gestützt, lasse ich der Tränenflut freien Lauf.

„Emma“, höre ich Sam flüstern. Er setzt sich hinter mich und zieht mich in seine Arme. „Was ist denn los mit dir?“

„Ich hab alles verbockt“, schluchze ich.

„Was hast du verbockt?“ Er ist ganz ruhig und hält mich einfach nur.

„Ich hab dich belogen und ich hab Nadine belogen. Sogar meine Mutter belüge ich seit Jahren.“

„Du musst mir sagen, was los ist. Alles, was ich gerade weiß, ist, dass du immer noch knallvoll bist, auch wenn es dir vielleicht nicht so vorkommt. Was ist bei Nadine passiert? Du flippst doch nicht so aus, wegen ein paar Gummischwänze."

„Ich habe kein Schreibbüro und ich erledige auch keinen Papierkram für andere Firmen, Sam. Das ist alles nur Fassade. Ich bin Gemma Lennart."

„Und wer bitteschön ist Gemma Lennart?" Er dreht mich zur Seite und zieht mich jetzt ganz auf seinen Schoß. Mit dem Daumen wischt er meine Tränen weg, während er auf eine Antwort wartet. Er ist ein Kerl. Natürlich sagt ihm dieser Name überhaupt nichts.

„Gemma Lennart ist mein Pseudonym. Ich bin Schriftstellerin und schreibe erotische Romane. Was total pathetisch ist, wenn man bedenkt, wie die Realität aussieht." Meine Schluchzer wechseln sich mit hysterischem Lachen ab. Ich vergrabe mein Gesicht an Sams Schulter, damit ich ihn nicht ansehen muss.

„Ich verstehe nicht, warum du da ein Geheimnis draus machst." Er streichelt über meinen Rücken und scheint über etwas nachzudenken.

„Das wüsstest du, wenn du meine Romane kennen würdest. Die Sexszenen sind sehr explizit. Nicht jeder kann damit umgehen."

„Du weißt schon, dass ich der Letzte bin, der damit ein Problem hat. Oder?"

„Darum geht es nicht, Sam. Das ist so weit entfernt von der Realität, dass es mir vor dir total unangenehm ist. Du würdest lachen, wenn du wüsstest, wie ich schreibe, während ich mich kaum traue, mich vor dir auszuziehen."

„Kann ich was sagen, ohne dass du mir das übel nimmst?"

„Klar. Wenn einer Grund hat, sauer zu sein, dann du."

„Schwachsinn, Emma. Warum soll ich sauer sein? Ich denke nur, dass du dich selbst falsch siehst. Du bist nicht verklemmt. Du hast nur Probleme, richtig loszulassen, weil du dich mit dir selbst nicht wohlfühlst. Irgendetwas oder irgendjemand hat deinem Selbstbewusstsein richtig Einen verpasst, und das drückt dich immer noch runter."

Ich hasse es, wenn er mich so durchschaut.

„Ich war nie genug, Sam. Für ihn war ich nie genug."

„Was hat er getan, Emma? Er hat dich nicht nur betrogen. Auch wenn es sicherlich wehgetan hat, das kann nicht alles gewesen sein. Dafür ist es zu lange her."

„Es war nichts, Sam." Ich wische mir wütend die Tränen weg und krabbele von seinem Schoß.

„Bullshit, Emma. Was ist passiert? Warum verkriechst du dich so? Selbst jetzt gerade ziehst du dich wieder komplett von mir zurück."

Ich setze mich auf die Couch und will gerade die Beine anziehen, doch Sam legt seine Hände auf meine Knie. Er will den Kontakt zu mir aufrechterhalten.

„Du wirst sagen, dass es lächerlich ist. Es sollte nach so langer Zeit keine Rolle mehr spielen."

„Warum sollte ich das tun?" Er nimmt meine Hände und sieht mich flehend an. „Emma, wenn dich das heute noch verletzt, dann ist es nicht lächerlich."

„Okay." Ich ziehe Sam zu mir auf die Couch und setze mich rittlings auf seinen Schoß. Er legt seine Hände auf meine Schulterblätter und sieht zu mir rauf. In diesem Moment brauche ich ihn nah, damit ich sicher sein kann, dass er nicht verschwindet. Ich streiche über sein hübsches Gesicht und versuche ein Lächeln, auch wenn ich schon eine neue Tränenflut aufsteigen spüre.

„Ich hab dir doch erzählt, dass ich meinen Exfreund mit einem Mann erwischt habe." Sam nickt und streichelt mir über die Oberarme. „Das war nur die halbe Wahrheit. An dem Tag sollte er mich eigentlich aus dem Krankenhaus abholen, weil ich einen kleinen Eingriff hatte, doch er hat mich einfach stehen lassen."

„Emma, von welchem Eingriff reden wir hier?" Genau das ist es, was Sam besonders macht. Er nimmt auch die kleinen Untertöne wahr.

„Ich war schwanger und hab das Baby verloren."

Ein Ausdruck blanken Horrors huscht über sein Gesicht, doch er fängt sich schnell wieder.

„Oh Emma." Er zieht meinen Kopf an seine Schulter und reibt über meinen Rücken. „Es tut mir so leid."

„An diesem einen Tag hätte ich ihn wirklich gebraucht. Das Baby war nicht geplant, aber deswegen tat es nicht weniger weh. Er hat noch nicht mal eine Sekunde an mich gedacht, während er mit anderen Dingen beschäftigt war. Er war zu bekifft, um auch nur einen Gedanken an mich zu verschwenden."

11.

„Emma“, flüstert es durch einen Nebel meines Bewusstseins. Es muss ein Traum sein, denn ich liege in einem fremden Bett, und überall um mich herum riecht es nach Sam.

„Süße Emma.“ Jetzt spüre ich sogar seinen Atem in meinem Nacken und seine Fingerspitzen auf meiner Schulter. Er drückt mir einen Kuss auf die Schläfe. Es ist doch kein Traum, dafür ist er zu real. Ich drehe mich um, und sehe ihn neben mir liegen. Er hat schon wieder viel zu viel Kleidung am Körper.

„Bleib liegen. Ich gehe eine Runde joggen. In einer halben Stunde bin ich wieder hier, dann können wir gemeinsam frühstücken.“

Ehe ich etwas erwidern kann, stemmt er sich vom Bett hoch und ist auch schon aus der Tür verschwunden.

Vor mich hin grummelnd strecke ich mich und versuche, wach zu werden. Es wird gerade erst hell draußen. Ich fühle mich, als hätte ich nur drei Stunden geschlafen, und vermutlich kommt das sogar hin. Damit ich nicht wieder einschlafe, erhebe ich mich widerwillig aus Sams überaus komfortablem und warmem Bett. Der Boden ist sehr kalt, also husche ich ins Wohnzimmer und mache mich auf die Suche nach meinen Schuhen. Die finde ich neben der Wohnungstür, sauber aufgereiht neben einer Reihe Sneaker in geschätzter Größe 48. Leider wird mir jetzt erst klar, dass ich gestern mein einziges Paar hochhackiger Schuhe getragen habe. Es bleibt mir nichts anderes übrig, als diese anzuziehen, wenn ich nicht will, dass mir die Füße abfrieren, denn in Sams riesigen Tretern breche ich mir erst recht den Hals. Um seine Schubladen im Schlafzimmer nach ein paar Socken zu durchforsten, kennen wir uns noch nicht gut genug. Wer weiß, worauf ich da stoße.

Ich gehe ins Bad, um meine übervolle Blase zu erleichtern und mir schnell über die Zähne zu putzen. Meine frisch gewaschene und schon getrocknete Kleidung finde ich sorgfältig zusammengelegt auf dem Regal.

Sams gesamte Wohnung ist so sauber und aufgeräumt, dass es mich schon fast beschämt. Mein Haus ist kein Saustall, aber doch wesentlich chaotischer als diese ungewohnt sortierte Junggesellenbude.

Trotz meiner sauberen Kleidung beschließe ich, doch noch etwas in Sams T-Shirt zu bleiben. Es geht mir bis zu den Knien und verdeckt, dass ich keinen Slip trage. Außerdem riecht es so angenehm nach ihm.

In der Küche finde ich eine Kaffeemaschine und schütte gleich eine ganze Kanne auf.

Während ich auf den frisch gebrühten Kaffee warte, gehe ich auf eine kleine Wanderung durch sein Wohnzimmer, in dem eine große Couch den Mittelpunkt des Raums bildet. Vor der Fensterfront zur Terrasse steht ein schwarzer Fernsehschrank mit einem Flachbildfernseher und diversen Spielkonsolen darunter. Das gehört wohl zur Grundausstattung für jeden männlichen Single. Ansonsten ist der Raum, bis auf eine kleine Kommode, leer. An den Wänden hängen raumhohe Leinwände mit abstrakten Bildern, an denen offensichtlich jemand seine Stimmung ausgelebt hat. Die Formen sind wild und rau, und die Farben gehen über ein dunkles Grün und Blau nicht hinaus. Sie sind vielschichtig, aber dennoch kein bisschen düster, und damit ein Ebenbild von Sam. Ich bin mir ziemlich sicher, dass er der Künstler dahinter war.

Als das letzte Blubbern aus der Kaffeemaschine erklingt, gehe ich wieder in die offene Küche und mache mich auf die Suche nach Kaffeebechern.

Die lagert Sam natürlich im obersten Schrank. Jemand, der so groß ist, macht sich nicht die Mühe, die Küchenschränke nach Erreichbarkeit zu sortieren. Ich stelle mich auf Zehenspitzen und strecke mich nach dem vordersten Becher. In derselben Sekunde geht die Wohnungstür auf und Sam bleibt einige Meter entfernt stehen. Schwitzend, keuchend und unglaublich sexy. Unsere Blicke treffen sich und ich erstarre in der Bewegung.

„Verflucht, Emma", hechelt er und stützt die Hände auf seine Knie, um zu Atem zu kommen. „Du bringst mich um."

„Warum?", frage ich unschuldig und angele nach dem Kaffeebecher. „Ich hab nur Kaffee gemacht. Das ist doch hoffentlich in Ordnung."

„Nein, Emma. Ist es nicht. Du siehst aus, wie mein feuchter Traum, während du Kaffee machst. Das ist absolut nicht in Ordnung." Vorwurfsvoll deutet er auf mich, nur in seinem T-Shirt und Pumps.

„Wie erwartest du da von mir Zurückhaltung?" Er zieht die Kapuze von seinem schwarzen Pulli runter und wischt sich mit dem Ärmel den Schweiß von der Stirn.

„Sorry?" Nein, es tut mir nicht wirklich leid. So langsam komme ich damit klar, dass Sam mich sexy findet. Und in ganz gewagten Momenten spiele ich sogar damit.

„Du …" Er zeigt mit dem Finger auf mich und ringt nach Worten. „Wenn ich jetzt nicht so verschwitzt wäre …"

„Was dann?" Ich lehne mich an die Arbeitsplatte und drehe eine Haarsträhne um meinen Zeigefinger.

„Emma!" Eine Warnung, die in Wirklichkeit ein Versprechen ist.

„Was, Sam?"

„Ich geh duschen." Er rennt mit langen Schritten ins Bad, jedoch nicht ohne sich im Gehen den Pullover über den Kopf zu ziehen und mir einen netten Anblick zu bieten.

Der Kaffee kann warten. Da Sam für frische Kleidung auf jeden Fall ins Schlafzimmer muss, beschließe ich, dort auf ihn zu warten. Ich streife meine Schuhe ab und schlüpfe wieder unter die Bettdecke.

Sam kommt schon wenige Minuten später wieder, mit tropfenden Haaren und einem knappen Handtuch um die Hüften. Keine Ahnung, wo er mich vermutet, auf jeden Fall hat er mich nicht bemerkt.

„Hey Samuel“, flüstere ich, nicht in der Lage meinen Blick von ihm abzuwenden. Erschrocken dreht er sich um, bis er mich in seinem Bett liegen sieht. Mit einer Hand hält er den Knoten an seinem Handtuch fest und grinst mich an.

„Emma, Emma. Du spielst wirklich mit dem Feuer heute.“

„Ich weiß nicht, wovon du sprichst.“ Ich lasse beiläufig die Decke verrutschen, um mein Knie und einen Teil meines Oberschenkels freizulegen.

Wie erwartet, lenkt das sofort seinen Blick von meinem Gesicht. Er leckt sich über die Lippen und denkt darüber nach, was er jetzt tun soll.

„Du hast mir gestern gesagt, dass du noch nie richtig gefickt worden bist, und ich bin kurz davor, das zu ändern“, raunt er.

„Ich mag deine Stimme, Sam. Sie fließt wie warmer Honig über mich und verschafft mir regelmäßig ein feuchtes Höschen.“

Er steht immer noch auf der Stelle, doch sein Handtuch beult sich im Schritt deutlich aus.

„Jetzt gerade auch?“ Mit jedem Wort rutscht seine Stimme eine Oktave tiefer.

„Nein, Sam. Jetzt nicht. Aber nur, weil ich gar kein Höschen trage.“

„Himmel, Emma. Du hast es wirklich auf mich abgesehen."
„Mein Test ist negativ", sage ich leise.
„Meiner auch."
„Ich nehme die Pille."
Mit einem Schwung reißt er sich das Handtuch vom Körper und schmeißt es dabei hinter sich. Sein Schwanz schwillt noch unter meinem Blick sichtbar an, doch er bleibt an der Bettkante stehen und traut sich nicht zu mir.
„Emma, ich fasse dich nicht an, wenn ich dich nicht sehen darf. Wenn du mir nicht genug vertraust, um dich zu zeigen, dann kann ich das nicht machen."
Es ist ein bedeckter und früher Morgen. Das Schlafzimmer ist in sehr gedämpftes Licht getaucht und gibt mir noch gerade genug Sicherheit. Ich setze mich auf und lasse die Decke von meinem Oberkörper rutschen. Sam beobachtet jede meiner Bewegungen, als ich mich vor ihn auf die Bettkante setze.
„Es wundert mich, dass ich dich gestern nicht total abgeschreckt habe." Ich lege meine Wange an seinen Unterbauch und atme ihn ein. Sein harter Schwanz streift mein Kinn, doch noch mache ich keine Anstalten, ihn zu berühren.
„Schwachsinn, Emma. Wir waren alle mal an diesem Punkt."
„Ich mag es, wie du riechst." Mit der Nasenspitze fahre ich die Konturen seiner Tattoos nach und atme ihn dabei ein.
„Das ist die ganze Tinte, mit der ich jeden Tag arbeite. Die kommt mir wahrscheinlich schon zu den Poren raus."
„Glaub ich nicht. Du hast so einen eigenen Geruch, der immer noch lange an mir haftet, wenn du nicht mehr bei mir bist. Ein bisschen so wie Plätzchenteig, nur herber."
Sam will etwas erwidern, doch meine Lippen auf seiner Hüfte rauben ihm den Atem.
„Emma", stöhnt er gequält auf.

„Was denn, Sam? Was willst du? Sag es mir."

„Dich. Deinen Mund."

Ich sehe zu ihm hoch und bin überwältigt von der Emotion in seinem Blick. Seine braunen Augen scheinen fast schwarz in diesem Licht.

„Dann nimm ihn dir, Sam", sage ich und lege seine linke Hand auf meinen Hinterkopf. Sam zögert. Doch schließlich nimmt er seinen Schwanz in die andere Hand und streicht ihn über meine Lippen. Benetzt von seinem Lusttropfen, öffne ich mich für ihn. Eher zögerlich schiebt er meinen Kopf ein Stück in seine Richtung, doch als er meine warme Zunge spürt, die sich um seine Eichel schmiegt, verliert er auch das. Er legt seine Hände auf meine Wangen und stößt behutsam in meinen Mund.

„Du bist so wunderschön, Emma." Er streicht mir zärtlich übers Gesicht. Er ist mir zu vorsichtig, also nehme ich doch meine Hand zur Hilfe. Sam schiebt mich an den Schultern von sich. „Zu viel", keucht er. „So komme ich in deinem Mund."

„Generell kein Problem für mich."

„Darauf komme ich zurück. Aber nicht jetzt." Er greift nach meinem T-Shirt und macht Anstalten, es mir über den Kopf zu ziehen, doch er spürt meine Zurückhaltung.

„Emma, sieh mich an." Er drückt mein Kinn hoch und fängt meinen Blick ein. „Du bist wunderschön. Schalt den Kopf ab."

Ich lasse ihn das T-Shirt über meinen Kopf abstreifen. Mit einer mir unerklärlichen Bewunderung betrachtet er mich und beißt sich dabei auf die Unterlippe.

„Fuck, Emma. Du hast keine Ahnung …" Er schiebt sich zwischen meine Schenkel und drückt mich gleichzeitig aufs Bett. Endlich liegen wir nackt aufeinander. NACKT! Und es fühlt sich fantastisch an. Sam leckt über meine Halsschlagader und greift nach meinen Brüsten, die perfekt in seine großen Hände passen.

Mit dem Daumen fährt er über meine aufgestellten Nippel und grinst, als er spürt, wie ich mich als Reaktion darauf, unter ihm winde. Ich schlinge meine Beine um seine Hüften und presse ihn an mich. Hart und heiß liegt er auf meiner Klit. Nur eine kleine Bewegung zur Seite, und er wäre schon in mir.

„Oh Gott", keucht er an meinem Hals. „Du bist so feucht, Em. Ist das alles für mich?"

„Ich kann mir nicht helfen, dass passiert immer, wenn du mich berührst."

„Ich will in dir sein", flüstert er und saugt leicht an meiner Oberlippe. Er streicht mit der Zungenspitze über meinen Mund, bis ich ihm entgegenkomme und sich unsere Zungen treffen.

„Ich will dich auch, Sam."

„Kondom?"

„Nicht notwendig, denke ich."

„Ich nehme eins, wenn du dich sicherer fühlst. Aber ich schwöre dir, ich bin sauber. Ich hatte seit einem Jahr keine Frau mehr in meinem Bett."

„Es ist okay, Sam. Ich will dich ganz spüren."

Sam setzt sich auf die Fersen und sieht auf mich herunter.

„Hab ich dir gestern tatsächlich von meinem wahren Beruf erzählt?", frage ich und lächle ihn unsicher an.

„Hast du. Und ich kann es kaum erwarten, mehr darüber zu hören." Er streicht mit dem Daumen über meine Spalte und verteilt dabei die angesammelte Feuchtigkeit.

„Das fühlt sich gut an." Ich beiße mir auf die Unterlippe und versuche, seinem Blick standzuhalten.

Sam greift unter meine Knie und zieht meinen Po auf seine Oberschenkel. Er nimmt seinen Schwanz in die Hand und reibt ihn über meinen geschwollenen Kitzler. Für einen Moment glaube ich, auf der Stelle zu kommen. Aber das wäre ja nicht das erste Mal, unter Sams Händen.

„Du hattest so lange keinen Sex mehr, ich habe wirklich Angst, dir wehzutun."

In jeder Geste und jedem Wort vermittelt er mir das Gefühl, zerbrechlich zu sein. Im Gegensatz zu ihm bin ich das auch. Mit der Hand führe ich ihn und übernehme damit ein Stück weit die Kontrolle.. Ein wenig traut er sich vor und dringt ein kleines Stück in mich ein, hält aber gleich wieder inne. Er kneift angestrengt die Augen zu und stößt ein paar Flüche durch seine zusammengebissene Zähne aus.

„Sieh mich an", flehe ich.

Auch wenn er Mühe hat, den Fokus zu halten, schlägt er die Augen wieder auf.

Damit ich ihn küssen kann, ziehe ich ihn zu mir herunter.

„Halt dich nicht zurück, Sam. Ich bin nicht aus Glas." Mit den Fersen schiebe ich ihn an mich, wodurch er automatisch die restlichen Zentimeter in mich rutscht. Er dehnt mich mehr als es je zuvor jemand getan hat, doch er tut mir nicht weh. Zitternd vergräbt er das Gesicht an meiner Schulter.

„Ich hätte mir unter der Dusche einen runterholen sollen", keucht er in mein Ohr.

„Oder du hättest mich vorhin nicht wegschieben sollen. Ich wollte dir ja helfen."

„Emma!", warnt er mich. Zugegeben, ihn daran zu erinnern, dass er auch in meinen Mund hätte kommen können, hilft ihm wohl nicht besonders. Er schiebt einen Arm unter mein Knie und hebt es ein Stück an. Dadurch rutscht er noch tiefer in mich und reibt über einen Punkt, der mich sofort um ihn zucken lässt. Ich nehme sein Gesicht in meine Hände und suche seinen Blick, denn ich habe das Gefühl zu fallen und ich brauche ihn, um mich zu erden.

„Du fühlst dich so gut an, Sam“, stöhne ich zwischen zwei Küssen. Endlich bewegt er sich in mir, wenn auch sehr zaghaft.

„So kann ich das nicht.“ Er zieht sich aus mir zurück, doch bevor ich protestieren kann, schiebt er mein rechtes Bein zwischen seine Knie, und dringt sofort wieder in mich ein.

„Sorry, Emma. Aber wenn du die Kontrolle hast, dann komme ich sofort“, entschuldigt er sich dafür, dass er mein Bein zwischen seinen fixiert. Er stützt sich mit den Händen neben meinem Kopf auf und sieht auf mich runter.

„Du hast keine Ahnung, wie schön du bist. So würde ich dich jetzt gerne zeichnen. Die Haare wie ein Vorhang um dich ausgebreitet, verhangener Blick und gerötete Wangen.“ Er setzt sich wieder auf und nimmt mein linkes Bein, um es sich auf die Schulter zu legen. Endlich bewegt er sich in mir, gleichmäßig und nicht zu vorsichtig, aber auch nicht zu hart. Jeder seiner Stöße überträgt sich direkt in meine Klit. Er ist so warm in mir.

„Kannst du für mich kommen, Em? Ich will dich dabei sehen.“ Mit dem Daumen massiert er meinen Kitzler. Ich greife ins Bettlaken, um irgendeinen Halt zu finden. Sam drückt feuchte Küsse auf mein Fußgelenk und sieht flehend zu mir.

„Ich weiß nicht, ob ich kann …“

„Du bist so weit, Baby. Lass einfach los.“ Mein gesamter Unterleib zuckt, als hätte Sam mir ein Kommando erteilt. Das Kribbeln konzentriert sich immer mehr auf meine Mitte, bis es sich explosionsartig auf meinen gesamten Körper ausbreitet. Ich krampfe um Sam, der gleich mein Bein loslässt und sich zu mir runter beugt. Durch den Positionswechsel verstärkt er den Druck auf meine Klit und lässt gleich einen noch heftigeren Höhepunkt folgen.

„Siehst du, du kannst es."

Meine Gliedmaßen bestehen nur noch aus Pudding, als Sam mein Bein wieder freigibt und meine Schenkel weit spreizt. Er stützt sich über mir ab und kommt nach ein paar kräftigen Stößen in mir. Keuchend vergräbt er den Kopf an meiner Schulter.

„Fuck", flucht er. „Fuck, fuck, fuck."

„Was ist los?" Ich hebe seinen Kopf an, damit er mich ansieht.

„Es tut mir so leid, Emma. Aber ich muss jetzt in den Shop. Normalerweise habe ich so früh keine Termine, aber das war eine besondere Anfrage und steht schon seit Monaten fest." Er küsst meine Stirn und meine Lider.

„Das war so nicht geplant. Ich will jetzt nicht gehen, aber ich muss." Er sieht mich traurig an, und ich glaube wirklich, dass es ihm leidtut. Ich habe die Situation provoziert, also muss ich damit leben. Auch wenn ich mich jetzt gerade wirklich noch nicht von ihm trennen will.

Er rollt sich von mir runter und zieht mich an seine Schulter.

„Es ist okay, Sam. Ich muss auch etwas tun. Mein Abgabetermin rückt näher, und ich bin noch nicht annähernd so weit, wie ich sein sollte."

„Es ist nicht okay. Du hattest so viel schlechten Sex und ich reihe mich da jetzt auch noch mit ein."

„Du machst Witze, oder?" Ich sehe ihn fassungslos von der Seite an.

„Nicht wirklich. Ich kann das besser. Aber du hast dich die ganze Nacht an mir gerieben, und dann rekelst du dich halb nackt in meinem Bett, wenn ich aus der Dusche komme."

„Ich frag dich noch mal, Sam. Du machst Witze, oder? Du hast scheinbar keine Ahnung, wie schlecht mein Sex bislang war."

„Nicht wirklich. Aber dafür würde ich gerne deine Definition von gutem Sex erfahren. Sollte ich dafür deine Bücher lesen?"

„Vielleicht." Ich knabbere an seinem Ohrläppchen, um ihn vom Thema abzubringen. Erfolgreich, wie mir ein Blick nach unten bestätigt. Er ist schon wieder vollständig hart.

„Emma, ich muss wirklich", stöhnt er und schiebt mich sanft von sich. „Aber ich habe eine Idee. Schreiben kannst du doch überall, oder?"

„Theoretisch schon."

„Magst du gleich deinen Laptop holen und bei mir im Shop arbeiten? Nadine kommt heute nicht rein und Markus interessiert es nicht, was du tippst. Die meisten Kunden stört es auch nicht, wenn noch jemand mit im Raum ist."

„Du musst das nicht machen. Es ist wirklich in Ordnung. Ich bin dir nicht böse, dass du jetzt weg musst."

„Emma, halt mal. Hast du für eine Sekunde daran gedacht, dass ich derjenige bin, der sich nach diesem Morgen nicht sofort trennen will?"

Nein, nicht wirklich.

„Ich will dich einfach nicht bei der Arbeit stören."

„Tust du nicht. Sonst hätte ich es nicht vorgeschlagen. Du schreibst, ich tätowiere, und trotzdem verbringen wir Zeit miteinander. Wir bestellen uns etwas zum Mittagessen und vielleicht können wir zwischen zwei Terminen ein bisschen rummachen."

„Gib mir zwei Stunden, dann kann ich noch duschen und bringe uns Frühstück mit."

12.

Sam ist bei der Arbeit ein anderer Mensch. Auch wenn er mir immer wieder Blicke zuwirft und mich anlächelt, ist er doch völlig konzentriert. Er hat mir einen großen Ledersessel in die Ecke seines Tattooraum gestellt, damit ich dort arbeiten kann. Zwischen jedem Kunden fragt er mich, ob er mir etwas bringen soll, lässt mich aber ansonsten in Ruhe. Es überrascht mich, wie gut ich bei dem Summen der Tätowiernadeln und der lauten Musik schreiben kann.

Sam hat gerade einen Kunden abgefertigt und seinen Arbeitsplatz gereinigt, als er sich zu meinen Füßen hinsetzt. Er legt die Wange auf mein Knie und wartet geduldig, bis ich ihm meine Aufmerksamkeit schenke. Ich schreibe noch die letzten Sätze für ein Kapitel fertig und klappe dann den Laptop zu. Zärtlich streiche ich durch seine krausen Haare, die schon ein ganzes Stück gewachsen sind, seit ich ihn zum ersten Mal gesehen habe.

„Brauchst du etwas?“, frage ich.

„Dich.“

„Ich bin hier.“

Sam schließt die Augen und lässt sich von mir den Kopf kraulen.

„Das ist gut“, schnurrt er. „Kannst du mir die Haare schneiden?“ Sein heißer Atem wärmt mein Bein und wandert direkt in meinen Schoß.

„Jetzt?“

„Nein, Emma. Heute Abend. Bei mir.“

„Ich bin keine Friseurin, Sam.“

„Musst du auch nicht sein. Ich will sie nur runter haben. Du wirst doch mit einem Langhaarschneider umgehen können.

Fünf Millimeter für den Winter, dann halten die Mützen besser. Ich hasse es nur, wenn ich das selber machen muss. Dann bleiben meistens kleine Büschel irgendwo stehen, auf die mich natürlich niemand aufmerksam macht."

„Armer Sammy." Ich küsse sein Ohrläppchen. „Du hattest mich einmal in deinem Bett, und schon werde ich für die häuslichen Dinge ran gezogen."

Sam setzt sich auf die Knie und schiebt sich zwischen meine Oberschenkel.

„Einer anderen Person die Haare zu schneiden, kann sehr erotisch sein." Er küsst meinen Hals. „Außerdem hatte ich dich schon öfter im Bett, falls du dich erinnerst."

„Das meinte ich nicht", sage ich heiser. „Und außerdem mag ich deine Haare. Besonders wenn ich etwas zum Festhalten brauche." Ich schiebe meine Hände unter sein Shirt und fühle, wie er die Rückenmuskulatur anspannt. Sam leckt vorsichtig über meinen Puls.

Leider entscheidet sich Markus, in genau diesem Moment reinzukommen.

„Okay, Leute. Ich sag das nur einmal. Macht, was ihr wollt, aber sobald entblößte Geschlechtsteile involviert sind, schließt bitte die Tür ab. Ich habe einmal Sams Schwanz in seiner ganzen Pracht gesehen und ich muss das nicht noch mal haben. Ich hab jetzt noch Komplexe."

Sam vergräbt lachend den Kopf in meinem Schoß, aber ich finde das eigentlich gar nicht so lustig. Ich will überhaupt nicht wissen, ob Markus ihn mal mit einer Frau überrascht hat.

„Sorry, Süßer. Aber was kann ich dafür, wenn du am frühen Morgen ins Gästezimmer stolperst. Du weißt doch, dass ich nackt schlafe. Du kannst einen Mann nicht für seine Morgenlatte beschimpfen." Sam klimpert aufreizend mit den Wimpern in Markus Richtung. Der schüttelt sich angeekelt.

Erleichtert atme ich aus und bin froh, nichts gesagt zu haben.

„Nadine scheint mehr als zufrieden, also nur kein Neid", sage ich. Sam sieht verwundert zu mir hoch und auch Markus starrt mich an.

„Was?", frage ich. „Wir haben nicht über eure Schwanzgrößen gesprochen. Dass Nadine überaus zufrieden mit dir ist, konnte ich in meiner ersten Nacht in eurer Wohnung hören."

„Oh", ist alles, was Markus dazu sagt.

„Übrigens, dein nächster Termin ist da", wendet er sich an Sam.

„Nina?", fragt er und steht vom Boden auf.

„Genau die. Eric ist auch dabei."

„Cool. Den hab ich schon lange nicht mehr gesehen. Ich komme gleich. Muss nur eben die Matrize raussuchen."

Markus geht wieder und Sam holt einen Ordner vom Regal, in dem er blättert.

„Soll ich raus gehen?", frage ich leise. Ich will ihm nicht im Weg stehen.

„Unsinn, Emma. Außer Nina hat etwas dagegen, was ich mir eigentlich nicht vorstellen kann. Eric ist ein guter Freund. Die beiden sind total unkompliziert und ich würde dich gerne vorstellen."

„Als was?" Ich kann es nicht abstellen.

„Als meine Freundin, du dumme Nuss. Hatten wir das nicht schon längst geklärt?"

„Doch, das hatten wir."

Sam schmeißt den Ordner auf den Tisch und kommt zu mir. Er zieht mich vom Sessel hoch und drückt mich an sich.

„Ich wünschte, du würdest nicht so sehr an dir zweifeln, Emma. Du bist hinreißend, klug und hast das schönste Lächeln. Ich kann die ganze Zeit nur daran denken, wie ich dich heute Morgen unter mir hatte, und muss mich so beherrschen, meinen Job zu machen, während du mir gegenübersitzt."

Ich lege meine Arme um seine Mitte und vergrabe meine Nase an seiner Brust.

„Dann sollte ich vielleicht doch nicht hier sein. Ich will ja nicht, dass du dich verzeichnest."

„Keine Sorge, ich hab das im Griff. Ich muss mich nur daran erinnern, weiterzumachen, und dich nicht die ganze Zeit anzusehen."

„Du machst mich verlegen", grummele ich in sein Shirt.

„Ich sage nur, was ich sehe."

„Hörst du auf, wenn ich dir die Haare schneide?"

„Nein. Machst du es trotzdem?"

„Natürlich."

Er hebt mein Kinn und drückt mir einen sanften Kuss auf die Lippen.

„Ich bin verrückt nach dir, Emma. Und wenn du Markus erzählst, dass ich solche kitschigen Sachen sage, dann muss ich dich leider übers Knie legen."

„Das ist jetzt schon das zweite Mal, dass du das sagst. So langsam glaube ich, dass du das ernst meinst."

Sam wackelt vieldeutig mit den Augenbrauen und lässt mich stehen, um Nina und Eric reinzuholen.

Der Raum ist viel zu klein für diese Menge an schönen Menschen. Eric und Nina sind ein Paar wie aus einem Hochglanzmagazin. Beide sind so mühelos schön, dass es mir die Kehle zuschnürt. Eigentlich will ich flüchten, doch Sams Blick fordert mich heraus, es zu versuchen. Wie ich aus den Gesprächen heraushöre, kennen die beiden sich, weil Sam sein erstes großes Motiv auf Erics Rücken verewigen durfte. Über die wiederholten Termine hat sich eine lose Freundschaft entwickelt.

Eric sieht aus wie der schwarzhaarige, muskulöse Footballspieler, der er ist. Er ist fast so groß wie Sam und so breit wie ein Schrank. Seine eisblauen Augen verfolgen jede Bewegung von Nina, seiner rothaarigen, grazilen Freundin. Sie ist groß, schlank und hat das Gesicht eines Modells, auch wenn sie sich nicht so verhält. Die beiden scheinen nett. Normal. Dennoch kann ich nicht anders, als mich in ihrer Anwesenheit klein und wertlos zu fühlen.

„Wie macht sich Lucy?", fragt Sam, als er die Matrize auf Ninas Hüfte positioniert. Lucy ist Erics kleine Tochter, wie ich mitbekommen habe.

„Sehr gut", antwortet Nina mit unverkennbarem Stolz. „Den Schulstart hat sie problemlos gepackt, obwohl sie bis vor einem halben Jahr noch solche Probleme mit der Sprache hatte."

Eric ist Amerikaner und lebt wohl noch nicht allzu lange hier. Sein Akzent lässt mich auf die Südstaaten schließen, was sich auch im Laufe des Gesprächs bestätigt. Dem Gespräch, aus dem ich mich vollkommen zurückhalte. Sam hat mich tatsächlich als seine Freundin vorgestellt, und besonders Nina hat mich sehr herzlich begrüßt, aber danach habe ich mich wieder in meinen Sessel verkrochen, und spiele jetzt den stillen Beobachter.

„Wir machen nächste Woche eine kleine Halloween Party", sagt Eric. „Es ist nichts Besonderes, nur für die Kinder. Aber ihr solltet kommen."

Nina sieht zu mir und lächelt. Sie sitzt nur mit ihrem BH rittlings auf einem Stuhl. Ihre Hose an der Hüfte tief runtergezogen. Wenn ich so einen Körper hätte, dann würde ich mich überall ausziehen. Naja, nicht wirklich.

„Was meinst du?", fragt mich Sam.

„Come on, honey. Gib dir einen Ruck", sagt Eric in seinem breitesten Akzent und zwinkert mir zu.

Mir schießt das Blut in die Wangen, völlig überfahren von seiner Wirkung.

Sam grinst und Nina sieht mich verständnisvoll an.

„Wenn Eric seinen texanischen Charme einschaltet, dann kann ich auch nicht Nein sagen", bestätigt sie mir seine Ausstrahlung.

„Muss ich mich verkleiden?", frage ich.

„Du kannst, wenn du möchtest, aber du musst nicht. Es ist wirklich mehr eine Party für die Kinder", sagt Eric zu mir.

„Und wenn ich du wäre, dann würde ich mein Terminbuch mitbringen", wendet er sich an Sam. „Einige Jungs aus dem Team werden mit ihren Kindern da sein, und wenn sie dich sehen, dann kommen sie bestimmt wieder auf Ideen."

Nina verzieht keine Miene, als Sam zum ersten Mal die Tätowiernadel ansetzt, doch an ihrer verspannten Haltung erkennt man, dass es nicht so schmerzlos ist. Sie bekommt ein größeres Motiv aus Blüten und Symbolen für Sternzeichen auf dem unteren, rechten Rücken. Offensichtlich ein sehr persönliches Tattoo, über das hier im Raum niemand spricht.

„Also, Emma. Was sagst du?", fragt Sam, als er die Nadel zwischendurch in Farbe taucht.

„Meinetwegen", antworte ich mit einem Schulterzucken, obwohl ich lieber ablehnen möchte. Sams Blick sagt mir, dass er sich dessen bewusst ist, aber er geht nicht darauf ein.

Zwei Stunden später verabschieden sich die beiden und Sam macht sauber, um für heute Feierabend zu machen. Es ist später Nachmittag und draußen dämmert es schon. Markus hat einen Kunden, ich kann das Summen seiner Tätowiernadel bis hier hören.

„Alles gut bei dir?“, fragt Sam und schließt die letzte Schublade an seinem Arbeitsplatz. Er kommt auf mich zu und hockt sich wieder vor mich. Ich nehme sein Gesicht in meine Hände und streiche mit den Daumen über seine Wangenknochen.

„Etwas müde“, gebe ich zu. „Die letzte Nacht steckt mir noch mehr in den Knochen, als ich dachte. Ich werde halt auch nicht jünger.“ Ich versuche es mit einem Lächeln, doch ich spüre selbst, dass es meine Augen nicht erreicht.

„Das ist es nicht, und wir wissen es beide. Willst du nicht zu der Party? Es ist okay, wenn du keine Lust hast.“

„Ich bin einfach nicht gut im Umgang mit anderen Leuten.“

„Ist mir aufgefallen.“ Es gefällt mir, dass er es nicht abtut, oder mir sagt, ich soll mich einfach mehr anstrengen.

„Es fällt mir schwer, mit fremden Leuten warm zu werden. Besonders wenn sie so attraktiv sind, wie Nina und Eric. Aber Sam, so bin ich und so war ich immer schon.“

„Es ist okay. Mir ist bewusst, dass du in meiner Gegenwart wahrscheinlich immer noch verlegen vor dich hinstammeln würdest, wenn ich dich nicht so überfallen hätte.“

Ich kneife ihm in den Oberarm, kann mir aber dann doch ein Grinsen nicht verkneifen.

„Mach dich nicht lustig über mich. Deine Wirkung auf mich hat nur unwesentlich nachgelassen.“

Sam greift in meinen Nacken und zieht mich für einen Kuss runter. Er saugt leicht an meiner Oberlippe und entlockt mir damit ein Stöhnen.

„Ich mag die stille Emma“, flüstert er an meinem Mund und stupst mich vorsichtig mit seiner Zungenspitze an. Ich bin aufgeheizt von seiner Nähe. Unruhig rutsche ich auf dem

Sessel hin und her, als Sam von meinem Mund kostet, doch ehe es zu weit gehen kann, löst er sich wieder von mir.

„Sollen wir etwas kochen oder uns von unterwegs was mitnehmen?“, fragt er.

„Ich hab eigentlich keinen Appetit.“

Sam sieht mich skeptisch an.

„Machst du das wegen mir?“

„Was mache ich?“

„Nichts essen. Mir fällt es schon länger auf, dass du, besonders in meiner Anwesenheit, kaum isst. Heute Mittag hattest du nur einen Salat und gestern hast du dich auch nur so abgeschossen, weil du den ganzen Tag nicht gegessen hast.“

„Kann mir nicht schaden.“

Er wird das Thema nicht fallen lassen, so weit kenne ich ihn nun schon. Sam lehnt seine Stirn gegen meine Schulter und greift in die Gürtelschlaufen meiner Hose, um mich fest an sich zu ziehen.

„Ich weiß nicht, was ich sagen soll. Es gibt Dinge, die ich sagen könnte, aber ich weiß nicht, ob du es in den falschen Hals bekommst.“

„Sag es, Sam. Ich weiß selbst, wie ich aussehe.“

Er hebt wieder den Kopf und sieht mich grimmig an.

„Ich habe dir oft genug gesagt, dass ich dich attraktiv in jeder Hinsicht finde, aber was nützt es, wenn es nicht zu dir durchdringt. Es gibt nur ein paar Dinge, die mir aufgefallen sind.“

„Die da wären?“

„Du gehst nicht gut mit deinem Körper um, und das strahlst du aus.“

Ich möchte ihn wegschieben und rauslaufen, doch Sam greift sofort meine verspannte Haltung auf.

„Es ist offensichtlich, dass du das nicht hören willst, Emma.

Aber du hast davon angefangen. Du siehst das jetzt nur als Angriff und Bestätigung, dass ich dich gar nicht sexy finden kann, egal wie oft ich es sage."

„Es klingt verflucht danach." Ich will seine Hände von mir nehmen, doch er hält mich fest.

„Hör auf dich zu wehren. Du bist so viel mehr, als du selbst siehst. Ich würde dir gerne helfen, dich besser zu fühlen. Du isst schlecht und du bewegst dich zu wenig. Nur eine kleine Verbesserung dieser Umstände, und du würdest dich viel besser fühlen. Ich kann dir dabei helfen, aber du musst mich lassen. Es geht nicht darum, dass du Gewicht verlierst, sondern dass du deinen Körper wieder besser spürst."

„Ich hab es schon so oft versucht, aber jedes Mal falle ich in die alten Muster zurück." Ich sehe an ihm vorbei an die Wand, zu beschämt, in anzusehen. Meine Augen füllen sich mit Tränen und laufen Sekunden später schon über.

„Dann machst du etwas falsch, Pinkpants. Denn nichts essen ist keine Lösung, soviel kann ich dir verraten." Er wischt mir die Tränen von der Wange und küsst meine Stirn. „Wenn du hungerst, dann tust du nichts anderes, als Heißhungerattacken zu provozieren. Jetzt hör auf zu weinen und lass mich dich heute Abend bekochen."

„Warum bist du so perfekt, Sam?"

„Bin ich nicht. Aber ich tue, was ich kann."

13.

Mit einem Glas Rotwein in der Hand sitze ich auf der Küchenarbeitsplatte und sehe Sam beim Kochen zu. Er bewegt sich sehr routiniert. Scheinbar kann er sich besser um seine Ernährung kümmern als ich.

„Kennst du deine leiblichen Eltern?", platze ich unvermittelt raus. Keine Ahnung, was da in mich gefahren ist. Es könnte ja durchaus sein, dass es für Sam ein empfindliches Thema ist.

„Sorry, Sam. Das war unsensibel. Du musst nichts sagen."

Er sieht auf und lächelt mich an, offenbar habe ich ihn doch nicht verärgert.

„Du hast jedes Recht, diese Frage zu stellen. Nein, ich kenne meine leiblichen Eltern nicht. Die Adoption lief anonym. Ich hätte Einsicht in die Akten fordern können, aber ich wollte nicht. Von meinen Eltern weiß ich, dass meine leibliche Mutter ursprünglich aus Südafrika stammt, aber die deutsche Staatsangehörigkeit hat. Sie war bei meiner Geburt siebzehn Jahre alt und hat mich mit drei Monaten zur Adoption freigegeben. Mein leiblicher Vater ist nicht bekannt. Gibst du mir bitte noch eine Paprika?"

Ich greife in den Kühlschrank und reiche ihm eine rote Paprikaschote.

„Warum wolltest du nicht? Sag mir, wenn ich zu neugierig bin."

Sam legt das Messer beiseite, putzt sich die Hände am Geschirrtuch ab und kommt zu mir. Er stellt sich zwischen meine Knie und nimmt mir mein Glas ab, um selbst einen Schluck zu trinken.

„Du bist nicht irgendwer, Emma. Du darfst mir solche Fragen stellen. Nur um das grundsätzlich klarzustellen, meine Adoption ist kein empfindliches Thema. Es ist einfach so, dass ich Eltern habe. Großartige Eltern. Ich weiß nicht, was mich erwartet, wenn ich versuche, zu meiner leiblichen Mutter Kontakt aufzunehmen. Sie hat damals eine respektable Entscheidung getroffen und mir ein Leben ermöglicht, dass sie mir vermutlich nicht hätte bieten können. Vielleicht will sie mich sehen, vielleicht aber auch nicht. Von meiner Seite ist kein Verlangen da, sie kennenzulernen. Es ist nicht so, als hätte ich schlechte Gefühle ihr gegenüber. Eigentlich habe ich in dieser Richtung gar keine Emotion, außer dass ich ihr wünsche, dass sie ihr Leben heute besser im Griff hat als damals. Mein Leben ist gut und bisher ohne nennenswertes Drama ausgekommen. Ich weiß es zu schätzen, wenn das so bleibt."

Ich weiß gar nicht, was ich sagen soll. Sam ist so klar in seinen Gefühlen. Für ihn gibt es nur „ganz oder gar nicht". Er ist einfühlsam, aber nicht überemotional. Eine beneidenswerte Eigenschaft.

„Findest du, dass ich gefühlskalt bin?", fragt er, als ich nicht reagiere.

„Nein, ganz im Gegenteil. Ich beneide dich um deine Klarheit, was solche Sachen betrifft. Du bist realistisch, aber kalt finde ich das nicht. Und wenn das Essen so gut schmeckt, wie es jetzt schon riecht, dann bist du Heiratsmaterial."

„Ist das so?" Er zieht eine Augenbraue hoch und genießt es, dass ich wieder rot anlaufe.

„Keine Panik, süße Emma. Ich bin keiner von den Typen, die bei dem bösen H-Wort gleich laufen gehen." Er drückt mir einen saftigen Kuss auf die Stirn, nimmt noch einen Schluck aus meinem Weinglas und widmet sich wieder der Essenszubereitung.

Mit Sam Zeit zu verbringen ist einfach, unkompliziert. Nach dem Essen haben wir gemeinsam die Küche aufgeräumt und sitzen uns nun in einer angenehmen Stille auf der Couch gegenüber. Sam hat einen Block auf den Knien und zeichnet konzentriert vor sich hin, während ich noch ein paar Seiten schreibe.

Irgendwann klappt er seinen Zeichenblock zu und wirft ihn auf den Tisch. Er wartet geduldig, bis ich zu ihm aufsehe.

„Ich mach gleich Schluss für heute", sage ich und begebe mich auch schon ans Abspeichern.

„Arbeite ruhig weiter, Emma. Du siehst gut aus auf meiner Couch, ich mag das."

Selbst wenn ich wollte, mit seiner Hand auf meinem Oberschenkel kann ich mich sowieso nicht mehr konzentrieren. Ich schließe meinen Laptop und lege ihn auf dem Tisch ab.

„Ich muss gleich nach Hause, Sam. Es ist schon spät."

Kopfschüttelnd nimmt er meine Hand und zieht mich an sich. Seine Couch ist zum Glück breit genug, um nebeneinanderzuliegen. Sam verschlingt unsere Beine miteinander und legt einen Arm um meine Taille.

„Hörst du das, Emma?", flüstert er verschwörerisch.

„Was denn?" Ich kann nicht anders, als mich seinem Ton anzupassen.

„Die Stille."

„Ja, jetzt wo du es sagst. Ich mag die Stille."

„Ich mag die Stille mit dir. Du bist eine der wenigen Frauen, die nicht jeden ruhigen Moment mit sinnlosen Worten füllen."

„Bei dir habe ich auch nicht das Gefühl, es zu müssen."

„Emma, darf ich mir deine Bücher bestellen? Ich würde gerne lesen, was du schreibst."

„Nein, darfst du nicht. Aber ich kann sie dir gerne geben.

Ich hab Zuhause noch genug davon."

„Emma, lass sie mich kaufen." Er schiebt ein Bein zwischen meine Knie und seine Hände unter mein Shirt, doch wenn er glaubt, dass dieses Ablenkungsmanöver zieht, dann hat er sich getäuscht.

„Kein Problem, Sam. Dann bezahle ich für das Tattoo, welches du mir eventuell stichst." Ich will ja nicht arrogant klingen, aber bei meinen Verkaufszahlen ist es nicht wirklich bedeutend, ob er sie kauft oder ich sie ihm schenke.

„Du hast gewonnen." Er zieht meinen Kopf an seine Schulter und stößt einen tiefen Seufzer aus.

„Emma?", flüstert er nach einer Weile.

„Ja, Sam?"

„Ich will nicht, dass du gehst. Du hast versprochen, mir die Haare zu schneiden. Außerdem möchte ich heute wirklich gerne noch mal in dir sein. Und zwar ohne, dass ich danach gleich aus dem Bett flüchten muss."

Es ist gut, dass ich gerade liege, denn diese so simple Aussage macht mir die Knie weich.

„Das möchte ich auch", flüstere ich und vergrabe verschämt mein Gesicht an seinem Hals.

„Ich bin so gespannt auf deine Bücher. Es ist unglaublich, dass dich so etwas in Verlegenheit bringt", lacht er und küsst mich auf die Stirn. Er steht auf und zieht mich hoch.

„Komm", sagt er und führt mich zum Badezimmer. Dort entkleidet er sich bis auf die Boxershorts und setzt sich auf den Badewannenrand.

„Bist du sicher?", frage ich, bevor ich den Langhaarschneider ansetze. „Ich mag deine Haare."

„Ich bin sicher. Es sei denn, du magst mich dann nicht mehr."

„Natürlich mag ich dich auch ohne Haare, obwohl ich es

mir noch nicht so recht vorstellen kann." Ich stelle mich zwischen seine gespreizten Knie und streiche ein letztes Mal über seine Locken, die rau, und dennoch weich sind. Genau wie er.

„Bereit?", frage ich und sehe auf ihn runter. Er hat seine Hände auf meine Hüften gelegt und unter meiner Berührung die Augen geschlossen.

„Ich bin bereit." Seine Fingerspitzen wandern über meinen Po und meine Oberschenkel, und ich habe gerade wirklich Probleme, mich zu konzentrieren. Mit dem Brummen des Langhaarschneiders fallen schon die ersten Locken auf den Boden und in die Badewanne. Es dauert nur wenige Minuten, bis ich seine Haarpracht auf fünf Millimeter gekürzt habe.

„Das ist eine ganze Menge", sage ich mit Blick auf den Boden.

„Deswegen sollten sie runter. So ist es einfacher."

Ich lege die Maschine beiseite und schaue ihn von allen Seiten an, um sicherzugehen, dass ich keine Stelle ausgelassen habe. Dann nehme ich einen Moment und betrachte ihn im Ganzen.

„Und? Magst du mich immer noch", fragt er grinsend und pustet sich ein paar verirrte Haare von der Nase.

„Du bist perfekt, wie immer." Ich küsse seine Nasenspitze und wische mir ein paar Stoppeln von Shirt und Hose. Sam kehrt das Gröbste der Haare zusammen und holt für den Rest einen kleinen Handstaubsauger. Ich setze mich auf den geschlossenen Toilettendeckel und beobachte, wie er nur in Unterwäsche seinen Badezimmerboden reinigt.

„Brauchst du ein Tuch?", fragt er über seine Schulter, als er den Langhaarschneider wieder in einer Schublade verstaut.

„Wofür?", frage ich verwirrt.

„Um dir den kleinen Tropfen Sabber vom Kinn zu wischen."

„Du bist unverschämt, Samuel Wagner." Ich greife nach dem nächstgelegenen Handtuch und werfe es ihm hinterher. Sam fängt es auf und schmeißt es ins Waschbecken, bevor er zu mir kommt. Er stellt sich vor mich und sieht mit einem merkwürdigen Blick auf mich runter.

„Ich weiß nicht, warum das so ist, aber ich mag es, wenn du mich Samuel nennst. Eigentlich mag ich den Namen gar nicht."

„Und ich mag es, dich anzusehen." Ich streichle über seinen Bauch und lege dann meine Arme um ihn. Mit der Nase an seinem Bauchnabel sauge seinen einzigartigen Geruch in mich auf.

„Was würde deine Familie sagen, wenn sie mich sehen würde?", fragt er, und streicht mit den Fingerspitzen durch meine Locken.

„Was sollten sie sagen, Sam?"

„Ich weiß nicht. Würdest du mich vorstellen?"

„Ich finde es noch ein bisschen früh dafür."

„Du kennst meine Eltern schon."

„Ja, Sam. Aber das war nun nicht wirklich freiwillig."

„Wir schweifen ab. Was ich sagen will, hätte deine Familie ein Problem mit mir. Wegen der Tattoos, und so", murmelt er den letzten Teil.

„Und so? Sam, sprich es aus."

„Weil ich nicht weiß bin, Emma."

„Ernsthaft, Sam. Tut mir leid, dich enttäuschen zu müssen, aber so bin ich nicht aufgewachsen. Meine Eltern haben mich zur Toleranz erzogen, und wenn das für meine Mutter jetzt auf einmal nicht mehr gilt, dann ist das ihr Problem. Außerdem leben wir nicht mehr in den 50ern und du bist wirklich nur auf den ersten Blick exotisch." Ich kneife in sein Hinterteil, weil ich einfach nicht widerstehen kann, und erhebe mich vom Toilettendeckel. Sam hält mich an der Schulter fest, als ich mich an ihm vorbeischieben will.

„Was ist mit deinem Vater? Die sind doch meistens sehr empfindlich, wenn es um die Partnerwahl ihrer Töchter geht." Diese Frage zeigt mal wieder, wie wenig wir noch voneinander wissen.

„Mein Vater ist schon lange tot, Sam. Darum musst du dir also keine Gedanken machen. Und mein Bruder hat eine Thailänderin geheiratet, er ist also der Letzte, der zu dem Thema etwas zu sagen hätte. Woher kommt die Unsicherheit auf einmal? Habe ich etwas gesagt, oder getan, was dich an mir zweifeln lässt?"

„Nein, das ist es nicht. Es kam nur gerade so hoch, weil du gesagt hast, dass du mich gerne ansiehst. Ich weiß, dass nicht jeder so fühlt, besonders in der älteren Generation."

„Was würden deine Eltern sagen, wenn sie wüssten, dass ich erotische Romane schreiben?"

„Meine Mutter würde sie lesen wollen, und mein Vater würde mir anerkennend auf die Schulter klopfen."

„Ehrlich?" Nun muss ich doch lachen.

„Meine Eltern sind so", meint er mit einem Schulterzucken.

„Ich lass dich jetzt duschen", sage ich, immer noch kichernd, und schiebe mich an ihm vorbei.

„Wo willst du hin?" Sam zieht mich am Arm zurück ins Bad.

„Soll ich dir zusehen? Du willst dir doch bestimmt die Haare abduschen."

„Nein, du sollst mir nicht zusehen, du sollst mitkommen."

„Sam …"

„Emma …", äfft er mich nach. „Ich hab schon alles gesehen, also kein Grund, sich jetzt wieder zu verstecken." Er greift nach dem Bund meines Shirts und zieht es mir einfach über den Kopf.

„Ich habe schon geduscht heute", versuche ich es noch mal, wenn auch eher halbherzig.

„Das habe ich auch." Er greift hinter sich und schaltet die Deckenbeleuchtung aus. „Besser?"

Der Raum wird immer noch durch den hereinscheinenden Vollmond erleuchtet, aber ohne diese grelle Beleuchtung fühle ich mich tatsächlich wohler.

„Besser."

Sam öffnet meinen Hosenknopf und zieht langsam den Reißverschluss runter. Mit geschickten Fingern öffnet er auch meinen BH und schiebt mir die Träger von den Schultern. Seine Lippen pressen sich auf meine, als er gleichzeitig den BH ganz runter zieht und einfach auf den Boden fallen lässt.

Sam setzt sich auf den Wannenrand, startet die Dusche und zieht mich zwischen seine gespreizten Beine. Während er meinen Bauch küsst, zieht er mir langsam die Hose runter und folgt der freigelegten Haut mit den Lippen. An meinem Höschen stoppt er kurz und atmet tief ein.

„Du riechst so verflucht gut, Em." Ungeschickt steige ich aus meinen Hosenbeinen und versuche, nicht das Gleichgewicht zu verlieren, während Sam mich von oben bis unten betrachtet. Er setzt an, etwas zu sagen, schluckt es aber im letzten Moment wieder runter. Bevor er in die Wanne steigt, entledigt er sich seiner Boxershorts und präsentiert mir dabei seine wohlgeformte Hinterseite. Sofort stellt er sich unter den laufenden Duschkopf und lässt sich mit geschlossenen Augen das Wasser übers Gesicht laufen. Es ist mir unmöglich, meinen Blick von ihm abzuwenden.

„Kommst du?", fragt er heiser und streckt mir eine nasse Hand entgegen. Hastig streife ich meinen Slip ab und lasse mich von ihm in die dampfende Kabine ziehen. Da seine

Badewanne gleichzeitig seine Dusche ist, und er eine sehr große Eckbadewanne hat, ist genug Platz für uns beide.

Sam zieht mich sofort an sich und unter den Wasserstrahl, um meine Haare nass zu machen und mich gleichzeitig zu küssen. Innerhalb von Sekunden regt sich etwas zwischen uns und er ist sofort hart. Nur weil ich mit ihm nackt hier stehe. Für mich immer noch schwer zu verstehen. Er könnte soviel schlankere und hübschere Frauen haben.

„Darf ich dir die Haare waschen?", fragt er leise und greift schon nach der Shampooflasche. Sam hat eine größere Auswahl an Pflegeprodukten, als ich je haben werde.

„Natürlich."

„Komm, wir setzen uns." Er zieht an meiner Hand, als er sich auf dem Wannenboden niederlässt.

„Und wo soll ich mich jetzt hinsetzen?" Etwas hilflos stehe ich über ihm.

„Vor mich. Hier unten ist noch genug Platz. Setz deine Füße hinter mich, und dann schlingst du einfach deine Beine um mich." Er greift in meine Kniekehlen und hilft mir, meine Füße zu platzieren. Damit ich nicht ausrutsche, halte ich mich an seinen Schultern fest. Sam nutzt den Moment, in dem ich beide Füße hinter ihm habe, aber noch nicht sitze, und lässt seine Zunge durch meine Spalte gleiten. Um mich in Position zu halten, legt er seine Hände auf meinen Po. Sein geschickter Mund an meiner Klit macht es mir unmöglich, mich aufrecht zu halten.

„Das ist perfekt", raunt er und lässt seine Zunge um meinen Kitzler kreisen.

„Oh Gott", stöhne ich. Seine Bartstoppeln kitzeln die empfindliche Haut meiner Oberschenkel. Ehe mir die Beine wegknicken, lässt Sam von mir ab und setzt mich zwischen seine Knie. Er nimmt die Shampooflasche und macht sich mit einer

Seelenruhe einen ordentlichen Klecks in die Handfläche, ganz so als wäre nichts vorgefallen. Heftig atmend sitze ich vor ihm und starre ihn fassungslos an, bis ein kleines Grinsen seine Mundwinkel umspielt.

„Keine Sorge, Emma. Ich plane, das zu Ende zu bringen. Aber es besteht doch kein Grund zur Hetze. Dieses Mal will ich es auskosten."

Er verreibt die weiße Masse zwischen seinen Handflächen und streicht mir damit einmal vom Ansatz bis in die Haarspitzen, bevor er beginnt, es sorgfältig einzumassieren.

„Du machst das gut", schnurre ich unter seiner Berührung und schiebe mich näher an ihn. Der Duschstrahl ist auf Sams Rücken gerichtet, wohin ich jetzt meine Hände lege, bis sie sich aufgeheizt haben. Sam ist so mit meinen Haaren beschäftigt, dass er zusammenzuckt, als ich nach seinem harten Schwanz greife.

„Was machst du da, Emma?", fragt er heiser und hält in der Bewegung inne.

„Mich für die Haarwäsche revanchieren", flüstere ich und sauge leicht an seinem Ohrläppchen.

„Nicht aufhören." Er lehnt sich an den Badewannenrand und sieht dabei zu, was ich mit ihm mache. Ich verstreiche den austretenden Lusttropfen und massiere ihn in meiner Faust.

„Sam?" Verlegen sehe ich zu ihm und beiße mir auf die Lippe.

„Ja, Em", keucht er durch zusammengebissene Zähne.

„Ich möchte es sehen", sage ich und nehme meine Hand weg.

„Was möchtest du sehen?"

„Wie du es selbst machst."

„Du willst dabei zuschauen, wie ich es mir selbst besorge?"

Nickend sehe ich auf meine Hände, zu verlegen, um ihn anzuschauen. Der Schaum läuft mir in Augen, was Sam natürlich gleich bemerkt.

„Komm her." Er nimmt meine Hand und zieht mich auf seine Oberschenkel, damit ich unter dem Duschstrahl sitze.

Mit geschlossenen Augen lege ich den Kopf nach hinten und versuche, nicht zu sehr daran zu denken, wie gut er mich gerade betrachten kann. Da spüre ich ihn an meiner Klit und die Bewegung seiner Hand. Er reibt seine Eichel durch meine Spalte. Ich kann die Augen nicht öffnen, da mir noch der Schaum durchs Gesicht läuft. Sam kneift leicht in meine Nippel und lässt seine Hand über die Rundung meines Bauchs wandern. Mit den Händen streiche ich den Rest des Shampoos aus meinen Haaren und sehe wieder auf Sam runter. Der hat die Augen geschlossen, als er seinen Schwanz in der Hand massiert. Ich würde gerne weiter zusehen, aber noch viel dringender möchte ich ihn in mir spüren. Meine Hand löst Sam ab, doch er rechnet nicht damit, dass ich mich gleich auf ihn sinken lasse. Er reißt erstaunt die Augen und sieht zu mir hoch.

„Emma", wispert er.

Ich beuge mich ein Stück vor und streiche mit den Daumen über seine gepiercten Brustwarzen. Wir stöhnen gleichzeitig auf, als er unter meiner Berührung in mir pulsiert. Sam legt seine Hände auf meinen Po und hält weiter unter mir still. Noch kann ich mich nicht dazu überwinden, die Hüften zu bewegen. Zu gut ist das Gefühl, so von ihm ausgefüllt zu sein. Sam zieht mich zu einem Kuss runter.

„Ich will dich nicht erdrücken", murmele ich zwischen zwei Küssen und versuche, mich wieder aufzurichten, doch Sam hält mich unten und tut etwas, das mich gleichermaßen überrascht und erregt. Er schlägt mit der flachen Hand auf meinen

Po. Der Schmerz fährt mir direkt in die Pussy und wird dort zu nichts als Vergnügen.

Sam schluckt mein Stöhnen und grinst an meinem Mund, zufrieden mit meiner Reaktion.

„Ein letztes Mal, Emma. Ich bin 1,98 Meter groß und wiege fast 105 Kilo, die nur durch eine trainierte Muskulatur kommen. Damit liegst du geschätzte 30 Kilo und 30 Zentimeter unter meinen Maßen. Vertrau mir, in meinen Armen fühlst du dich schmal an."

Ehe ich ihm sagen kann, dass ich doch etwas über seiner schmeichelhaften Einschätzung liege, schiebt er seine Zunge in meinen Mund und setzt sich mit mir auf. Er unterstützt mich mit seinen Händen auf meinem Po, als ich ihn langsam reite.

„Der Klaps hat dich erregt, oder?", flüstert er an meinem Ohr.

Ich nicke und spüre schon ein erstes Flattern im Unterleib. Er sucht meinen Blick und fleht mit den Augen, ihm standzuhalten, obwohl es uns beide große Mühe kostet.

„Samuel", seufze ich und streichele über seinen geschorenen Kopf. Jetzt ärgert es mich, dass wir nicht mehr Licht haben, damit ich ihn besser sehen kann.

„Em", stöhnt er, als ich leicht die Position verändere. „Kannst du für mich kommen?" Er greift zwischen uns und umkreist mit Zeige- und Mittelfinger meinen Kitzler. Ich vergrabe mein Gesicht an seiner Schulter und sauge an seiner Haut, doch Sam greift nach meinem Kinn und zwingt mich, ihn anzusehen.

„Schau mich an, Emma!" Er schafft es irgendwie, sich unter mir zu bewegen, denn meine Bewegungen sind nur noch sporadisch.

„Ich will, dass du kommst." Sams Ton wird immer fordernder. Meine Lider schließen sich von selbst, doch das passt ihm nicht.

„Mach noch einmal die Augen zu, und ich bewege mich keinen Millimeter mehr." Er hält kurz inne, um seinen Standpunkt zu untermalen.

„Bitte", wimmere ich und sehe ihm in die Augen. Sanft knetet er meine Brüste und nimmt schließlich einen Nippel in den Mund. Er hält unverändert den Blickkontakt, als er an meiner Brustwarze saugt und mich damit in einen Höhepunkt stürzt, der mich für einen Moment doppelt sehen lässt. Sekunden später folgt er mir und lässt mich nicht aus den Augen, während er sich stöhnend in mir ergießt. Er streicht mir die nassen Strähnen aus dem Gesicht und saugt zärtlich an meiner Unterlippe.

„Samuel", flüstere ich und spüre ihn an meinem Mund grinsen.

„Ich muss dir was sagen, Em", wispert er, doch ich nehme sein Gesicht in meine Hände und schüttele den Kopf.

„Nicht jetzt, Sam. Was immer es ist, nicht jetzt."

Er schluckt seine Worte runter und nickt zustimmend. Es gibt Worte, die kann man nicht zurücknehmen, und ich will nicht, dass er uns beiden wehtut.

14.

„Sex unter der Dusche? Verdammt. Ich wusste doch, dass Sam es drauf hat." Nadine nippt an ihrem Cappuccino, kann sich aber ein Grinsen nicht verkneifen.

„Nicht so laut", sage ich und sehe mich im Café um, ob uns irgendjemand gehört hat.

„Es läuft also gut zwischen euch beiden?"

„Ich denke schon, ja. Sam ist toll. Viel zu gut für mich."

„Hör doch mal auf, Emma. Du bist ´ne Bombe, und das ist exakt das, was Sam in dir sieht."

„Genau das sagt er auch immer." Und genau das kann ich immer noch nicht verstehen.

„Dann glaub ihm. Er ist Hals über Kopf …"

Ich halte meine Hand hoch, um sie zu stoppen.

„Sag es nicht, Nadine. Dafür ist es noch viel zu früh."

„Hat er es gesagt?"

„Nein, aber ich glaube, er war kurz davor."

„Und du hast ihn davon abgehalten?"

„So könnte man es sagen. Er hatte ein paar Sekunden vorher einen Orgasmus. Wie viel kann man auf solche Liebeserklärungen schon geben?"

„Oh, Emma." Sie sieht mich strafend an. „Ich kenne Sam jetzt schon eine Weile, und ich glaube beurteilen zu können, dass er solche Aussagen nicht leichtfertig macht. Seit ich ihn kenne, hatte er keine ernsthafte Beziehung mehr. Aber ich weiß, dass er das schon lange wollte und nur auf der Suche nach der richtigen Frau war."

„Es ist alles nicht so einfach. Ich will nicht schon wieder verletzt werden." Gestern Abend habe ich Nadine am Telefon endlich erzählt, was mit meinem Ex passiert ist. Sie hat erfrischend wenig Mitleid mit mir, was mich im ersten Moment sauer gemacht hat. Doch inzwischen kann ich ihren Standpunkt verstehen. Jeder normale Mensch wäre nach so langer Zeit darüber schon längst weg.

„Süße, ich habe da gestern noch lange drüber nachgedacht. Ich verstehe, dass dich die Summe der Umstände damals so fertig gemacht hat. Aber Sam ist nicht so. Er würde dich niemals so behandeln."

„Das weiß ich auch. Theoretisch. Der Kerl ist nur einfach viel zu gut, um wahr zu sein."

„Ich denke, ich sollte dir nächste Woche den Nippel piercen", wechselt sie ohne Umschweife das Thema. Leider so laut, dass die älteren Damen am Nebentisch tödliche Blicke in unsere Richtung abfeuern.

„Und ich habe gesagt, ich denke darüber nach." Die Ohrenpiercings haben wir erst mal aufgeschoben, da ich regelmäßig bei Sam auf dem Motorrad mitfahre.

„Emma, kann ich dir was erzählen? Eigentlich wollten wir es niemandem sagen, aber ich platze bald, wenn ich es nicht irgendwo loswerden kann." Nadine kaut auf ihrem Daumennagel, als würde sie erwarten, dass ich es nicht hören möchte.

„Oh mein Gott, du bist schwanger." Das war mein erster Gedanke, doch Nadine schüttelt den Kopf.

„Nein, noch nicht. Aber wir probieren es. Ich habe vor zwei Wochen die Pille abgesetzt." Sie sieht mehr nervös als aufgeregt aus.

„Hey, das ist doch großartig. Freust du dich nicht?"

„Doch, ich freu mich wahnsinnig. Aber ich hab auch eine Scheißangst. Was ist, wenn ich das nicht packe? Die Verantwortung ist so überwältigend, und ich bin noch nicht mal schwanger."

„Du gehst jeden Tag mit Babys um, du schaffst das schon."

Auch wenn ich einen Funken Bitterkeit nicht abstreiten kann, freue ich mich sehr für sie.

„Du weißt schon, dass die nicht immer so klein bleiben?“

„Ja, das weiß ich“, antworte ich lachend und zwicke sie in den Oberarm. „Du wirst eine gute Mutter, da bin ich sicher.“

„Und du eine tolle Patentante.“

Ich brauche einen Moment, bis ich realisiere, was sie da sagt.

„Ehrlich?“ Meine Augen füllen sich mit Tränen, ich kann gar nichts dagegen tun. In der letzten Zeit heule ich ganz schön viel.

„Ich könnte mir keine Bessere vorstellen, Emma. Und jetzt hör auf zu weinen, sonst mache ich mit. Ich bin deswegen schon sentimental genug.“

Auf dem Weg nach Hause setze ich Nadine für ihre Spätschicht im Krankenhaus ab. Als ich Zuhause ankomme, wartet meine Mutter schon auf mich.

„Entschuldige Kind, dass ich nicht vorher angerufen habe, aber ich war gerade in der Nähe.“

„Es ist in Ordnung, Mama. Ich hab dir gesagt, du kannst jederzeit vorbeikommen.“ Nach einer kurzen Umarmung schließe ich uns die Haustür auf.

„Komm rein. Möchtest du einen Kaffee?“

„Ja, gerne.“ Sie hängt ihren Mantel auf und folgt mir in die Küche.

„Ich habe in den letzten Tagen ein paar Mal versucht, dich anzurufen, aber du warst nie da“, sagt sie, als wir uns am Küchentisch niederlassen.

Meine Mutter weigert sich beharrlich, mich auf dem Handy anzurufen. Sollte sie jemals diese Nummer wählen, dann weiß ich, dass etwas wirklich Schlimmes passiert ist.

„Ich war bei einem Freund." Meine Mutter wird sich damit nicht zufrieden geben, dafür kenne ich sie.

„Definiere Freund!" Ihre Eigenschaft, nicht um den heißen Brei herumzureden, kann manchmal ganz schön anstrengend sein.

„Er ist mein Freund, denke ich. Nein, eigentlich weiß ich es. Er heißt Sam und er führt zusammen mit Markus den Tattooshop, von dem ich dir erzählt habe."

„Okay." Meine Mutter rührt sich einen Löffel Zucker in ihren Kaffee und wartet darauf, dass ich noch mehr erzähle.

„Er ist anders. Zumindest hoffe ich das. Er ist so unkompliziert."

„Unkompliziert ist gut."

„Ich weiß, Mama. Trotzdem warte ich noch auf das böse Erwachen."

Meine Mutter nimmt meine Hände und lächelt mich über den Tisch hinweg an.

„Emma, ich weiß, wie weh Christoph dir damals getan hat. Doch du machst dir kein Bild davon, wie froh ich war, als all das vorbei war. Natürlich habe ich mir nicht gewünscht, dass du dabei so verletzt wirst. Alles, was zwischen euch stattfand, war ein großes Drama. Christoph war in meinem Augen ein Gift, dass sich langsam in dich geschlichen und fast umgebracht hätte. Du hast diesen großen Schlag gebraucht, um überhaupt von ihm loszukommen. So langsam wird es jedoch Zeit, dieses Gift wieder auszuschleichen."

„Ich weiß, Mama."

„Sam ist also ein Guter, sagst du?"

„Bis jetzt konnte ich keine andere Seite an ihm entdecken."

„Dann komm am Sonntag mit ihm zum Mittagessen, damit ich mir selbst ein Bild machen kann."

„Ich weiß nicht. Ist das nicht zu früh?" Wenn ich ihr erzähle, dass ich seine Eltern schon kenne, dann ist sie vermutlich eingeschnappt.

„Denkst du, es ist etwas Ernstes?"

„Ich hoffe es."

„Dann ist es nicht zu früh."

Meine Mutter verabschiedet sich kurze Zeit später, nachdem sie mir das Versprechen abgenommen hat, Sam zum Essen mitzubringen. Für einen Moment stehe ich zögernd im Flur, als ich die Haustür hinter ihr geschlossen habe. Doch dann nehme ich meinen Autoschlüssel, werfe mir meinen Mantel über und fahre zu Sam in den Shop.

Markus steht an der Anmeldung, als ich die Tür öffne.

„Hey Emma", ruft er und winkt mir zu.

„Hey Markus. Ist Sam noch da? Ich wollte ihn abholen."

Ehe er antworten kann, steckt Sam schon den Kopf aus dem Büro und strahlt mich an.

„Wenn das nicht meine liebste Lady ist. Mit dir habe ich gar nicht gerechnet."

„Ich dachte, ich überrasche dich. Du hast gesagt, dass du heute früh Schluss machst. Ich kann aber noch mal wiederkommen."

Hinter Sam kommt ein schlankes, blondes Püppchen aus dem Raum stolziert. Sie umarmt ihn und küsst ihn auf die Wange.

„Bis in zwei Wochen, Sam", kichert sie. „Bis dahin ist meine Schulter hoffentlich verheilt."

Ich bin kein eifersüchtiger Mensch, aber die Situation lässt Übelkeit in mir aufsteigen. Markus schaut mich von der Seite an, doch ich beobachte nur Sams Reaktion, der zwar nicht besonders angetan, aber auch nicht extrem ablehnend reagiert. Er verabschiedet die Plastikbarbie und kommt dann sofort zu mir.

„Kann ich dich kurz sprechen? Alleine!“, sage ich knapp. Ich bin sauer, doch ich weiß selbst nicht so recht, warum. Sam sieht verstört auf mich runter, folgt mir jedoch ohne Widerworte. Er schließt die Tür zu seinem Tattooraum hinter uns und beginnt sofort sich zu rechtfertigen.

„Emma, du weißt, dass das mein Job ist. Ich würde niemals etwas mit diesen Weibern anfangen. Ich bin nur höflich, mehr nicht.“

„Halt die Klappe, Sam.“ Irgendwie muss ich dieses irrationale Gefühl in den Griff kriegen. Ich schiebe ihn in den Sessel, der von unserem gemeinsamen Arbeitstag immer noch in der Ecke steht. Überrascht lehnt er sich zurück und sieht mich abwartend an.

„Und nun?“, fragt er, als ich ihn von oben bis unten betrachte.

„Hose runter.“

Sam zieht eine Augenbraue hoch, und schätzt ab, ob ich es ernst meine.

„Okay.“ Grinsend öffnet er die Knopfleiste seiner Jeans und hebt den Po an, um sie zusammen mit seiner Boxershorts runterzuziehen. Er ist schon halb hart, als er sich wieder zurücklehnt. Ich schließe die Tür ab und drehe die Musik an seiner Anlage lauter. Langsam gehe ich auf ihn zu und sinke vor ihm auf die Knie. Ich lasse meinen Mantel hinter mich fallen und spreize seine Beine.

„Macht dich das an?“, frage ich und streichele über seine nackten Oberschenkel.

Sam leckt sich über die Lippen und greift in den tiefen Ausschnitt meines Pullovers. Zusammen mit meinem BH-Körbchen zieht er ihn ein Stück runter und entblößt einen erregten Nippel.

„Deine Nähe macht mich immer an, süße Emma." Er nimmt seinen Schwanz in die Hand und verhilft ihm in wenigen Zügen zu voller Größe. Meine Fingerspitzen wandern unter sein Shirt, über die seidige Haut, die sich darunter verbirgt. Sam zuckt in seiner eigenen Hand, als ich leicht an seinem gepiercten Nippel zupfe.

„Ich will dich", flüstert er und versucht, mich zu sich hoch zu ziehen, doch ich lasse ihn nicht. Sanft schiebe ich seine Hand beiseite und ersetze sie durch meine eigene. Ein Tropfen seiner Lust hat sich bereits auf der Spitze gesammelt, den ich gleich mit meiner Zunge aufnehme.

„Jesus", keucht er auf. Er legt eine Hand auf meine Wange und verfolgt jede meiner Bewegungen.

„Willst du in meinem Mund kommen?", frage ich mit Unschuldsmiene, um gleich darauf an der Eichel zu saugen.

„Emma, du musst das nicht … Oh, fuck. Das ist gut." Er legt den Kopf in den Nacken. Ich nehme ihn so tief wie möglich in den Mund und greife nach seinen Hoden, die ich sanft in der Hand liebkose. Sams Beine fangen an zu zittern, als meine Finger das kleine Stück Haut hinter seinen Hoden massieren. Bei jeder Aufwärtsbewegung schenke ich der Unterseite seiner Eichel besondere Aufmerksamkeit.

„Em, ich kann dich jetzt nur noch einmal warnen." Sams Stimme ist so rau, als hätte er gerade in einem Zug ein Glas Whiskey getrunken. Ich spüre ihn noch härter werden, und weiß, dass er jeden Moment kommen wird. Schon ergießt er sich in warmen Schüben auf meiner Zunge. Ich schlucke mehrmals um ihn herum und lasse ihn dann aus meinem Mund rutschen.

Sam grinst auf mich herunter.

„Was immer da in dich gefahren ist, jederzeit wieder." Er zieht mich zu sich hoch und küsst mich auf den Mund. Ohne zu zögern, drängt er seine Zunge zwischen meine Lippen. Ich will mich zurückziehen, doch er hält mich fest.

„Ich ekele mich nicht vor mir selbst“, nuschelt er zwischen zwei Küssen. „Schon gar nicht, wenn du es nicht tust.“

Ich glaube, ich hab mich gerade etwas in ihn verliebt. Mein Unterbewusstsein möchte mir zurufen, dass das schon längst passiert ist, aber noch kann ich es ganz gut ausblenden.

„Meine Mutter hat uns für Sonntag zum Mittagessen eingeladen. Ich hoffe, das ist für dich in Ordnung?“, frage ich, als wir unsere Kleidung sortieren, um wieder präsentabel auszusehen.

Sam schließt seine Hose und hilft mir in den Mantel.

„Natürlich ist es das,“, wispert er in mein Ohr und jagt mir damit einen Schauer über den Rücken. „Ich kann es nicht erwarten, deine Mutter kennenzulernen.“

Gemeinsam verlassen wir den Tattooraum und ernten ein paar schräge Blicke von Markus, die wir jedoch beide ignorieren. Sam geht um die Empfangstheke herum, um ein paar Unterlagen zusammen zu suchen. Markus beobachtet ihn grinsend und sieht immer wieder auf sein Hosenbein, bis Sam seinen Blick bemerkt.

„Was ist los?“, fragt er und sieht an sich runter.

„Nichts“, antwortet Markus grinsend.

Sam schüttelt den Kopf, scheint aber gerade kein Interesse zu haben, auf seine Neckereien einzugehen. Er schlüpft in seine Jacke, zieht sich den Rucksack auf den Rücken, und legt mir einen Arm um die Schultern, ehe wir zusammen zur Tür gehen. Sam öffnet die Glastür und lässt mich vorgehen.

„Schönen Feierabend, ihr beiden“, ruft Markus aus dem hinteren Teil des Shops. „Und Sam? Ich bin echt froh, dass sie dir nicht ans Bein gepinkelt hat, um ihr Revier zu markieren“, bringt er gerade noch raus, bevor er losprustet.

Sam zeigt ihm den Mittelfinger und lässt die Tür hinter uns zuknallen. Als ich zu ihm aufsehe, hat er ein breites Grinsen im Gesicht.

15.

Sonntagmorgen wache ich alleine auf, obwohl ich an Sam gekuschelt eingeschlafen bin. Vorsichtig öffne ich erst ein, und dann auch das zweite Auge. Auf das Dachfenster in meinem Schlafzimmer prasselt ein heftiger Regenschauer, doch das ist es nicht, was meinen Blick gefangen hält. Sam sitzt an meinem Schreibtisch und zeichnet. Er trägt nur seine Boxershorts und ein schwarzes T-Shirt und hat mich noch nicht bemerkt. Konzentriert starrt er auf das Blatt und kratzt sich mit dem Kohlestift am Kopf, bevor er weiter zeichnet. Ein warmes, beinahe schmerzhaftes Gefühl breitet sich in meinem Brustkorb aus.

Sam sitzt an meinem Arbeitsplatz, der gleichzeitig mein privatester Bereich ist. Überall liegen Notizen und die Schubladen sind voll von meinen persönlichsten Andenken. Niemandem sonst würde ich es erlauben dort zu arbeiten, doch selbst die Tatsache, dass Sam sich ungefragt dort hingesetzt hat, macht mir nichts aus. Ganz im Gegenteil, ich mag es, dass er immer wieder an meine Grenzen stößt, und sie damit unmerklich verschiebt, ohne sie jemals zu überschreiten.

Ich liebe dich, klingt es in meinem Kopf, doch ich bin noch nicht bereit, diese Worte auszusprechen.

„Willst du eigentlich Kinder, Sam?“, flüstere ich über das Prasseln des Regens. Erschrocken sieht er auf und lächelt, als er entdeckt, dass ich wach bin, aber das Lächeln erreicht seine Augen nicht ganz. Er steckt geistig noch mitten in seiner Zeichnung, doch er versucht, mir seine Aufmerksamkeit zu schenken. Ich kenne diesen Blick von mir selbst und kann es ihm deswegen nicht übel nehmen.

Sam klappt seinen Block zu und reibt sich über die Augen.

Er versucht, sich selbst durch die Haare zu streichen, nur um festzustellen, dass da nicht mehr viel ist.

„Wieso fragst du?“ Jetzt ist er wieder voll bei mir.

„Nadine hat die Pille abgesetzt. Die beiden versuchen, schwanger zu werden.“

Sam legt die Stirn in Falten. Erst jetzt wird mir bewusst, wie falsch das rausgekommen ist.

„Oh Gott, Sam. Versteh das nicht falsch. Ich wollte nur eine allgemeine Antwort, das war kein Vorschlag nachzuziehen.“ Meine Wangen nehmen wieder eine unangenehm rote Färbung an.

„Du bist echt süß, wenn du unsicher bist.“ Er steht auf und kommt um den Schreibtisch herum zu mir. Ich hebe die Bettdecke an und seufze, als er seinen warmen Körper an meinen schmiegt.

„Kommst du damit klar, dass die beiden ein Baby wollen?“, fragt er leise. Ich lege den Kopf auf seinen Brustkorb und lasse mir von ihm den Nacken kraulen.

„Ich hab mir darüber noch nicht so viele Gedanken gemacht. Natürlich freue ich mich. Nadine hat mich gefragt, ob ich Patentante werde, und das macht mich wahnsinnig stolz. Wir haben so lange keinen Kontakt gehabt, deswegen ehrt mich das besonders.“

„Das war nicht meine Frage, Emma. Nimm es mir nicht übel, aber ich denke, ich habe ein Recht, das zu wissen. Hast du die Fehlgeburt von damals verarbeitet?“

Darüber muss ich erst einen Augenblick nachgrübeln. Sam wartet geduldig auf meine Antwort und spielt währenddessen mit meinen Locken.

„Keine Ahnung“, sage ich schließlich. „Ich denke schon. Es ist lange her und es war kein Wunschkind. Damals hatte ich so viele andere Sachen zu regeln, da trat das schnell in den

Hintergrund." Wie von selbst wandert meine Hand auf seine Brust, wo sie über seinem spürbaren Herzschlag zu liegen kommt.

„Meine Mama hatte sechs Fehlgeburten, bevor meine Eltern aufgegeben und mich adoptiert haben. Sie hat mir vor ein paar Jahren mal erzählt, dass sie noch lange daran geknabbert hat, auch als ich schon bei ihnen war."

„Das sechs Mal durchzumachen ist schon heftig."

„Ich möchte Kinder, Emma. Nicht unbedingt einen ganzen Stall voll, aber so ein bis zwei wären schön. Ich bin an einem Punkt, an dem ich einfach so weit bin. Beruflich läuft es super, die gute Kritik für den Shop zieht immer weitere Kreise. Emotional bin ich schon längst bereit, mich niederzulassen. Ich bin kein junger Bengel mehr, der sich austoben muss. Das hab ich alles hinter mir."

„Ich mag dich, Sam. Ich mag dich sehr. Darf ich jetzt sehen, was du zeichnest?", versuche ich, das Thema zu wechseln, da es mir nun doch zu ernst wird.

Sam lächelt wissend.

„Noch nicht, Em. Und ich mag dich auch. Eigentlich ist das nicht genug, um mich angemessen auszudrücken, aber ich weiß, dass du noch nicht mehr hören willst."

Ich kann nichts dazu sagen, aber Sam erwartet es auch nicht. Stattdessen zeigt er mir mit zärtlichen Händen, Lippen und einer geschickten Zunge, wie er für mich fühlt.

Der Apfel fällt nicht weit vom Stamm, heißt es. Das erklärt wohl auch, warum meine Mutter wie ein junges Mädchen kichert, wenn sie sich mit Sam unterhält. Mein Faible für große Männer habe ich scheinbar von ihr, denn mein Vater war auch fast zwei Meter groß, während ich die Körpergröße von meiner Mutter geerbt habe. Doch wie meine Mutter sich in

Sams Gegenwart verhält, so habe ich sie noch nie erlebt.

„Der ist toll, Emma. Gut gemacht“, flüstert sie mir zu. Sam steht in der Diele meiner Mutter auf der Leiter und tauscht die Batterien im Rauchmelder aus.

„Mama, das hätte ich auch machen können. Du hättest wirklich nicht gleich Sam dafür ran ziehen müssen.“

„Unsinn. Sam macht das gerne. Nicht wahr, Sam?“ Sie hängt sich bei mir ein und grinst zu ihm hoch.

„Sicher, Regina. Ich muss mich doch für das köstliche Mittagessen revanchieren.“ Er zwinkert meiner Mutter zu, und spielt ihr kleines Spielchen mit.

„Siehst du, Emma. Außerdem ist Sam so groß, für ihn ist das viel einfacher, als für uns.“

Das Telefon im Wohnzimmer klingelt, doch meine Mutter denkt gar nicht daran, sich von ihrem Beobachtungsposten zu bewegen.

„Geh du mal ran. Das ist bestimmt dein Bruder.“ Sie schiebt mich sofort zur Tür und eilt zu Sam, um ihm die Leiter zu halten. Schon klar.

„Hey Mark“, rufe ich gleich in den Hörer, als ich die Anrufererkennung entziffere.

„Hey Fremde. Wie geht es dir? Schön noch mal was von dir zu hören.“ Die Stimme meines Bruders verursacht mir einen dicken Kloß im Hals. Ich habe ihn vermisst. Wir haben uns bestimmt schon seit einem halben Jahr nicht mehr gesehen, obwohl er nur eine Autostunde entfernt wohnt.

„Mir geht’s gut. Und dir und Maleen?“

„Bei uns ist alles prima, Emma. Lee bestellt schöne Grüße. Was machst du bei Mama?“

„Ihr dabei zusehen, wie sie sich an meinen Freund ran macht“, versuche ich so ernst wie möglich zu antworten, doch ich kann nicht verhindern, dass sich ein Grinsen in meine Stimme schleicht.

„Moment", sagt Mark nach einem Moment der Stille. „An diesem Satz waren so viele Sachen falsch, dass ich gar nicht weiß, wo ich anfangen soll."

„Ja, Mark", seufze ich. „Ich habe einen Freund und bin mit ihm zum Mittagessen hier. Scheint so, als wäre unsere Mutter ein bisschen verliebt. So hab ich sie noch nie erlebt."

„Gott sei Dank. Und ich dachte schon, du würdest dich zu der schrägen Tante mit 30 Katzen und wirren Haaren entwickeln."

„Ha, ha. Sehr witzig, großer Bruder. Wie du weißt, bin ich gegen Katzen allergisch."

„Aber deine Haare hast du immer noch nicht im Griff?", neckt er mich.

„Nur vor dem ersten Kaffee, danach geht es. Soll ich dir Mama geben, bevor sie Sam an die Wäsche geht?"

„So schlimm?"

„Nein, eigentlich ist es ganz süß."

„Das denke ich auch. Bevor du mich weiter reichst, ich wollte dich sowieso anrufen. Wir möchten Mama und dich zum Martinsgans Essen einladen. Dein Freund ist natürlich auch eingeladen."

„Das ist nett, Mark. Wir haben uns schon viel zu lange nicht mehr gesehen. Ich freu mich. Bestell Maleen ganz liebe Grüße."

„Mach ich, Kleine. Und jetzt kannst du mich an die Dame des Hauses weiterleiten."

Lächelnd gebe ich den Hörer an meine Mutter weiter, die sich zum Telefonieren in die Küche verzieht. Sam steigt von der Leiter und zieht mich sofort in seine Arme.

„Tut mir leid, wegen meiner Mutter", flüstere ich an seinem Brustkorb.

„Unsinn, Emma. Entschuldige dich nie für deine Mutter. Sie ist eine tolle Frau.“

„Muss ich mir Sorgen machen?“, frage ich und grinse in sein Shirt.

„Natürlich. Wenn du mich nicht mehr willst, dann weiß ich auf jeden Fall, wo ich noch mehr schöne Lennartz-Frauen finde.“

„Lass das nicht meine Mutter hören. Die nimmt dich beim Wort.“

„Hast du denn vor, mich zu verlassen?“ Er streicht mit der Nasenspitze über meine Ohrmuschel. Wie soll Frau da einen klaren Gedanken fassen?

„Nein, Sam. Geplant habe ich das nicht.“

Er legt eine Hand auf meine Wange und sieht auf mich runter. Etwas liegt ihm auf dem Herzen, doch er scheint noch um Worte zu ringen. Das Klicken des altertümlichen Fotoapparats meiner Mutter unterbricht unsere Unterhaltung.

„Entschuldigt, Kinder. Aber das musste ich festhalten.“ Sie verschwindet sofort wieder, weil sie genau weiß, dass ich nicht gerne fotografiert werde.

„Ich schwöre, meine Mutter ist nicht immer so überdreht.“

„Sie mag mich. Das ist doch was Gutes, oder?“

„Definitiv.“ Meinem Exfreund hätte sie die Kamera maximal um die Ohren gehauen. „Ich glaube, sie packt dir gerade die Reste vom Mittagessen ein“, deute ich die Geräusche aus der Küche. Sam rollt mit den Augen, lächelt dann aber doch. Welcher Mann kann schon einem guten Essen widerstehen?

„Kommst du gleich mit zu mir? Ich hab ein paar Zeichnungen, die ich dir zeigen wollte. Für ein Tattoo für dich.“

Der Gedanke an ein Tattoo, speziell eins von Sam, reizt mich immer mehr. Trotzdem wird mir immer noch mulmig bei dem Gedanken.

„Gerne. Wenn wir vorher noch bei mir vorbei fahren, dann kann ich dir die Bücher holen.“

Sam wackelt anzüglich mit den Augenbrauen, scheinbar hat er etwas Gutes im Sinn.

„Dann kannst du mir eine Gutenacht-Geschichte vorlesen.“

„Keine Chance. Wir können uns gerne darüber unterhalten, aber ich werde das nicht vorlesen.“

„Was wirst du nicht vorlesen?“, fragt meine Mutter von der Küchentür aus.

„Es wird Zeit nach Hause zu fahren.“ Ich werfe Sam einen flehenden Blick zu, damit er auf diese Frage nicht antwortet.

16.

„Bitte, Emma", fleht Sam, obwohl er schon auf meinen Oberschenkeln sitzt und mich damit absolut bewegungsunfähig macht. Zugegeben, ich dachte, er will mich einfach nur ins Bett bekommen. Das er tatsächlich plant, mich anzumalen, damit habe ich nicht gerechnet.

Heute Nachmittag gehen wir zur Halloweenparty der kleinen Lucy, deswegen bin ich froh, dass er mich jetzt etwas ablenkt.

Ich liege auf dem Bauch und versuche, mich zu ihm umzudrehen, doch er presst mich in die Matratze.

„Du musst nicht betteln, Sammy. Du darfst mich bemalen. Wofür habe ich mich denn sonst ausgezogen?"

Ein leichter Klaps trifft meine rechte Pobacke.

„Autsch", keuche ich. „Wofür war das?"

„Für Sammy. Emma, du siehst gerade nicht, was ich sehe. Mein harter Schwanz liegt zwischen deinen Schenkeln, und da würde ich es bevorzugen, nicht mit meinem Kinderspitznamen angesprochen zu werden."

„Ich dachte, du wolltest mir den Rücken bemalen, und nicht mich ficken."

Sam stöhnt gequält auf.

„Und du hast darauf bestanden, dass ich mich auch ausziehe, wenn du es musst."

„Du kannst ihn mir auch reinschieben, Samuel." Ich wackele leicht mit meinem Po, soweit das in meiner eingeklemmten Position möglich ist. „Aber nur, wenn du es schaffst, gleichzeitig zu zeichnen."

„Soll das eine Herausforderung werden? Ich bin mir nicht sicher, wer von uns beiden mehr Selbstbeherrschung hat." Er massiert mit beiden Händen meinen Hintern und lässt mich dabei spüren, wie hart er ist.

„Wenn du das schaffst, dann schreib ich dir etwas. Nur für dich."

„Und wenn du es schaffst, nicht zu kommen, bis ich mit der Zeichnung fertig bin, dann zeig ich dir, was ich auf meinen Block gekritzelt habe."

Sam macht ein großes Geheimnis um seine unvollendeten Zeichnungen, doch ich kann das respektieren, auch wenn ich neugierig bin. Ich mag es auch nicht, wenn jemand meine unfertigen Manuskripte lesen will.

„Deal." Ich dreh mich zu ihm und strecke ihm meine flache Hand entgegen. Sam schüttelt lachend den Kopf, schlägt dann aber tatsächlich ein.

„Du bist unglaublich, Em." Er beugt sich über mich und presst mich in die Matratze. Kleine Bisse auf meiner Schulter bringen mich zum Zittern.

„Ich denke", wispert er und leckt über die kleine Stelle hinter meinem Ohr. „dass meine Chancen sehr gut stehen. Denn du stehst ja jetzt schon völlig unter Strom." Er bewegt seine Hüften und reibt seine Erektion zwischen meinen Pobacken.

„Du fühlst dich auch nicht ganz unbeteiligt an."

Sam lacht heiser.

„Keine Sorge, Emma. Den größten Druck habe ich vor zwei Stunden unter der Dusche abgebaut."

„Böser Samuel. Du tust so etwas, obwohl ich da bin?" Und lässt mich noch nicht mal zusehen?

„Du wolltest ja nicht mitkommen." Er schiebt ein Knie zwischen meine Schenkel, um sie spreizen.

„Bist du bereit?" Mit den Fingerspitzen testet er mich, doch er muss sich nicht sehr weit vortasten, um zu fühlen, dass ich mehr als bereit bin. Nur dieser kurze Kontakt bringt mein

Innerstes zum Pulsieren.

Sam grinst an meiner Schulter.

„Oh, Em. Du wirst so etwas von verlieren."

Ja, das fürchte ich auch. Aber im Hinblick auf die Tatsache, dass Sam der erste Mann ist, der es überhaupt schafft, mich zum Höhepunkt zu bringen, kann ich da lächelnd drüber hinwegsehen. Er greift nach dem schwarzen Filzstift, der neben meinem Kopf liegt, und zieht die Kappe ab.

„Der geht aber wirklich wieder ab?"

„Natürlich. Das ist kein Permanentmarker. Vertrau mir."

Er klemmt sich den Stift hinters Ohr und packt meine Hüften.

„Du musst auf die Knie gehen, wenn du willst, dass ich dich ficke." Er zieht mich ein Stück hoch, bis ich ihm meinen Po entgegenstrecke.

„Genau so", stöhnt er. „Oh, Emma. Du hast keine Ahnung, was du mir antust. Davon würde ich gerne ein Foto machen."

Mir wird augenblicklich heiß, und ich versuche, mich aus seinem Griff zu befreien.

„Untersteh dich." Die Panik in meiner Stimme kann ich nicht unterdrücken.

Sam beugt sich über mich und legt sein Kinn auf meiner Schulter ab.

„Ich flehe dich an, Emma. Vertrau mir. Wir sind so weit gekommen und ich bin so froh, dass du keine Scheu mehr vor mir hast. So etwas würde ich niemals ohne deine Zustimmung machen."

„Tut mir leid, Sam. Es war ein Reflex." Ich vergrabe meinen Kopf im Kissen und fühle mich mal wieder wie die letzte Zicke.

„Über deine Reflexe müssen wir uns noch mal unterhalten, aber jetzt habe ich andere Pläne mit dir." Er setzt sich auf die

Fersen und zieht mich mit. Ich kann fühlen, wie er seinen harten Schaft in die Hand nimmt und ein paar Mal pumpt. Er lässt die Eichel durch meine Spalte gleiten, und dringt in mich ein, als er sicher ist, dass ich entspannt bin. Sam bewegt sich kein Stück, als er einmal komplett in mir versunken ist. Natürlich darf ich mich auch nicht rühren, sonst kann er nicht zeichnen.

„Alles okay da vorne?“, fragt er. Ich sehe ihn zwar nicht, aber ich spüre sein Lachen. Das vergeht ihm jedoch gleich, als ich mehrmals hintereinander den Beckenboden anspanne.

„Bei mir ist alles gut. Und bei dir?“ Ich kann nicht über meine Schulter sehen, dann verliere ich die Beherrschung, und muss mich bewegen.

„Abgesehen davon, dass du dich wahnsinnig heiß anfühlst und scheinbar sehr gut trainiert bist, ist hier alles entspannt. Kann ich anfangen, oder willst du es erst hinter dich bringen und auf meinem Schwanz kommen?“

„Sei dir deiner Sache nicht so sicher, Samuel.“ Meine Worte verlieren etwas an Kraft, weil ich mir in die Hand beißen muss, um mich von dem Pulsieren in meinem Unterleib abzulenken.

„Du kannst jetzt anfangen.“

Ich spüre seine Fingerspitzen auf meinem Rücken, als würde er die Außenlinien der Zeichnung gedanklich nachfahren.

„Das wird nicht so sauber und detailreich, als wenn ich es stechen würde, aber es dürfte dir eine gute Vorstellung vermitteln.“

„Wie kannst du nur so ruhig sein?“ Ich kann nicht widerstehen und wackele einmal mit den Hüften, bevor er das erste Mal den Stift ansetzt. Schon wieder folgt ein Klaps von ihm, der meine Situation nicht gerade verbessert.

„Halt deinen süßen Arsch still, bevor ich meine Finger

nehme, um ein bisschen mit deiner Klit zu spielen. Ich bin nur ruhig, solange du es bist."

Ihn zu spüren, wie er mich dehnt und ausfüllt, ohne mir auch nur ein bisschen Erlösung zu geben, ist ein bittersüßes Gefühl. Sam setzt zum ersten Mal den Stift an, und ich weiß, dass er jetzt nicht so schnell in seiner Konzentration zu stören ist. Obwohl ich natürlich hoffe, dass er so nicht mit seinen Kundinnen umgeht.

„Hast du schon ein bisschen gelesen?", frage ich.

„Du tust dir keinen Gefallen, wenn du ja jetzt drüber sprechen willst. Aber ja, ich hab das erste Buch fast durch."

Ich traue mich nicht, nachzufragen, aus Angst vor seinem Urteil, doch Sam lässt mich nicht lange zappeln.

„Das ist eine vollkommen andere Seite von dir. Und ich meine nicht nur wegen der Sexszenen, wobei die echt heiß sind. Einmal hat es mich so aufgeheizt, dass ich mir einen runterholen musste." Er schafft es tatsächlich, kurz den Stift abzusetzen und die Hüften zu bewegen. Etwas rinnt an meinen Oberschenkel herab.

„Bist du gerade gekommen?", frage ich gepresst, und kann nicht anders, als mich wieder anzuspannen.

„Nein, Em. Das bist alles du."

„Oh Gott, wie peinlich." Beschämt vergrabe ich das Gesicht im Kissen. Es liegt wohl an der Vorstellung, wie Sam es sich mit einem meiner Bücher in der Hand selbst macht. Bei jedem Anderen würde es mich gruseln, bei Sam jedoch ist es sehr erregend.

„Keine Ahnung, was daran peinlich ist", bemerkt er beinahe unbeteiligt und zeichnet einfach weiter. Ich fühle, dass er sich hauptsächlich auf meine rechte Seite konzentriert. Was er da macht, wollte er mir nicht vorher verraten.

„Sam", wimmere ich. Das ist eine Tortur, und er ist viel zu

gut darin.

„Was ist, Emma? Ich dachte, du wärst so stark. Ich kann dich ficken, aber dann verlierst du."

„Du bist teuflisch, Sammy."

Der nächste Klaps bringt mich so dermaßen zum Pulsieren, dass Sam sich keuchend vorbeugt, und Mühe hat, die Fassung zu wahren.

„Jesus, Emma. Wenn hier einer teuflisch ist, dann du." Er lässt den Stift fallen, und zieht sich aus mir zurück. Mir wird beinahe schwindlig, so schnell hat er mich auf den Rücken gedreht. Sofort stützt er sich über mir ab und dringt wieder in mich ein.

„Gibst du schon auf?" Grinsend sehe ich zu ihm auf.

„Ich hab nicht vor, zu kommen, bevor du es aus mir raus presst", flüstert er mir in seiner tiefsten Sexstimme ins Ohr. Verdammt. Sam ist zweifellos gut mit Worten. Er leckt über meinen Hals, bis zu meinen Brüsten, wo er sich abwechselnd um beide Nippel kümmert. Ich spüre ihn heiß und hart in mir. Er bewegt sich so langsam und streift dabei immer wieder über die Stelle, an der ich meinen G-Punkt vermute. Es ist nur noch eine Frage von Sekunden, bis ich es nicht mehr unterdrücken kann.

Sam achtet auf jedes Zeichen meines Körpers und liebt es, wenn er sofort darauf reagieren kann. Er setzt sich auf die Fersen und zieht mich auf seine Oberschenkel. Dann hebt er meine Füße auf seine Schultern und stößt plötzlich in einem harten und schnellen Rhythmus in mich. Sein Daumen findet das kleine Nervenbündel zwischen meinen Schamlippen und lässt mich augenblicklich um ihn krampfen. Ich suche etwas, worin ich mein Gesicht vergraben kann, doch Sams dominanter Ton lässt mich sofort zu ihm aufsehen.

„Sieh mich an!"

Ich bin in den letzten Zügen meines Höhepunkts und habe Mühe, den Blick zu halten, kann jedoch nicht mehr wegsehen, als Sam in mir kommt. Er lässt mich keine Sekunde aus den Augen, und es scheint beinahe, als könnte ich in seine Seele sehen.

„Du hast abgenommen“, bemerkt Sam vom Bett aus. Er beobachtet, wie ich sein Shirt überziehe und mir vor dem Spiegel die Haare ausbürste.

„Kann schon sein“, bemerke ich beiläufig. Natürlich ist mir selbst aufgefallen, dass meine Hosen wieder richtig passen. Ich war schwer geschockt, als die Waage gestern fünf Kilo weniger angezeigt hat.

„Du hältst mich auf Trab.“

„Das ist hoffentlich etwas Gutes?“ Er hat sich einen Kissenberg in den Rücken gepackt und sitzt halb aufrecht, sein Unterleib nur teilweise vom Oberbett bedeckt. Die Sonne scheint durchs Fenster und taucht ihn in ein fast unwirkliches Licht. Die Verlockung ist groß, mich wieder zu ihm zu gesellen und mit der Zunge seine Tattoos zu erkunden.

„Das ist etwas sehr Gutes, Samuel.“ Ich gewöhne mich immer mehr an diesen Namen.

„Ich hab einfach nicht mehr so viele Gründe zum Frustfressen. Aber jetzt zieh dich an, ich brauche einen Kaffee.“ Ich schmeiße ihm seine Hose entgegen, die er geschickt auffängt. Doch er legt sie nur beiseite und steigt nackt aus dem Bett. Er stellt sich vor mich und schiebt mich vor den Spiegel.

„Schau mal“, sagt er und zieht sein Shirt an meinem Rücken hoch, um mir zu zeigen, was er gemalt hat.

„Du hast es noch fertig bekommen?“ Fassungslos starre ich auf das Motiv auf meinem Rücken. Er hat ein Tintenfass mit einer Feder gezeichnet. Die Federspitze schreibt gerade den letzten Bogen des Wortes *Beautiful.* Das erkenne ich sofort, obwohl ich es nur spiegelverkehrt lesen kann.

„Sam", flüstere ich. „Ich weiß gar nicht, was ich sagen soll."

„Ein passendes Tattoo für meine schöne Schriftstellerin." Er scheint seltsam verlegen, und drückt mir nur einen kurzen Kuss auf den Scheitel, bevor er im Bad verschwindet.

Ich stehe an der Kaffeemaschine, als Sam sich an mich ran schleicht und die Arme um meine Mitte schlingt. Entspannt lehne ich mich an ihn und lege meine Hände auf seine.

„Sag's mir", fordert er. „Was war da vorhin los?"

„Was meinst du?"

„Die Sache mit dem Foto. Emma, ich bin so froh, dass du dich nicht mehr vor mir versteckst, aber ich würde das nie gegen deinen Willen tun. Kannst du mir erklären, wo diese heftige Reaktion herkam?"

Ich drehe mich zu ihm und lege meine Handflächen auf seinen nackten Bauch.

„Setz dich." Mit einem Kuss aufs Brustbein schiebe ich ihn zum Küchentisch und bringe den Kaffee für uns mit. Ich seufze, und überlege, wie ich ihm das verständlich machen kann.

„Sam, mein Ex war ein Kiffer. Es ist nicht so, dass ich prinzipiell dagegen bin. Für mich ist es nicht schlimmer als Alkohol. Jedenfalls hatte er es nicht im Griff. Zum Schluss war er fast nur zugedröhnt. In diesen Momenten hatte er wenig Respekt vor meinen persönlichen Grenzen. Unser Sexleben war nie besonders häufig und erwähnenswert, aber wenn er bekifft war, dann hatte er eine gewisse Anspruchshaltung, und hat versucht, diese durchzusetzen."

Ich spüre Sams Anspannung und mir ist klar, dass er das missversteht, bevor er auch nur ein Wort gesagt hat.

„Hat er dich vergewaltigt?"

„Oh Gott, Sam. Nein, das hat er nicht. Es hat ihn nur nicht interessiert, ob ich Lust hatte. Er hat es ziemlich penetrant versucht, und wenn ich nicht wollte, dann hat er sich beleidigt verzogen."

„Erklär mir, was das vorhin ausgelöst hat. Ich will es verstehen, aber ich kann dir gerade nicht ganz folgen. Hast du dich von mir bedrängt gefühlt?"

„Wie ich schon sagte, es war ein Reflex. Ich war völlig entblößt vor dir, und du redest von einem Foto. Für einen Moment dachte ich, du hättest schon dein Handy oder eine andere Kamera in der Hand. Sam, ich weiß, dass du nicht so bist." Ich nehme seine Hand und küsse ihn auf die Handfläche, wo ich mich selbst riechen kann.

„Was hat er noch getan?", fragt Sam. Das war noch nicht alles, und er spürt das auch. Mit meiner Wange an seiner Handfläche schließe ich die Augen.

„Er hat es zweimal geschafft, mit mir zu schlafen, während sein Kumpel im Wohnzimmer saß. Ich wusste nicht, dass er noch da war. Er hat mit voller Absicht die Schlafzimmertür weit aufgelassen, damit sein Freund auch alles hört. Er hätte nur einen Blick um die Ecke werfen müssen, was er vermutlich auch getan hat, und er hätte alles gesehen. Ich hab mich so geschämt. Das hat er mit voller Absicht gemacht, um mich vorzuführen. Jetzt, wo ich mitbekommen habe, wie offen Markus und Nadine sind, habe ich manchmal das Gefühl, ich stelle mich an. Aber im Gegensatz zu den Beiden wusste ich nicht, dass jemand da ist. Ich weiß auch, was ich im Shop mit dir gemacht habe, doch das war meine Entscheidung, und ich konnte sicher sein, dass uns niemand zusieht."

Sam streicht mit dem Daumen über meinen Wangenknochen.

„Emma, dein Ex ist ein riesiges Arschloch. Du weißt, dass ich so etwas nie machen würde?“

„Ja, Sam. Das weiß ich.“

„Gut. Ich bin übrigens stolz auf dich.“ Und ich bin dankbar, dass er scheinbar das Thema wechseln will.

„Warum das?“

„Weil du zum ersten Mal nicht den Raum abgedunkelt hast, um mit mir zu schlafen.“

„Das war ja auch nicht geplant. Du wolltest mich nur bemalen und hast gesagt, dass du dafür Licht brauchst. Ich hoffe, du bist nicht blind geworden.“

„Emma!“

„Sam?“

„Muss ich dich mal richtig übers Knie legen, damit du damit aufhörst?“ Ich höre das Grinsen in seiner Stimme, bevor ich es auf seinem Gesicht sehe. Er braucht keine verbale Antwort von mir, um mein Erröten richtig zu deuten.

17.

Alles in mir sträubt sich, dieses Haus zu betreten, doch Sam hat einen eisernen Griff um meine Schultern und lässt keine Flucht zu. Ich weiß, wie lächerlich das ist, aber ich hasse es, in eine Gruppe wildfremder Leute geschmissen zu werden.

Nina öffnet die Haustür mit einem ehrlichen Lächeln. Sie begrüßt mich und auch Sam mit einer herzlichen Umarmung, die mich etwas entspannt.

„Kommt rein, wenn ihr keinen Wert auf ein intaktes Gehör legt“, schreit sie über den ohrenbetäubenden Lärm aus dem Wohnzimmer, wo gerade eine Tanzparty zu Kindermusik stattfindet. Sam nimmt meine Hand und zieht mich ins Haus.

Zum ersten Mal seit Monaten passt mir meine schwarze Stoffhose wieder. Zusammen mit meinem tief ausgeschnittenen weinroten Wollpulli fühle ich mich eigentlich sehr wohl. Der Zustand hält allerdings nur so lange an, bis ich die ganzen schönen Menschen auf einem Fleck sehe. Eine Reihe von breitschultrigen, attraktiven Footballspielern mit ihren schönen, schlanken Frauen am Arm. Die meisten dieser Frauen sind auch noch Mütter von mindestens einem der Kinder, die gerade durchs Zimmer tanzen.

Sam spürt meine Anspannung und drückt meine Hand. Er hebt sie an seine Lippen und küsst meine Fingerknöchel. Da kommt Eric mit einem bildhübschen Mädchen, dass ein eindeutiges Ebenbild von ihm ist, auf der Schulter, auf uns zu. Die Kleine trägt ein Meerjungfrauenkostüm und hält sich an der Stirn ihres Vaters fest. Die beiden Männer begrüßen sich per Handschlag und auch Eric umarmt mich flüchtig.

„Hallo Sammy!“, macht das Mädchen auf Erics Schulter auf sich aufmerksam und streckt ihm die Arme entgegen.

„Hey, kleine Lucy." Sam nimmt sie entgegen und setzt sie auf dem Boden ab. „Das ist meine Freundin Emma", stellt er mich der Kleinen vor.

„Meine Granny heißt auch Emma", bemerkt sie, als ich ihre kleine Hand schüttele.

„Das ist ja auch ein toller Name für tolle Frauen." Eric stupst mich mit dem Ellbogen an. Sam zwinkert mir zu und genießt meine Verlegenheit.

„Kommst du nachher mit uns, wenn wir draußen *trick or treat* machen, Sammy?", fragt Lucy und zieht aufgeregt an Sams Arm.

„Natürlich, kleine Maus."

Lucy flitzt sofort wieder zu ihren Freundinnen, die immer noch unermüdlich zu schriller Kindermusik tanzen.

„Sie darf dich also Sammy nennen?", frage ich mit einem Grinsen.

„Es wäre wirklich unpassend, wenn ich ihr dafür den Hintern versohlen würde", flüstert er, damit es nicht der ganze Raum hört.

„Da würdest du auch mächtig Ärger kriegen. Nicht nur mit mir."

Sam lehnt sich ganz nah an mich, ohne mich mit den Händen zu berühren.

„Ich schlage keine Frauen oder Kinder. Nur unanständige, kleine Emmas bekommen einen Klaps, wenn sie nicht spuren. Aber wir wissen ja beide, dass du dann nur noch feuchter wirst."

Wie Eric vorausgesehen hat, wird Sam von verschiedenen Leuten wegen Terminen für ein Tattoo belagert. Ich komme mir etwas fehl am Platz vor, während er seine Fachgespräche führt, aber da ich hier niemanden kenne, muss ich wohl die

Zähne zusammenbeißen und das so hinnehmen.

Nach drei Gläsern Kinderpunsch bleibt mir nichts anderes übrig, als mich auf die Suche nach einer Toilette zu machen. Eric kommt mir entgegen und zeigt mir den Weg in die obere Etage, da die untere Gästetoilette schon besetzt ist.

Ich habe mich gerade wieder in meine Klamotten sortiert und will mir die Hände waschen, als ich Stimmen vor der Badtür höre.

„Nina, das glaub ich nicht. Sam hat vieles, aber sicher keine feste Freundin. Schon gar nicht dieses Mäuschen."

„Wow, Jule. Du bist aber ganz schön stutenbissig heute. So kenn ich dich gar nicht."

„Ich bin nicht stutenbissig. Nur weiß ich mit Sicherheit, dass Sam Wagner Affären hat, aber keine Beziehungen. Das wird auch nur eine kurzfristige Verirrung sein. Er war vor einem Jahr nicht bereit. Warum sollte er es heute sein?"

Mehr muss ich nicht hören. Ich versuche erst gar nicht, leise zu sein, als ich mir die Hände wasche und dann die Tür aufreiße. Die beiden sehen mich erschrocken an. Auf dem Gesicht der hübschen, schlanken und blonden Jule breitet sich jedoch schnell ein hämisches Grinsen aus. Nina schaut beschämt aus der Wäsche, obwohl sie gar nichts Schlimmes getan hat. Sie will gerade etwas sagen, doch ich winke nur ab und laufe die Treppe runter.

Ich hasse es, dass ich meine Gefühle so schlecht verstecken kann, weswegen Sam auch gleich spürt, dass etwas nicht stimmt. Er beendet das Gespräch mit einem der riesigen Footballspieler, die hier den ganzen Raum einnehmen, und wendet sich mir zu.

„Was ist los? Du siehst aus, als hättest du einen Geist gesehen." Besorgt legt er mir einen Arm um die Schultern und will mich an sich ziehen, doch ich wehre ihn ab. Plötzlich wird mir alles zu laut und zu eng. Ich habe das Gefühl keine Luft mehr zu bekommen und muss unbedingt hier raus. Unsanft schiebe ich Sam beiseite und schnappe mir auf dem Weg nach draußen meine Jacke. Ich höre seine Schritte hinter mir, aber ich sehe mich nicht um.

„Um Himmels willen, Emma. Was ist passiert?" Er stoppt mich kurz vor meinem Auto und dreht mich an der Schulter zu sich.

„Kannst du Markus anrufen, damit er dich abholt? Ich muss nach Hause."

„Was ist passiert, Emma? Sprich mit mir." Er klingt verzweifelt und eine Spur wütend.

Ich sehe stur auf meine Füße und krame in meiner Jackentasche nach dem Autoschlüssel.

„Was willst du hören, Sam? Dass man mir gerade mehr als deutlich gemacht hat, dass ich nicht gut genug für dich bin?"

„Bitte? Wer hat dir so eine Scheiße erzählt?"

„Spielt keine Rolle. Mir ist nur klar geworden, dass es stimmt. Du solltest dich wirklich nicht mit so einem Mäuschen abgeben, wenn du etwas viel Besseres haben kannst."

Sam schmeißt in einer verzweifelten Geste die Arme in die Luft.

„Sag mir, was ich tun soll? Ich weiß nicht mehr weiter, Emma. Was kann dich überzeugen? Ich sage dir, dass ich dich schön finde, und ich denke, ich zeige es dir auch recht deutlich. Aber das ist immer noch nicht genug."

„Es wird nie genug sein, weil ich nicht genug bin."

Sam will meine Hände nehmen, aber ich entziehe mich.

„Emma, ich liebe dich."

„Du weißt nicht, was du da sagst."

„Bei allem Verständnis, aber du schreibst mir nicht vor, was ich fühle.“ So wütend habe ich ihn noch nie erlebt, aber das hilft jetzt auch nicht mehr.

„Es sind noch nicht mal zwei Monate“, bemerke ich kleinlaut.

„Und?“ Sam versucht schon wieder, mich festzuhalten, doch ich öffne unbeirrt meine Autotür und steige ein.

„Sam, lass mich fahren“, bettele ich, als er neben mir stehen bleibt und es mir unmöglich macht, die Tür zu schließen.

„Ich meine es, Emma. Ich liebe dich. Ich erwarte nicht, dass du es auch sagst. Du sollst es nur wissen.“

Ich schiebe ihn beiseite, und dieses Mal lässt er mich.

„Ich kann das nicht, Sam. Ich muss gehen.“

„Soll das heißen, das war es jetzt mit uns?“

„Ja, Sam. Das heißt es.“

Er hält immer noch die Tür fest und ich will ihm wirklich nicht die Finger einklemmen.

„Das meinst du nicht so.“

Ich will wirklich nur in Ruhe zusammenbrechen, aber er lässt mich einfach nicht.

„Doch, Sam. Das meine ich. Es war nett, aber das wird nicht reichen.“ Ich werde ihm nicht reichen. Irgendwann wird er sich wieder eine hübschere, schlankere und vor allem selbstbewusstere Frau nehmen, und ich möchte nicht dabei sein, wenn das passiert.

„Emma, bitte. Tu das nicht. Ich liebe dich. Bitte.“ Er hat tatsächlich Tränen in den Augen. Ich kann jetzt nicht einknicken. Wenn ich noch länger warte, dann wird es nur noch schmerzhafter. Endlich nimmt Sam die Hand weg und ich kann die Tür schließen. Ich sehe nicht in den Rückspiegel und ich schaffe es tatsächlich, die Tränen zurückzuhalten, bis ich zuhause angekommen bin.

18.

Der Telefon- und Klingelterror beginnt noch am gleichen Abend und hält für genau einen Tag an. Er stoppt abrupt, als ich schließlich Nadine reinlasse, die sofort auf mich losgeht.

„Ich bin so sauer auf dich. Was denkst du dir eigentlich?" Sie stürmt an mir vorbei und setzt sich mit verschränkten Armen an meinen Küchentisch.

„Wenn du mich nur anbrüllen willst, dann geh bitte wieder." Ich hole zwei kleine Flaschen Wasser aus dem Kühlschrank und stelle eine davon vor ihr ab, bevor ich mich ihr gegenüber hinsetze. Mein Schädel dröhnt von dem Heulfest der letzten Nacht, und ich bin wirklich nicht in der Stimmung, mich beschimpfen zu lassen.

„Emma, was ist los mit dir? Sam saß gestern auf unserer Couch und hat erst mal über eine Stunde nichts gesagt, bevor er uns überhaupt erklären konnte, was passiert ist. Er ist fassungslos."

„Ich kann nicht drüber reden."

„Du kannst nicht drüber reden? Das ist wirklich fair. Ich dachte, wir wären Freundinnen."

„Wir haben uns seit Jahren nicht gesehen und vor ein paar Wochen wieder getroffen. Das kann man kaum als Freundschaft bezeichnen." Ich bin einfach nur müde und möchte wieder ins Bett.

„Das mag bei Sam funktioniert haben, aber mich vertreibst du damit nicht. Du kannst mich anzicken, soviel du willst, aber ich gehe nicht weg. Du darfst nur eines nicht vergessen: Sam ist auch mein Freund, und ich mag es überhaupt nicht, wenn man meinen Freunden wehtut. Emma, ich weiß gerade überhaupt nicht, wo ich hinsehen soll, denn irgendjemand hat anscheinend auch dir wehgetan. Allerdings war das nicht Sam." Nadine sieht aus, als wollte sie sich jeden Moment ein paar Haarsträhnen ausreißen.

„Darum geht es nicht. Ich will es einfach nicht zu eng werden lassen, um dann dabei zuzusehen, wie Sam eine Frau findet, die wirklich zu ihm passt."

Ich zucke erschrocken zusammen, als Nadine energisch auf den Tisch haut. Meinem Kopf tut der Krach gar nicht gut.

„Emma, er liebt dich. Wie eng kann es noch werden? Ich würde dich mal kräftig durchschütteln, wenn ich wüsste, dass es hilft."

„Es tut mir leid, dass ich nicht so funktioniere, wie du es dir vorstellst." Ich wische mir ein paar verirrte Tränen aus den Augenwinkeln. Wenn der Hahn einmal aufgedreht ist, kann ich ihn so schnell nicht mehr schließen. Nadine kommt um den Tisch herum und zieht mich vom Stuhl hoch, direkt in ihre Arme. Diese kleine Geste öffnet mit voller Wucht alle Schleusen und ich fange so heftig an zu schluchzen, dass ich Mühe habe, Luft zu holen. Nadine sagt nichts und reibt mir einfach nur über den Rücken, bis ich mich halbwegs wieder gefangen habe. Sie zieht ein Taschentuch aus ihrer Hosentasche und wischt mir sogar die Tränen ab.

„Ich kann das auch alleine", sage ich zittrig lachend, und nehme ihr das Tuch ab. Mein Versuch, die Nase zu schnauben, wird immer wieder von aufsteigenden Schluchzern unterbrochen. Nadine schiebt mich ins Wohnzimmer und verfrachtet mich auf die Couch, bevor sie wieder in der Küche verschwindet. Nach einem Moment kommt sie mit einem übervollen Glas Rotwein wieder und stellt es vor mir ab.

„Austrinken. Komplett!", fordert sie. „Und dann erzählst du mir, was wirklich passiert ist."

Ich verziehe angeekelt das Gesicht, füge mich dann aber.

Der Alkohol brennt in meiner wund geheulten Kehle, wärmt und beruhigt mich aber schnell von innen. Nadine setzt sich mir gegenüber, nickt zufrieden und kramt dann ihr Handy aus der Handtasche.

„Ich schicke nur schnell eine Nachricht an Markus, damit er weiß, dass du noch lebst. Er macht sich nämlich auch Sorgen um dich, weißt du." Sie tippt eifrig und sieht nicht, dass bei mir schon die nächste Tränenrunde startet.

„Wann hast du das letzte Mal gegessen?" Nadine schaut mich an und sieht, dass ich schon wieder heule. Ohne darauf einzugehen, wirft sie mir einfach eine ganze Packung Taschentücher hin.

„Gestern Mittag", krächze ich.

„Pizza?", fragt sie und greift schon wieder zu ihrem Telefon.

„Ich hab keinen Appetit."

„Okay, Madame", ruft sie unnötig laut. „Ich bin deine Freundin, ob es dir gefällt oder nicht. Aber mit Selbstmitleid kommst du bei mir nicht durch. Wir beide werden gleich zusammen essen. Dabei kannst du mir erzählen, was das eigentliche Problem ist. Und dann wäre ich dir sehr dankbar, wenn du duschen gehst. Du stinkst nämlich, als hättest du seit Tagen kein Wasser gesehen."

„Sehr charmant", erwidere ich, und nehme dann doch dezent eine Nase, um festzustellen, dass sie recht hat.

Eine Stunde und zwei Stücke Pizza später bin ich so entspannt und ausgelaugt, dass ich im Sitzen einschlafen könnte. Beim Essen habe ich Nadine erzählt, was auf der Halloweenparty vorgefallen ist, nur um festzustellen, dass sie, und somit auch Sam, darüber Bescheid weiß. Scheinbar hat Nina Sam sofort erzählt, was passiert ist, und sich vielmals für ihre

Freundin entschuldigt.

„Was soll ich tun, Nadine? Es wird immer so sein, dass ich neben Sam nur das kleine, graue und moppelige Mäuschen bin.“

Nadine seufzt angestrengt.

„Sam scheint das nicht so zu sehen. Ich tue das übrigens auch nicht, Emma.“

„Das sagst du doch nur, weil du meine Freundin bist.“ Ich stopfe mir eine Ladung vollgerotzter Taschentücher in die Seitentaschen meiner ausgebeulten Jogginghose.

„Unsinn, Emma. Ich würde es heute noch mit dir machen.“ Nadine zuckt teilnahmslos mit den Schultern, muss dann aber doch grinsen.

„Du bist blöd.“ Jetzt muss ich auch lachen.

„Nichts für ungut, Süße. Aber blöd bist nur du. Dafür, dass du so jemanden wie Sam einfach gehen lässt.“

„Vielleicht bin ich das. Aber ich bin nicht gut für ihn, solange ich nicht mit mir selbst klarkomme. Soviel ist mir in den letzten Stunden dann doch bewusst geworden.“

„Willst du ihn?“ Nadine steht auf und lässt sich einfach auf meinen Schoß plumpsen. Mit einer Mischung aus Irritation und Verwunderung sehe ich zu ihr, während sie wie selbstverständlich ihre Arme um meine Schultern legt.

„Natürlich will ich ihn. Ich meine, sieh ihn dir an.“

„Liebst du ihn?“

„Ich kann nicht …“ Schon wieder fange ich an zu heulen.

„Schon okay, Süße. Die Antwort ist offensichtlich.“

Nadine verpasst mir noch ein Glas Wein, damit ich meine Nerven etwas beruhige, verbietet mir aber weitere für heute. In ihren Augen würde das mein Selbstmitleid nur verstärken, und sie möchte keine Freundin mit einem Alkoholproblem. Sie verabschiedet sich für die Nacht und lässt mich mit meinen Gedanken allein. Natürlich bin ich jetzt nicht mehr müde. Nach einer ausgiebigen Dusche nehme ich meinen Laptop mit ins Wohnzimmer und richte mich auf eine lange Schreibnacht ein. Es hat wohl sein Gutes, dass ich gerade an einem sehr emotionalen Punkt in meiner Story bin, denn die Worte fließen nur so aus mir heraus.

Erst in der Morgendämmerung wird mir bewusst, wie lange ich schon schreibe und demzufolge unbewegt auf der Stelle sitze. Ich strecke meine Beine aus, die sich schon seit geraumer Zeit im Schneidersitz befinden und öffne dabei mein Mail-Postfach. Während ich darauf warte, dass die neuen Mails geladen werden, speichere ich meine Arbeit der Nacht ab. Es sieht wohl so aus, als könnte ich morgen die erste Rohfassung ausdrucken und mich an die Korrektur machen. Es fehlen nur noch die Schlussworte des letzten Kapitels, die ich mich einfach weigere, gehetzt zu schreiben, nur damit ich den Roman abschließen kann.

Zu so früher Stunde findet genau eine Mail den Weg in mein Postfach. Sogar von Werbung bin ich den letzten Stunden verschont geblieben. Es ist eine Mail von Sam.

Von:	*Samuel Wagner*
An:	*Emma Lennartz*
Cc:	
Betreff:	*Kein Thema*

Du hast ein Karpaltunnelsyndrom in der rechten Hand. Woher ich das weiß? Weil dir die Hand in der Nacht einschläft und du jeden Morgen, ehe du überhaupt die Augen aufmachst, versuchst, wieder Gefühl in deine Finger zu bekommen. Sieh in deinen Briefkasten.

Es dauert einen Moment, bis ich wieder vollständige Kontrolle über meine Beine habe, damit ich mich bewegen kann. Mein Herz schlägt mir fast bis zum Hals, und für einen kurzen Moment habe ich die Hoffnung, Sam könnte noch vor meiner Haustür stehen. In meinem Briefkasten steckt ein rechteckiges Päckchen, das in silberne Folie gewickelt und mit einer roten Schleife verziert ist. Ich sehe mich auf der menschenleeren Straße um, kann jedoch niemanden mehr entdecken. Vielleicht hat er es auch schon vor Stunden eingeworfen. Ich habe nicht auf die Uhrzeit in der Mail geachtet.

Auf dem Weg ins Wohnzimmer öffne ich die kleine Schachtel und finde darin eine Bandage für mein Handgelenk. Ein *Post it* klebt auf dem Karton, mit einer Nachricht.

Maßarbeit!
Sag nicht, die wäre nicht sexy. ;)
Sam

Erst jetzt entdecke ich, dass Sam die hellgraue Bandage über und über mit brennenden Herzen verziert hat. Dieses Geschenk ist so dermaßen unromantisch, aber dafür so gut überlegt, dass es viel mehr wert ist, als Blumen und Pralinen. Nicht, dass ich auch nur eins dieser Dinge gerade verdient hätte.

19.

Normalerweise gönne ich mir bei jedem abgeschlossenen Manuskript so etwas wie Schokoladentorte oder ein besonders üppiges Essen. Doch irgendwie fühlt sich das nicht mehr richtig an. Es ist nicht so, als hätte ich auf diese Dinge keine Lust mehr. Die Priorität hat sich nur komplett verschoben, seit ich Sam kenne. Auch wenn Sam jetzt nicht mehr bei mir ist, Frustfressen bringt nur noch mehr Frust.

Ich schicke die Mail mit einem komplett überarbeiteten Manuskript an meine Agentin ab und bleibe erst einmal etwas verloren an meinem Schreibtisch sitzen. Zum ersten Mal seit einer Ewigkeit habe ich keine greifbare Deadline im Nacken und könnte mir theoretisch sogar ein Projekt meiner Wahl vornehmen, doch für den Moment bin ich froh, einmal ein wenig durchatmen zu können.

Seit der ersten Mail von Sam bekomme ich jeden Tag mindestens eine von ihm. Und so finde ich auch heute wieder eine in meinem Postfach.

Von:	*Samuel Wagner*
An:	*Emma Lennartz*
Cc:	
Betreff:	*Kein Thema*

Mein Kissen riecht immer noch nach dir.

Es sind immer nur kurze Mitteilungen ohne Anrede oder Grußwort, manchmal mit kleinen Aufmerksamkeiten, wie der Bandage, versehen. Doch nie eine Frage oder ein Wort, wie es ihm geht. Es ist auch meine Schuld, denn ich frage ja nicht.

Vor einer Woche habe ich ihn abgeschossen, und hasse mich jeden Tag dafür, aber so geht es einfach nicht. Für uns beide nicht.

Einer inneren Eingebung folgend, ziehe ich mir Sams liegen gelassenen Kapuzenpullover über mein Langarmshirt. In der Küche greife ich mir ein paar Stoffbeutel und meine Geldbörse. Damit mache ich mich auf den Weg zum Wochenmarkt.

Ich weiß wirklich nicht, warum ich das so lange nicht mehr gemacht habe. Alles sieht so viel besser und appetitlicher aus, als im Supermarkt. Zum ersten Mal seit langer Zeit habe ich wieder richtig Lust, etwas zu kochen. Meine Taschen quellen schon über, doch ich kann nicht widerstehen und muss noch ein paar Clementinen für das Essen bei Mark mitnehmen. Ich bezahle gerade die Früchte, als ich ein vage vertrautes Gesicht im Augenwinkel wahrnehme. Ein unangenehmes Gefühl breitet sich in meiner Brust aus, und mein Verdacht bestätigt sich, als ich zur Seite an den Nachbarstand sehe.

Da steht er. Mein Ex. Er schiebt einen Buggy hin und her, mit einem Kleinkind darin. An seiner freien Hand hat er zur Krönung eine hochschwangere, junge Frau, die eigentlich eher noch in die Kategorie Mädchen fällt. Zu meinem Pech fängt er meinen Blick auf, und hat tatsächlich die Frechheit, mich anzulächeln. Wir sind nicht gerade friedlich auseinander gegangen, deswegen kann ich diese Reaktion absolut nicht begreifen. Ich bezahle die Marktfrau, nehme meinen Beutel Clementinen und will eigentlich nur noch von hier weg. Bei meinem Glück führt der einzige Weg natürlich an ihm vorbei.

„Emma? Bist du das?" Er legt mir eine Hand auf die Schulter und ich muss mich wirklich zusammenreißen, um mich nicht grob aus seiner Berührung zu drehen.

„Hallo Christoph." Ich versuche mich an einem falschen

Lächeln und versage auf ganzer Linie.

Bevor ich mich an ihm vorbeischieben kann, drängt er mir ein Gespräch auf.

„Wie geht es dir? Wir haben uns ja schon ewig nicht mehr gesehen."

Ich muss gestehen, er sieht gut aus. Besser als damals. Gesünder. Klarer. Doch was mich früher an ihm gereizt hat, kann ich heute nicht mehr erkennen. Er ist immer noch sehr schlank, aber er wirkt nicht so abgemagert wie damals. Seine blonden Locken haben einen ordentlichen Schnitt und nicht mehr diese schmutzig-zerfranste Optik.

„Mir geht es gut. Wie ich sehe, dir wohl auch."

Es scheint surreal, doch als ich ihn mit seinem besten Freund erwischt habe, das war tatsächlich das letzte Mal, dass ich ihn gesehen habe. Seinen Auszug aus unserer damals gemeinsamen Wohnung hat meine Mutter beaufsichtigt, denn ich konnte es nicht ertragen, in seiner Nähe zu sein. Die Formalitäten haben wir ausschließlich per Telefon oder E-Mail geklärt, und das in einem meinerseits bitterbösen Ton.

„Das ist meine Frau Natascha", stellt er mir die Kindfrau an seinem Arm vor. „Und unser Sohn Jason."

Natascha nickt mir freundlich zu und wendet sich dann an ihren Sohn, der lautstark seine Trinkflasche fordert.

Nach etwas oberflächlichem Small Talk, der bei Weitem nicht so schmerzhaft war, wie ich es mir immer vorgestellt habe, trennen sich unsere Wege. So oft habe ich mir diesem Moment ausgemalt, nur um festzustellen, dass mir diese Person inzwischen wirklich egal ist. Zudem er mit dem Christoph von damals scheinbar nicht mehr viel gemein hat.

Dennoch kann ich mir dieses Gefühl der Wut nicht erklären. Ich zittere vor Anspannung, als ich Zuhause ankomme.

Irgendetwas an dieser Situation hat mich gestört, obwohl es nichts mit Eifersucht zu tun hat.

Ich begreife es in dem Moment, als ich eine Nachricht von Nadine bekomme. Sie hat mir ein Foto geschickt. Von einem positiven Schwangerschaftstest. Mit knirschenden Zähnen sende ich ihr meine Glückwünsche, obwohl ich laut schreien möchte. Es ist nicht fair. Ich will so nicht fühlen. Dafür ist es schon zu lange her. Außerdem möchte ich mich einfach nur für meine Freundin freuen können. Wütend wische ich mir Tränen aus dem Augenwinkel und versuche dieses aufkeimende Gefühl zu unterdrücken.

Nachdem ich meine Einkäufe verstaut habe, tue ich das Einzige, was mir in diesem Moment in den Sinn kommt, um mich abzureagieren. Ich drehe die Musik auf und starte einen längst überfälligen Hausputz.

Vier Stunden später wische ich die letzten Stufen in meinem Hauseingang und will gerade den Putzeimer im Rinnstein ausschütten, als ich von einer vertrauten Person gebremst werde. Dabei kippe ich demjenigen und mir den halben Eimer über die Schuhe.

„Sam", ist alles, was ich noch raus bekomme, bevor ich ihn wie hypnotisiert anstarre. Meine Muskeln zittern von der Anstrengung des Putzmarathons und ich glaube, ich bin etwas unterzuckert. Deswegen bin ich mir nicht so sicher, ob ich nur fantasiere.

„Ist alles okay, Emma?" Er sieht besorgt auf mich runter und streichelt mit dem Handrücken über meine Wange.

„Natürlich. Was soll nicht okay sein?" Ich trete einen Schritt zurück, denn seine Nähe macht mein Zittern nur schlimmer. Mit bebenden Händen schütte ich das restliche Wasser aus dem Eimer.

„Ich denke, die Nachbarn sind kurz davor, die Polizei zu rufen. Wegen dem Linkin Park Konzert, das da aus deinem Haus dröhnt."

„So laut ist es jetzt auch nicht." Ich drehe mich auf dem Absatz um und lasse ihn stehen. Sam versteht die Aufforderung einer offenen Haustür und folgt mir in die Küche. Ich verstaue meine Putzutensilien im Schrank und lehne mich dann mit verschränkten Armen an den Küchentisch.

„Was willst du hier, Sam?" Erst jetzt sehe ich, dass er seine Laufklamotten trägt. Die Ohrstöpsel seines MP3-Players baumeln ihm noch am Kragen. Er greift in seine Hosentasche und legt einen USB-Stick neben mir auf den Tisch.

„Den hast du bei mir vergessen. Ich dachte mir, dass du ihn früher oder später brauchst."

„Danke."

„Emma, ich …" Sam ringt um Worte, und so gerne ich es auch möchte, ich kann ihm nicht auf die Sprünge helfen. Er zieht sich die Wollmütze vom Kopf und streicht sich durch seine kurzen Haare.

„Lass mich eine Sache sagen. Bitte." Er sieht flehend zu mir.

„Okay." Ich nicke ihm aufmunternd zu, obwohl mir der ganze Raum schon wieder viel zu eng wird. Mein Herz und mein Kopf kämpfen um die Oberhand, doch es steht weiterhin unentschieden.

„Wegen Jule. Ich muss das loswerden. Wir hatten eine Affäre. Eigentlich war von Anfang an klar, dass es nie mehr sein soll. Als ich gemerkt habe, dass sie Gefühle für mich entwickelt, habe ich es sofort beendet."

„Du musst dich nicht rechtfertigen, Sam. Es geht mich nichts an." Und ich habe heute ehrlich gesagt andere Dinge im Kopf.

„Das war keine Rechtfertigung, nur eine Erklärung der Situation. Ich bin kein Arschloch, und ich habe nicht sinnlos in der Gegend rumgevögelt, aber ich hatte ein Leben vor dir, Emma."

„Davon bin ich ausgegangen."

„Dann sag mir, wo der Fehler liegt. Aus irgendeinem Grund fühle ich mich schuldig, aber ich weiß nicht, warum."

Eigentlich will ich mich nur eine Runde selbst bemitleiden, doch irgendwie scheint es mir gerade nicht vergönnt. Meine Armbeuge juckt, was wahrscheinlich daran liegt, dass ich mich schon den halben Tag unbewusst dort gekratzt habe. Nervöses Kratzen ist eine sehr lästige Angewohnheit, die ich mir eigentlich erfolgreich abgewöhnt hatte. Bis vor ein paar Tagen.

„Du hast nichts falsch gemacht. Ich muss erst mit mir selbst klarkommen, Sam. Das ist für uns beide kein Zustand." Ich kann nicht aufhören, mich zu kratzen, und will eigentlich nur, dass er geht. Die Musik ist mir plötzlich zu laut, also marschiere ich an Sam vorbei ins Wohnzimmer, um die Lautstärke runter zu drehen. Als ich mich von der Anlage abwende, steht Sam direkt hinter mir. Ich stoße einen erschrockenen Schrei aus, und versuche sofort, mich an ihm vorbei zu drängen, doch er lässt mich nicht. Er nimmt meinen Arm und sieht sich meine Armbeuge an, die mit feuerroten Kratzern übersät ist.

„Jesus, Emma. Was tust du dir da an? Was ist passiert?"

„Nichts." Ich entziehe ihm meinen Arm, doch die verräterischen Tränen fließen schon wieder.

„Ist es wegen Nadine? Hat sie es dir schon gesagt?" Er weiß also auch schon, dass sie schwanger ist.

„Nadine ist ein Grund. Ich will so nicht fühlen, und ich hasse mich dafür." Mit hängenden Armen stehe ich vor ihm, weil er immer noch meinen Fluchtweg blockiert.

„Emma, was ist passiert? Du kannst es mir sagen.“ Er legt seine Hände auf meine Schultern und zieht mich, nach einem Moment des Zögerns, in seine Arme.

„Ich hab ihn gesehen.“

Sam lässt die Worte für einen Moment sinken, aber ich denke, er weiß genau, wen ich meine.

„Und?“, fragt er nach einer Weile.

„Er hat ein Kind. Und eine schwangere Frau.“

Sam hält mich einfach nur und sagt nichts. Ich will so viel mehr, doch ich weiß, dass es nicht richtig ist.

„Einfach so, Sam. Verstehst du? Er sah gut aus. Gesund und ausgeglichen. Glücklich. Ich bin nicht eifersüchtig, das ist es nicht. Warum tut es dann so weh?“ Ich schniefe in seinen Pullover, der so wunderbar nach ihm riecht.

„Ich hab eine Ahnung“, flüstert er, und schiebt mich dann von sich. Ich möchte protestieren, doch das ist wohl nicht angemessen.

„Hast du schon etwas gegessen?“, fragt er, und greift dabei nach meinen Händen.

„Warum werde ich das in letzter Zeit eigentlich ständig gefragt?“ Genervt entziehe ich ihm meine Hände, obwohl ich es im selben Moment bereue.

„Sorry, Emma. Das war eine ganz neutrale Frage. Denn ich habe Hunger und würde gerne etwas mit dir essen.“

„Ich muss duschen“, antworte ich kleinlaut, weil ich mal wieder grundlos auf ihn losgegangen bin.

„Das muss ich auch. Was hältst du davon, wenn ich jetzt schnell Zuhause duschen gehe, und in spätestens einer Stunde wieder hier bin. Dann können wir uns etwas bestellen, oder meinetwegen auch irgendwo auswärts essen.“

Es ist keine gute Idee, ihn einfach wieder in mein Leben zu

lassen. Das wird uns beide verletzen. Sam ist zu gut, um sich mit so einem Häufchen Elend wie mir rumzuschlagen. Sein umkompliziertes Leben ist soviel einfacher ohne mich.

„Sam, ich weiß nicht. Außerdem habe ich heute Morgen eingekauft und wollte eigentlich kochen." Ich sehe auf meine Füße und versuche immer noch, mich geistig und körperlich von ihm zu distanzieren. Bei Sam ist das jedoch ein Ding der Unmöglichkeit.

„Auch gut, Pinkpants. Ich beeile mich." Es ist seine Art, meine Unentschlossenheit aufzugreifen und zu seinen Gunsten zu drehen. Ehe ich widersprechen kann, ist er schon zur Tür raus. Ich möchte ihn dafür hassen, doch wie könnte ich?

Gerade mal eine halbe Stunde später steht Sam schon wieder vor der Tür. Mit einem Handtuch auf dem Kopf, und in Pyjamahose und Pullover, öffne ich ihm. Er drückt mir im Vorbeigehen einen Kuss auf die Stirn und gibt mir dann eine Tube Creme in die Hand.

„Was ist das?", frage ich, während ich versuche, die Aufschrift zu entziffern.

„Kortisonsalbe. Für deinen Arm." Er geht in die Küche und wedelt dabei mit einer Plastiktüte. „Und hier sind noch ein paar Steaks, die ich sowieso für heute Abend geplant hatte."

Ergeben trotte ich ihm hinterher. Scheinbar wird man so jemanden wie Samuel Wagner nicht so schnell los.

„Fühlst du dich etwas besser?" Sam pickt mit der Gabel übrig gebliebene Tomatenstücke von meinem Teller und schiebt sie sich zwischen die schönen Lippen, während er auf meine Antwort wartet.

„Mir ging es nicht wirklich schlecht", versuche ich meinen

Zustand herunterzuspielen.

„Lügner."

„Es ist nicht so dramatisch, Sam. Ich hatte einen kleinen Moment, aber er ist vorbei."

„Ich sag es noch mal, Emma. Du bist ein Lügner. Allerdings kann ich dir das nicht übel nehmen, da du dich anscheinend auch selbst belügst."

„Wie kommst du darauf?" Trotzig schiebe ich meinen Teller von mir und verschränke meine Arme vor der Brust.

Sam nimmt unsere Teller vom Tisch, stellt sie ins Spülbecken und geht ohne weitere Erklärung in die Diele. Er kommt mit meiner Handtasche zurück, die er vor mir auf dem Tisch auskippt.

„Was machst du da? Hast du den Verstand verloren?" Ich sammele meine Habseligkeiten wieder ein, doch darauf hat Sam es auch gar nicht abgesehen. Er greift zielstrebig nach meinem Portemonnaie.

„Ich mache das nur, damit du siehst, dass ich nicht plane deinen Kram zu durchsuchen. Nur eine Sache will ich sehen, und ich bin mir sicher, dass ich sie hier finde."

Er ignoriert die Karten, Münzen und Scheine, und greift direkt in das kleine Fach hinter meinem Führerschein.

„Oh, nein." Ich versuche, nach dem abgegriffenen Bild zu greifen, doch Sam hält es außerhalb meiner Reichweite.

„Bitte gib mir das zurück", flehe ich und spüre schon wieder Tränen aufsteigen.

Sam zieht mich vom Stuhl hoch, nur um mich gleich wieder auf den Tisch zu setzen. Er schiebt sich zwischen meine Knie und hält mir das einmal gefaltete Foto vor die Nase.

„Ich hatte nicht vor, dir das wegzunehmen. Aber deine Reaktion bestätigt meine Vermutung. Darf ich es mir ansehen?"

„Oh, jetzt hast du den Anstand zu fragen." Ich schlage ihm

meine Faust vor den Brustkorb, tue mir dabei aber mehr selbst weh.

„Darf ich?"

„Du weißt doch sowieso schon, was es ist. Als kannst du es auch anschauen."

Sam faltet es vorsichtig auf, sieht mich aber weiterhin an.

„Ich will dir nicht wehtun, Emma. Aber vielleicht kann ich dir helfen." Er senkt den Blick und sieht auf das Ultraschallbild meines ungeborenen Kindes. Es zerreißt mich fast, als er in einer liebevollen Geste mit dem Daumen über das Bild streicht.

„Wie weit warst du?", fragt er, und wischt mir dabei beiläufig die Tränen aus dem Gesicht.

„Zehnte Woche." Auf dem Bild kann man schon ein paar Details erkennen und eindeutig ausmachen, dass es sich um ein Baby handelt.

„Unabhängig von dem ganzen Drama mit deinem Ex, was hat dich an der ganzen Situation am meisten verletzt?"

„Sam, bitte." Ich nehme das Ultraschallbild zurück und stecke es wieder in mein Portemonnaie.

„Antworte mir, Emma." Er nimmt mein Kinn und zwingt mich, ihn anzusehen.

„Warum tust du mir das an?", schluchze ich und schließe die Augen. Ich kann ihn jetzt nicht ansehen.

„Weil du es raus lassen musst, sonst frisst es dich auf. Sag es!"

„Dass sie es einfach weggeschmissen haben. Mein Baby ist im Klinikmüll gelandet, und ich bin noch nicht mal gefragt worden. Als wäre es nur ein überflüssiges Stück Abfall, wie ein Geschwür, das man loswerden will." Ich schlage mir die Hand vor den Mund und reiße erschrocken die Augen auf. Hinter vorgehaltener Hand steigen weitere Schluchzer aus meiner Kehle, denn das habe ich noch nie laut ausgesprochen, und hatte es auch eigentlich nicht geplant.

Sam drückt mir einen Kuss auf die Lippen, obwohl ich total verheult und verrotzt bin, und meine Atmung immer noch nicht unter Kontrolle habe. Ich presse mein Gesicht in sein Shirt und lasse mich einfach halten. Nach ein paar durchgehenden Atemzügen habe ich mich wieder halbwegs im Griff.

„Hast du Lust, noch mal mit mir in den Shop zu kommen? Ich würde dir gerne etwas zeigen."

„Jetzt?", frage ich. „Es ist mitten in der Nacht."

„Und?" Er zuckt mit den Schultern. „Dann stört uns wenigstens niemand."

„Ich kann nicht glauben, dass ich mich in meiner Pyjamahose von dir durch die Stadt schleifen lasse." Vor mich hin grummelnd lasse ich mich von Sam über den Parkplatz zum Shop ziehen. „Sogar meine Haare sind noch nicht trocken."

„Deswegen hast du mir auch meinen Kapuzenpullover abgeschwatzt. Deine Hose bei unserem ersten Zusammentreffen war wirklich nicht schöner. Jetzt hör auf zu meckern und komm mit." Er legt einen Arm um meine Schulter und schließt mit der freien Hand die Tür auf. Oh, wie ich seine Ehrlichkeit liebe.

Ohne das Licht einzuschalten, sperrt er wieder hinter uns ab und schiebt mich direkt ins Büro.

„Was machen wir hier?", flüstere ich.

„Zeig ich dir jetzt", wispert er. „Aber wir müssen nicht flüstern, Em. Wir tun nichts Verbotenes hier", fährt er in einer normalen Lautstärke fort und grinst mich an.

„Dann zeig mir, was du hast", fordere ich, während Sam seinen Schreibtisch durchsucht.

Er sieht auf und zieht eine Augenbraue hoch.

„So gerne ich das auch würde, aber du hast deutlich gemacht, dass du daran nicht mehr interessiert bist."

„Sam, bitte. Das habe ich nicht gesagt."

„Lassen wir das", winkt er ab. „Heute ist der falsche Zeitpunkt dafür." Er zieht einen Hefter aus der Schublade und winkt mich zu sich.

„Was ist das?", frage ich, als er mir ein Foto hinhält. Es ist ein Tattoo mit sechs schattierten Sternen, die eine Spur Sternenstaub hinter sich herziehen.

„Das ist schön, aber warum zeigst du mir das?"

Er kommt zu mir und legt einen Arm um meine Schulter. Ich kann nicht anders, als mich an seinen warmen Körper zu lehnen.

„Ich hab dir erzählt, dass meine Mutter ein paar Fehlgeburten hatte. Das habe ich auf ihrer Schulter gemacht."

„Oh. Okay. Ist ihr das nicht unangenehm, wenn du mir das zeigst?"

„Nein, Em. Das ist in Ordnung. Sie weiß, dass ich das nicht jedem zeige, und dass ich auch nicht jedem die Bedeutung erkläre." Er küsst mich auf den Scheitel und zieht mich noch enger an sich. Ich vermisse ihn so.

„Was ist die Bedeutung?"

„Meine Mutter hat genauso empfunden wie du. Sie hat mir gesagt, auch wenn das vielleicht etwas überemotional ausgedrückt ist, dass sie sich wie eine Mutter fühlte, obwohl sie kein Kind hatte. Noch nicht mal ein Grab, an dem sie trauern konnte. Ich bin ein Kerl, Emma. Deswegen verzeih mir, wenn ich mich ungeschickt ausdrücke, aber ich versuche, es zu verstehen. Es ist vielleicht etwas kitschig, aber fehlgeborene Babys nennt man auch Sternenkinder. Deswegen wollte meine Mutter dieses Tattoo haben. Damit hat sie eine greifbare Erinnerung." Sam wischt mir eine verirrte Träne aus dem Augenwinkel. Ich bin diese verfluchte Heulerei so müde.

„Das ist wirklich eine schöne Idee, Sam."

„Gefällt dir das? Könntest du dir so etwas vorstellen? Versteh mich nicht falsch. Ich möchte dich tätowieren, aber ich würde dir das nicht aufschwatzen. Nur heute, nach diesem Tag, würde ich furchtbar gerne etwas für dich tun."

„Ich möchte das." Meine Antwort überrascht mich selbst, aber ich meine es so. Die Idee eines Tattoos beschäftigt mich schon so lange. Seit Sam auf meinem Rücken gezeichnet hat, bin ich mir sicher, dass ich eins möchte. Diese Idee ist einfach perfekt.

„Ehrlich?" Sam scheint wirklich überrascht.

„Ja, ehrlich."

„Also, was möchtest du? Ich kann dir etwas zeichnen, aber das dauert einen Moment. "Er greift sofort nach Block und Stift und will sich an die Arbeit machen, doch ich lege meine Hand auf seine, um ihn zu stoppen.

„Du musst nichts zeichnen. Ich will nur zwei Sterne, wenn das in Ordnung ist."

„Zwei?" Sam sieht mich verwirrt an.

„Einen für meinen Papa. Und ich möchte es nicht schattiert, einfach nur zwei schwarze Sterne. Einen ganz Kleinen und einen etwas Größeren daneben. Geht das?" Meine Hände zittern, aber jetzt, weil ich so aufgeregt bin. Bevor ich mir dessen bewusst werde, dass ich mich schon wieder kratze, nimmt Sam meinen Arm und legt seine flache Hand auf die wunde Stelle in meine Armbeuge.

„Alles, was du möchtest, Emma. Aber nur, wenn du dir sicher bist. Und wenn du mit diesem Mist nicht aufhörst, dann muss ich dich küssen, sobald du auch nur einen Ansatz machst, dich zu kratzen. Klar?" Als ob das eine Strafe wäre.

„Klar. Und ja, ich bin mir sicher."

Sams Nervosität ist spürbar, als er die Umrisse der Sterne hinter mein Ohr zeichnet.

„Es wäre sauberer, wenn ich eine Vorlage nehme. Das machen wir bei den Sternen eigentlich immer so, weil es unmöglich ist, die per Hand symmetrisch hinzubekommen."

„Ich will es so, Sam. Ich will, dass es von dir ist."

„Du machst mich fertig, weißt du das?" Er streicht meine Haare beiseite, obwohl er sie schon mit einer großen Klammer fixiert hat. Ich spüre seinen warmen Atem in meinem Nacken und bekomme eine Gänsehaut am ganzen Körper.

„Was mache ich denn?" flüstere ich, weil er so nah ist.

„Nichts, Emma. Gar nichts." Ich höre ihn schwer schlucken, und wenn ich den Kopf drehen würde, dann würden sich unsere Lippen treffen.

Sam legt den Stift beiseite und reicht mir einen Spiegel. Mithilfe des großen Wandspiegels sehe ich mir die Sterne hinter meinem Ohr an.

„Die sind perfekt. Ich weiß gar nicht, was du hast."

„Wenn du zufrieden bist, dann bin ich es auch. Aber der harte Part kommt jetzt, denn du hast dir eine wirklich unangenehme Stelle ausgesucht."

Das habe ich befürchtet und mir ist auch ein bisschen übel vor Aufregung.

„Ist Wodka eine Option?"

„Leider nein. Kein Alkohol beim Tätowieren. Das blutet nur unnötig."

„Okay. Ich schaff das schon." Dessen bin ich mir allerdings nicht mehr so sicher, als ich einmal auf der Seite liege und Sam zum ersten Mal die Nadel ansetzt. Das Geräusch ist beinahe so schlimm wie beim Zahnarzt, wenn man es direkt neben dem Ohr hat. Der Schmerz ist alles andere als angenehm, doch nach einer kurzen Zeit habe ich mich dran gewöhnt. Es ist, als würde die Vibration der Nadel meine umliegende Haut betäuben.

Sam setzt zwischendurch ab und wischt über die Stelle.

„Wir sind fast fertig, Emma. Das ist so klein, nur noch ein paar Minuten."

„Es geht schon." Ich atme tief durch und spüre die Erregung, die sich mit den Schmerzen verbindet. Sams Nähe macht es nur schwerer. Er setzt die Nadel wieder an und macht weiter. Als er wirklich nach nur wenigen Minuten fertig ist, bin ich beinahe enttäuscht. Sam reinigt gründlich meine Haut und cremt die Stelle sorgfältig ein. Wir sprechen nicht, während er das Tattoo versorgt. Er hilft mir beim Aufsetzen und reicht mir wieder den kleinen Spiegel.

„Sieh es dir an und dann decke ich es ab."

Ich versuche, auf die Füße zu kommen, doch meine Knie geben nach. Sam fängt mich im letzten Moment auf und setzt mich wieder auf die Liege.

„Langsam, Baby. Werd mir nicht ohnmächtig." Er hält mich an den Schultern aufrecht und sieht mich besorgt an. „Willst du dich lieber noch mal hinlegen?"

„Nein, es geht schon. Hast du etwas Wasser?" Mein Kreislauf ist noch ein bisschen liegen geblieben, während ich schon aufgestanden bin.

„Natürlich." Er greift unter die Liege, zieht eine kleine Flasche aus einem Sixpack hervor und schraubt sie für mich auf. Bevor er sie mir noch an den Mund hält, nehme ich sie ihm ab.

„Geht's dir wirklich gut?", fragt er, als ich die halbe Flasche in einem Zug ausgetrunken habe.

„Der Tag holt mich gerade etwas ein, denke ich."

„Kann ich mir vorstellen." Er nimmt meine freie Hand und

massiert die Fingerspitzen, nicht wissend, was er mir damit antut. Das Blut schießt sofort wieder in meinen Kopf und von da aus direkt in den Unterleib. Als hätte er es gespürt, treffen sich unsere Blicke. Sam sieht sofort, was ich will, dafür hat er es schon oft genug gesehen. Ich stelle die Wasserflasche beiseite und ziehe in an einer Gürtelschlaufe zu mir ran.

„Emma!“, warnt er mich. „Glaub mir, ich weiß genau, wie du dich jetzt fühlst. Das ist völlig normal, besonders nach der ersten Tätowierung. Aber ich werde dich nicht anfassen. Nicht wenn du ein frisches Tattoo hast, und schon gar nicht nach dem heutigen Tag.“

„Samuel“, bettele ich.

Sam stöhnt gequält auf.

„Du bringst mich noch ins Grab, Em.“ Es scheint für einen Augenblick, als würde er einknicken, doch er nimmt meine Hände weg und küsst mich auf beide Handrücken. „Nicht jetzt, nicht morgen, und schon gar nicht so, wie es momentan ist. Dieses Hoch, das du jetzt spürst, lässt gleich wieder nach.“

Er reicht mir einen Spiegel und macht sich dann daran, mein Tattoo abzudecken. Ich bin wütend, dass er mich einfach so abblitzen lässt, obwohl es meine eigene Schuld ist.

Auf dem zehnminütigen Heimweg schlafe ich erschöpft auf dem Beifahrersitz ein. Sam zieht mich vor meinem Haus aus dem Auto und schiebt mich in meine Haustür, bevor er sich ohne einen Kuss verabschiedet. Ich habe das Gefühl, er ist sauer auf mich, auch wenn er es abstreitet. Doch in diesem Moment bin ich zu müde, um noch klar zu denken.

20.

Es war eine denkbar schlechte Idee, mich meiner Mutter mit einem Tattoo zu präsentieren und ihr gleichzeitig klar zu machen, dass ich nicht mehr mit Sam zusammen bin.

„Versteh ich nicht“, meckert sie vom Beifahrersitz vor sich hin. „Warum machst du mit ihm Schluss, Emma. Er ist so nett, und so verliebt in dich. Eine Augenweide ist er noch dazu.“

„Ja, Mama. Ist ja schon gut. Ich weiß, dass er heiß ist. Aber es verursacht mir Juckreiz am ganzen Körper, wenn du das immer wieder ansprichst.“

„Ach, Emma. Ich bin vielleicht alt, aber ich bin nicht tot.“

Und ich bin froh, dass ich eine Parklücke vor dem Haus meines Bruders finde, um aus der Enge meines Autos raus zu kommen. Mark tritt aus der Haustür und schließt mich direkt in seine Arme.

„Hey Kurze“, begrüßt er mich und beugt sich zu mir runter, um mich auf die Wange zu küssen. Er ist so groß wie mein Vater, doch er hat die blonden Haare meiner Mutter. Ich habe die schwarzen Locken meines Vaters geerbt, dafür aber leider die kurzen Beine meiner Mutter.

Mark begrüßt unsere Mutter und ich nutze die Gelegenheit, um Maleen zu umarmen, die schüchtern im Hauseingang stehen bleibt. Sie ist schon seit 10 Jahren mit meinem Bruder zusammen und auch schon beinahe so lange verheiratet, dennoch ist sie immer sehr zurückhaltend, wenn wir uns sehen.

„Hey Lee. Schön dich zu sehen. Du siehst gut aus.“

Maleen sieht an mir runter und lächelt.

„Danke dir. Du aber auch, Emma“, sagt sie und führt mich ins Haus.

„Wir hatten uns schon so gefreut, deinen Freund kennenzu lernen. Warum hast du ihn nicht mitgebracht?", fragt sie auf dem Weg in die Küche.

„Wir sind nicht mehr zusammen."

„Oh. Das ist schade. Deine Mutter war so begeistert von ihm."

„Ich weiß", bestätige ich mit einem Augenrollen. „Sie hätte ihn wahrscheinlich am Liebsten für sich selbst behalten."

Maleen lacht laut, was man von ihr überhaupt nicht kennt. Sie ist so eine ruhige und tiefenentspannte Person.

„Deine Mutter wünscht sich nur, dass du glücklich bist. Sie will sicherlich nicht deinen Freund."

„Exfreund. Ich meine auch nicht wirklich, dass sie ihn will, aber sie verhält sich wirklich unnormal ihm gegenüber."

Meine Schwägerin holt einen Stapel Teller aus dem Schrank und drückt ihn mir in die Hände.

„Sie verhält sich so, weil sie ihn mag, Emma. Du kannst dir nicht vorstellen, wie sie sich für dich gefreut hat, als sie hier angerufen hat."

„Es spielt ja jetzt auch keine Rolle mehr." Ich nutze die Gelegenheit und bringe die Teller ins Esszimmer, um diesem Gespräch zu entkommen, doch Lee war scheinbar noch nicht fertig mit mir. Sie folgt mir mit dem Besteck und Servietten. Durch das Wohnzimmerfenster kann ich meine Mutter mit Mark in der Garage sehen, wo er ihr sein neues Auto zeigt.

„Was hat er denn angestellt?" fragt sie.

„Gar nichts, Maleen. Es ist kompliziert."

„Das ist es immer." Sie legt mir eine Hand auf die Schulter, doch ich kann nicht mehr darüber reden. Ich mag meine Schwägerin, aber diese untypische Neugier ist nervtötend. Irgendwie hängt mir im Moment jeder damit in den Ohren, so als wäre Sam meine letzte Chance, überhaupt noch einen

Mann ab zu bekommen.

Ich verschwinde im Badezimmer, um einen Moment Luft holen zu können. Beinahe automatisch ziehe ich mein Handy aus der Hosentasche, um Sam eine Nachricht zu schreiben.

- Es tut mir leid wegen gestern. Das war unmöglich von mir. Habe ich mich überhaupt schon für das Tattoo bedankt? Es ist wunderschön. Bist du wirklich nicht sauer? Emma –

Da er nicht sofort antwortet, schreibe ich Nadine noch eine Nachricht und verabrede mich für den nächsten Tag mit ihr. Ich fühle mich schuldig, dass ich ihre Babynachricht einfach so abgetan habe, und möchte es wieder gut machen.

Bevor ich das Bad verlasse, kommt Antwort von Sam.

- Das Tattoo ist sehr gern geschehen, Em. Ich bin nicht sauer. Mir ist bewusst, dass du gestern sehr emotional warst, aber du hättest es spätestens heute bereut. Und jetzt stör mich nicht weiter, ich lese gerade ein sehr aufregendes Buch. ;) Sam –

Sam liest eins meiner Bücher. Die Vorstellung bringt mich zum Grinsen. Es ist so überhaupt keine Lektüre für Männer, aber er scheint Feuer und Flamme zu sein.

Mit etwas besserer Laune geselle ich mich zu meiner Familie, die sich schon zum Essen am Tisch versammelt hat.

Als wir uns am frühen Abend verabschieden, hält Mark mich in einer festen Umarmung, wohl wissend, dass ich so nicht flüchten kann.

„Hab dich echt vermisst, Kurze. Es war gut dich zu sehen.

Beim nächsten Mal kommen wir wieder nach Gladbach."

„Das wäre schön."

„Du hast dich verändert. Ich weiß nicht, was es ist, aber du wirkst nicht mehr so traurig. Obwohl du Mamas ausgesuchten Schwiegersohn abgeschossen hast."

„Ja, das wird sie mir noch lange nachtragen." Ich winde mich aus seinem Arm und drücke ihm einen Kuss auf die Wange. Meine Mutter wartet schon im Auto auf mich, also verabschiede ich mich noch kurz von Maleen und steige zu ihr auf den Fahrersitz. Auf der Rückfahrt geht sie mir zum Glück nicht mehr mit dem Thema Sam auf die Nerven. Doch als ich sie vor ihrer Haustür absetze, drückt sie mir einen Umschlag in die Finger und bittet mich, ihn erst Daheim zu öffnen.

Ich bin kaum Zuhause angekommen und habe die Tür hinter mir geschlossen, da reiße ich neugierig den Umschlag auf. Im Gehen streife ich meine Schuhe ab und werfe meinen Schlüsselbund in die kleine Schale auf der Dielenkommode.

Ich hätte damit rechnen müssen, aber dennoch habe ich es verdrängt. Es ist das Foto von Sam und mir, als wir bei meiner Mutter zum Essen waren. Ich bleibe im halbdunklen Wohnzimmer stehen und betrachte es mit Hilfe der hereinscheinenden Dielenbeleuchtung. Auf dem Bild sieht Sam auf mich runter, als wäre ich alles für ihn. Ich habe noch nie bewusst gesehen, dass mich jemand so angeschaut hat. Schnell schiebe ich das Foto wieder in den Umschlag und lege es auf den Wohnzimmertisch. Es macht mir Angst und ich will mich jetzt nicht damit beschäftigen. Ein heißes Bad klingt so viel reizvoller.

Im Umdrehen, auf dem Weg nach oben, nehme ich eine Bewegung im Augenwinkel war. Nackte Panik überkommt mich, als ich eine Gestalt im Dunkeln meiner Terrasse sehe. Völlig hysterisch mache ich einige Schritte rückwärts und versuche, mein Handy aus der Hosentasche zu bekommen, um die Polizei zu rufen. Ich habe schon die 110 eingetippt, als ich im letzten Moment erkenne, dass es Sam ist, der da draußen steht. Mir fällt das Telefon aus den zitternden Fingern und ich bleibe erst mal einen Moment stehen, um meinen Puls zu beruhigen. Sam lächelt unsicher und winkt mir durch die Fensterscheibe zu. Ich sammele mein Handy vom Boden, das zum Glück nicht auseinander gefallen ist, und öffne ihm die Tür.

„Bist du noch ganz dicht?“, begrüße ich ihn. „Ich hab fast einen Herzinfarkt bekommen. Warum wartest du nicht vor der Haustür, wie normale Leute.“

„Sorry, Emma. Ich weiß auch nicht, was ich mir dabei gedacht habe. Das ist mir erst klar geworden, als ich dein erschrockenes Gesicht gesehen habe. Tut mir leid. Ich hätte anrufen sollen“, sagt er und nimmt mich in den Arm. Meine Knie zittern immer noch, und das spürt er auch.

„Entschuldige“, flüstert er an meinem Ohr. „Ich hab nicht nachgedacht.“

„Schon okay“, wehre ich ihn ab und löse mich aus seinem Griff. „Warum bist du hier?“

Sam legt für einen Moment die Stirn in Falten und scheint angestrengt über etwas nachzudenken.

„Ich …“, setzt er an und kratzt sich nervös hinterm Ohr. „Ach Scheiße, Emma. Es war irgendwie einfacher, als ich noch keinen Grund brauchte, um herzukommen. Aber wenn du so willst, ich bin hier, um nach deinem Tattoo zu sehen.“

„Bietest du diesen Service all deinen Kundinnen?“ Noch im selben Moment beiße ich mir auf die Zunge, doch jetzt ist es schon raus.

„Auf so eine dumme Frage werde ich dir nicht antworten. Du hast gesagt, du willst nicht mehr mit mir zusammen sein. Wenn das bedeutet, dass du mich gar nicht mehr sehen willst, dann sag es. Aber ich verbringe auch so gerne Zeit mir dir."

„Entschuldige, Sam. Ich wollte das überhaupt nicht sagen. Es ist mir so rausgerutscht. Kommst du mit hoch, dann können wir das im Bad machen. Ich muss es sowieso dringend abwaschen."

Sam folgt mir die Treppe hoch. Ich spüre seinen Blick auf meinem Hintern, aber ich sage nichts dazu.

Im Badezimmer lässt Sam warmes Wasser ins Waschbecken einlaufen und sucht einen Waschlappen aus dem Schrank. Es ist verstörend, wie vertraut er in meinem Haus ist, und wie wenig mich das stört.

„Setz dich auf den Wannenrand, dann mach ich das", bittet er und legt mir dabei eine Hand auf die Schulter. Ich spüre seinen warmen Griff durch mein Shirt. Oh Gott, er fehlt mir so. Ich setze mich und schiebe ein paar verirrte Strähnen zurück in den strengen Zopf, der meine Mähne vom frischen Tattoo fernhalten sollte. Sam kommt mit dem warmen Waschlappen und bittet mich, den Kopf zur Seite zu legen. Ich halte mich an seiner Hüfte fest, während er sorgfältig das Tattoo reinigt. Er trägt vorsichtig frische Salbe auf und vermeidet jeden unnötigen Kontakt mit mir, doch ich kann das nicht mehr.

Ich nehme ihm die Salbentube ab und schmeiße sie hinter mich in die Badewanne.

„Was tust du da?", fragt Sam verwirrt. Als Antwort mache ich mich daran, die Knopfleiste seiner Hose zu öffnen.

„Emma", seufzt er, doch er hält mich nicht ab.

„Nicht reden, Sam. Einfach nicht reden." Ich will nicht

über diesen riesigen Haufen Chaos nachdenken, der sich zwischen uns auftürmt und mich so traurig macht. Ich ziehe seine Hose ein Stück runter und befreie ihn aus seiner Boxershorts. Er ist schon steif, obwohl ich ihn kaum berührt habe. Sam beobachtet mich, doch er hebt keinen Finger, um mich zu berühren. Ich lecke über seine Eichel und entlocke ihm damit ein leises Stöhnen. Als ich ihn ganz in den Mund nehme, will er nach meinem Zopf greifen, doch er zieht im letzten Moment die Hand zurück. Ich lasse ihn wieder aus meinem Mund gleiten und sehe fragend zu ihm auf.

„Was ist los?"

„Eine Menge, Em. Aber ich kann nicht die Kontrolle übernehmen. Ich weiß, du magst das, aber es würde sich gerade falsch anfühlen. Es fühlt sich so schon nicht ganz richtig an."

„Dann lass mich die Arbeit machen." Ich stehe auf und nehme seine Hand, um ihn mit mir ins Schlafzimmer zu bringen. Es ist falsch, das weiß ich selbst, aber ich brauche ihn jetzt. Sam folgt mir und lässt sich von mir aufs Bett schieben. Vor ihm kniend, ziehe ich seinen Pullover über den Kopf und nehme eine gepiercte Brustwarze zwischen meine Lippen. Als ich leicht daran sauge und meine Zunge um den warmen Metallstab kreisen lasse, zieht er scharf die Luft ein.

„So gut", keucht er.

Es kostet mich Überwindung, die Initiative zu ergreifen, aber wenn ich ihn will, dann muss ich wohl über meinen Schatten springen. Sam hilft mir, als ich die Hose mit der Boxershorts über seine Oberschenkel abstreife. Ich öffne seine Schnürsenkel und streife die weißen Sneakers zusammen mit den Socken ab, um seine Hose ganz ausziehen zu können. Er beobachtet jeden meiner Handgriffe, hilft mir aber nicht mehr als nötig.

„Zieh dich aus, Emma. Ich will dich sehen", sagt er, als ich ihn schließlich entkleidet habe. Entspannt lehnt er sich am Kopfende des Bettes zurück und sieht mir dabei zu, wie ich meinen Cardigan aufknöpfe und über die Schultern abstreife. Sam nimmt seinen Schwanz in die Hand und massiert ihn spielerisch in seiner Faust. Mein T-Shirt wandert über den Kopf und landet irgendwo hinter mir auf den Boden. BH und Hose fliegen gleich hinterher. Nur im Slip steige ich auf seinen Schoß, doch er berührt mich immer noch nicht. Stattdessen verschränkt er die Arme hinter dem Kopf.

„Das ist alles?", frage ich. „Du lehnst dich zurück und tust nichts? Das ist neu, Sam."

„Du willst mich ficken, Em. Dann fick mich. Wie könnte ich dazu Nein sagen? Aber ich werde mir nicht anschließend nachsagen lassen, dass ich dich irgendwie ausgenutzt hätte." Er klingt so traurig, als er das sagt, und ich möchte schon fast einen Rückzieher machen, doch dafür brauche ich ihn gerade viel zu sehr. Ich nehme seine Arme und lege sie um meine Taille. Wenn er es nicht von selbst tut, dann muss ich eben nachhelfen. Unsere Gesichter sind nur wenige Millimeter voneinander entfernt und ich kann ihn auf meinen Lippen schmecken. Ich lecke über seine Oberlippe und spüre die zuckende Reaktion darauf sofort an meinem Schenkel.

„Ich will dich", wispere ich und küsse seinen schönen Mund.

„Dann nimm dir, was du willst." Seine warme Stimme jagt mir einen Schauer über den Rücken. Ich greife zwischen uns und schiebe meinen Slip nur ein kleines Stück zur Seite, um ihn in mir aufzunehmen. Sam tut nichts, um mir entgegen zu kommen. Wir halten uns aneinander fest, als er schließlich komplett in mich geglitten ist. Das hat mir so gefehlt.

„Samuel", wimmere ich an seinem Ohr, meine Arme fest um seine Schultern geschlungen.

„Ich liebe dich, Emma." Natürlich musste das irgendwann noch einmal kommen, doch warum ausgerechnet jetzt? Ich ignoriere seine Liebeserklärung und beginne mich zu bewegen. Das Bündchen meines Slips reibt über meine geschwollene Klit und wird mir zu einem zügigen Höhepunkt verhelfen, das kann ich jetzt schon spüren. Sam nimmt mein Gesicht in seine Hände und küsst mich zärtlich, während ich auf seinem Schoß wippe. Ich spüre nur noch ihn, rieche ihn überall um mich herum, sehe nur noch sein hübsches Gesicht. Wenn ich mich nicht ganz schnell fange, dann heule ich los. In seinem Gesicht lese ich, dass er darauf wartet.

„Ich liebe dich, Emma", sagt er schon wieder, und macht mich damit so wütend. Ich erhöhe mein Tempo, in der Hoffnung, ihn davon abzulenken. Er fühlt sich so gut in mir an.

„Hör auf, Sam. Ich will das nicht hören." Ich lege meine Stirn auf seine Schulter und schließe die Augen. Sam legt eine Hand zwischen meine Schulterblätter und greift mit der anderen an meinen Kitzler. Er schiebt den Slip weiter zur Seite und spürt genau, wo wir so eng verbunden sind. Mit den Fingern teilt er weiter meine Scham und massiert mit dem Daumen meine Klit. Während ich heftig um seinen harten Schwanz komme, sauge ich unwillkürlich an seiner Schulter. Meine Fingernägel kratzen über seinen Rücken. Das wird Spuren hinterlassen.

„Oh, Sam", keuche ich in den letzten Zügen meines Höhepunkts. Er folgt mir nur wenige Momente später und hält mich dabei fest umklammert. Die Muskeln in meinem unteren Rücken zittern vor Anstrengung, also lasse ich mich nach hinten aufs Bett sinken. Sam, der immer noch in mir ist, sieht auf mich runter und streichelt über meine Oberschenkel.

„Geht's dir gut?", fragt er.

„Ausgelaugt. Gesättigt. Entspannt." Sätze zu formulieren,

wäre in diesem Moment einfach zuviel.

„Du machst die erotischsten kleinen Seufzer, wenn du kommst. Das hab ich echt vermisst.“ Er zieht mich wieder zu sich hoch und legt sich mit mir auf die Seite. Irgendwie bekommt er die Decke über uns gezogen, ohne mich loszulassen. Ich schmiege mich an seinen nackten Brustkorb und lasse mich von seinem pochenden Herz in den Schlaf begleiten.

Mitten in der Nacht werde ich frierend wach. Sam ist nicht mehr da.

21.

Fuck. Fuck. Und noch mal, Fuck! Ich wäre besser im Bett geblieben, auch wenn Sam in der Nacht aus selbigem geflüchtet ist. Jetzt hat er auch noch die Frechheit, mir eine liebevolle Mail zu schreiben, ohne ein Wort über die letzte Nacht zu verlieren. Nur eine Kleinigkeit, ein Kompliment über mein Lächeln. Doch nicht einen Kommentar über seine Flucht aus meinem Bett.

All das reicht natürlich noch nicht. Ich habe gerade ein Telefongespräch mit meiner Agentin beendet. Und sie hat das geschafft, was wirklich nur selten passiert. Sie hat mir einen Termin aufgeschwatzt. Ich muss bei einer großen Autorenfragerunde auf einer Convention mitmachen, weil zwei ihrer Vampirladys abgesagt haben. Anschließend darf ich dann noch Bücher signieren. Tina weiß genau, wie sehr ich das hasse und erspart mir solche Termine normalerweise. Zudem mein Pseudonym wirklich eines bleiben soll. Doch da bei diesem Termin nur Fans und Fachpresse anwesend sind, ist die Wahrscheinlichkeit gering, dass mich jemand auf einem Foto wiedererkennen könnte. In einer Woche muss ich übers Wochenende nach Hamburg, obwohl ich darauf so gar keine Lust habe.

Ich versuche mich an einem Lächeln, als es an der Haustür klingelt. Es ist Nadine, die gleich nach ihrer Frühschicht zu mir gekommen ist, damit wir uns endlich noch mal ein wenig austauschen können.

„Hey Süße“, flötet sie und umarmt mich auf dem Weg ins Wohnzimmer. Sie lässt sich erschöpft auf die Couch fallen und legt die Beine hoch.

„Kann ich dir was bringen, Mama“, trieze ich sie. „Einen

Kamillentee oder ein paar Vitaminpillen?"

Nadine stöhnt genervt auf.

„Jetzt fang du auch noch an. Der Knopf ist gerade mal 5 Wochen alt und noch nicht auf dem Ultraschall zu sehen, doch mein Mann behandelt mich wie ein rohes Ei. Ich hoffe inständig, dass ich wenigstens bei dir einen richtigen Kaffee bekomme."

„Natürlich. Kommt sofort."

Nadine ist sehr erfreut, aber noch ganz entspannt in ihrer Schwangerschaft. Eigentlich wollte ich mit ihr in der Stadt ein paar Babysachen anschauen gehen, doch sie weigert sich.

„Jetzt noch nicht." Sie schiebt sich einen Keks in den Mund und greift nach ihrer Kaffeetasse.

„Wie du willst. Ich hätte gerne einen Strampler für mein Patenkind gekauft."

„Nein, Emma. Das bringt nur Unglück. Ich würde nicht bis kurz vor der Entbindung warten, doch jetzt finde ich es noch wesentlich zu früh. Ich hab es ja noch nicht mal auf dem Ultraschall gesehen."

„Okay. Aber hast du trotzdem Lust auf eine kleine Shoppingtour? Ich hab nächste Woche einen wichtigen Geschäftstermin und nichts mehr zum Anziehen." Ich sollte ihr erzählen, was ich wirklich mache. Das fühlt sich inzwischen so falsch an, sie zu belügen.

„Du hast ganz schön abgenommen, oder?", fragt sie und sieht an mir runter.

„Ein bisschen, ja." Acht Kilo, um genau zu sein, obwohl ich nichts dafür getan habe. Es würde mich beunruhigen, wenn ich nicht wüsste, dass Sam mir ein großes Stück Trägheit und Frustfressen ausgetrieben hat.

„Und warum schaust du so betrübt? Wie läuft es mit Sam?"

„Gar nichts läuft. Er war gestern hier. Wir hatten Sex, und dann ist er mitten in der Nacht abgehauen.“ Freundinnen erzählen sich so etwas, oder?

Nadine sieht für einen kurzen Moment erbost aus, doch dann fängt sie an zu grinsen. „Das ärgert dich, oder?“, fragt sie.

„Sollte es nicht, tut es aber. Natürlich hat er keinen Grund bei mir zu bleiben.“

„Dir ist bewusst, dass Sam dir letzte Nacht eine Lektion erteilt hat, oder?“

„Was meinst du damit? Welche Lektion soll das gewesen sein?“

„Das musst du ihn schon selbst fragen. Aber ich bin mir ziemlich sicher, dass ich den Grund für sein Verhalten kenne.“

Am frühen Abend komme ich mit einem Arm voller Taschen aus der Stadt zurück. Nadine ist schon wieder Zuhause. Die Schwangerschaft nimmt ihr eine Menge Energie, aber sie hat mir sehr geholfen, ein paar schöne Sachen auszusuchen. Seriös, aber dennoch sexy. Kleidungsstücke, die ich mir so nie gekauft hätte, die mir aber überraschend gut stehen. Ich habe auch noch ein paar neue High Heels gefunden, die zwar gefährlich hoch sind, in denen ich aber gut laufen kann. Zu neuer Unterwäsche habe ich mich auch überreden lassen. Nicht, dass die in nächster Zeit jemand sehen würde. Außerdem hat sie mir, weil Sam heute Abend nicht im Shop war, die Brustwarze gepierct. Ja, ich hab es tatsächlich getan. Andere Frauen lassen sich die Haare schneiden, wenn sich im Leben etwas verändert, aber ich war wohl noch nie wie andere Frauen.

Es hat verflucht wehgetan und ich würde es wahrscheinlich

nie wieder tun, doch jetzt bin ich froh, dass ich es habe. Und ich kann jetzt schon nicht erwarten, wenn ich endlich den Verband abmachen darf.

Ich räume gerade meine Neuerwerbungen in den Kleiderschrank, als mein Handy klingelt. Es ist Sam, und ich habe auch schon eine Vermutung, was er mir zu sagen hat.

„Ist das wahr?“, fragt er ohne Begrüßung.

„Falls du meinst, dass Markus das größte Waschweib der Stadt ist, dann ja.“

„Du hast dir tatsächlich den Nippel piercen lassen?“ Er klingt etwas atemlos.

„Du bist gestern Nacht einfach gegangen.“

Sam seufzt.

„Nenn mir einen Grund, warum ich hätte bleiben sollen.“

„Ja, Nadine hat mir vorhin die Brustwarze gepierct.“

Sam pustet genervt die Luft aus.

„Okay, das Gespräch führt zu gar nichts. Fangen wir noch mal von vorne an. Wie geht es dir heute, Emma? Hattest du einen netten Nachmittag mit deiner Freundin.“ Die letzten beiden Sätze klingen wie abgelesen, so sehr versucht er das Thema zu wechseln.

„Danke der Nachfrage, Sam. Wir hatten einen sehr schönen Nachmittag. Wie war dein Tag so?“ Das Spiel kann ich auch spielen.

„Mein Tag war okay. Ich komme gerade vom Basketballtraining.“

„Du spielst Basketball? Das wusste ich ja gar nicht.“

„Ich habe auch gerade erst wieder damit angefangen. Ist eine gute Gelegenheit, ein wenig Stress abzubauen.“

„Hast du Stress?“ Ich streife meine Hose ab und lege mich entspannt auf dem Bett zurück. Es ist angenehm, ihm beim

Reden zuzuhören, besonders am Telefon, wenn ich nicht durch sein Lächeln abgelenkt werde. Meine Brust pocht etwas, doch es ist erträglich, solange ich nicht dran komme.

„Ein bisschen. Weißt du, da ist diese atemberaubende Frau, in die ich mich verliebt habe. Ich bin mir ziemlich sicher, dass sie mich auch liebt, aber sie hat ein paar Probleme und will deswegen nicht mit mir zusammen sein. Dabei würde ich ihr so gerne helfen, doch sie lässt mich nicht."

„Ach Sam."

„Vermisst du mich?" Er klingt so traurig.

„Natürlich. Ich hab nie behauptet, dass du mir egal bist."

„Dann geh mit mir aus. Nächstes Wochenende. Nur wir zwei. Essen gehen. Kino. Was immer du magst. Irgendwie habe ich das Gefühl, wir hatten nie ein richtiges, erstes Date. Das würde ich gerne ändern."

„Ich weiß nicht, ob das eine gute Idee ist. Außerdem habe ich keine Zeit. Meine Agentin hat mir einen Aufenthalt in Hamburg eingebrockt."

„Was musst du denn machen?" Ich kann hören, wie er etwas trinkt. Dabei ist es nicht schwer, ihn bildlich vor mir zu sehen.

„Da findet auf einer Convention eine Autorenfragerunde statt. Die Presse ist da und Fans können Fragen stellen. Anschließend muss ich noch Bücher signieren. Ich hasse so etwas, aber ich kann mich nicht immer darum drücken."

„Ist dir überhaupt bewusst, wie stolz du auf dich sein kannst? Du nimmst mir das hoffentlich nicht übel, dass ich ein bisschen dein Pseudonym gegoogelt habe. Deine Fangemeinde ist ja der Hammer. Und ich kann den Frauen da nur zustimmen. Du bist wirklich gut, Emma. Vier Romane habe ich schon durch, und das ist wirklich kein Genre, was ich sonst lesen würde. Aber die sind wirklich fesselnd. Hab ich gerade drei Mal hintereinander „wirklich" gesagt?"

„Hast du", antworte ich lachend. „Und danke für das Kompliment. Es ist ein großer Luxus, als deutsche Liebesromanautorin davon leben zu können. Natürlich habe ich kein riesiges Einkommen, aber ich kann meine Rechnungen davon bezahlen."

„Und du hast einen Job, den du liebst. Das ist Gold wert."

„Das stimmt allerdings." Ich kann nicht anders, als mir vorzustellen, wie Sam gerade auf seiner Couch liegt, vermutlich noch in seinen Trainingsklamotten, oder auch nur in seiner Trainingshose.

„Du solltest mit Nadine darüber reden, Emma. Sie wird zu recht sauer sein, wenn du es ihr noch länger verschweigst."

Das ist mir schon länger klar, aber bisher habe ich nicht den richtigen Anfang finden können.

„Das werde ich, Sam. Sobald sich eine Gelegenheit bietet."

„Willst du wissen, warum ich letzte Nacht gegangen bin?", fragt er leise.

„Ich denke schon." Auch wenn mir die Antwort vermutlich nicht gefallen wird.

„Du beneidest Frauen wie Jule, worum auch immer. Das ist es, was Frauen wie Jule von mir bekommen. Einen distanzierten Fick und ein leeres Bett am nächsten Morgen. Gute Nacht, Emma."

Das Klicken des beendeten Anrufs fühlt sich wie ein Tritt in die Magengrube an.

22.

Eine Woche, eine verfluchte Woche lang hat er sich nicht gemeldet. Ich war zu beleidigt, um den ersten Schritt zu machen. Doch ausgerechnet heute, wo ich nach Hamburg muss, fängt er an, mir zu texten.

Ich stehe gerade in der Küche und mache mir eine vorbildliche Proviantbox mit Obst, Brot und Rohkost fertig, als die erste Nachricht kommt.

- Hab eine gute Zeit in Hamburg, Em. Und sei stolz auf das, was du tust. Ich bin es. Sam –

Die Nächste folgt eine halbe Stunde später, obwohl ich nicht geantwortet habe.

- Deine Bücher habe ich durch. Die Storys sind tiefgründig und mit einer nachvollziehbaren Handlung. Die Sexszenen sind genau richtig platziert und verdammt heiß. Ich will mehr von dir lesen. Sam –

Wieder eine halbe Stunde später, ich bin gerade dabei, meinen Koffer ins Auto zu wuchten, kommt die nächste Nachricht.

- Du kannst mich ignorieren, soviel du willst. Ich geb trotzdem nicht auf. Ich liebe dich. Aber jetzt werde ich dich nicht weiter stören, damit du gar nicht erst in Versuchung kommst, während der Autofahrt meine Nachrichten zu lesen. Bis bald. Sam –

Kopfschüttelnd stecke ich mein Handy in die Freisprecheinrichtung und starte den Wagen. Sam ist einfach unverbesserlich. Es ist, als hätte ich ihn im Nacken, wobei er gar nicht wissen kann, wo ich gerade bin. Zwei Stunden später als geplant komme ich im Hotel an, da ich von einem Stau in den nächsten geraten bin. Ich habe gerade meinen Koffer ausgepackt, als wieder eine Nachricht vom Sam kommt.

- Während du einschläfst, trittst du mir entweder vors Schienbein oder brichst mir fast die Hand mit deinen unkontrollierten Muskelzuckungen. Manchmal lächelst du auch, obwohl du schon schläfst. Sam –

Darauf muss ich reagieren, obwohl ich gerade überhaupt keine Zeit habe.

- Warum, Sam? Warum heute? Emma –

- Damit du verstehst, dass ich dich nicht vergesse, nur weil du nicht bei mir bist. Sam –

Ich hatte gar nicht vor, darauf zu antworten, doch Sam braucht keine Reaktion von mir, um weiter zu texten.

- Ich will dich zurück, Em. Ich liebe dich. Solange du mir nicht deutlich sagen kannst, dass du mich nicht willst, werde ich nicht aufgeben. Sam –

Es ist so gemein, wenn er immer wieder davon anfängt. Natürlich kann ich ihm nicht sagen, dass ich ihn nicht will, denn das wäre eine Lüge. Ich liebe ihn. Ja, tatsächlich, ich liebe ihn.

Ich habe gerade keine andere Wahl, als das abzuschütteln,

denn ich muss mich fertigmachen und auf die Fragerunde vorbereiten. Tina holt mich in einer Stunde ab, und ich muss noch duschen und meine Haare machen.

„Das ist nicht dein Ernst, Tina. Ich kann da nicht raus.“ Ich bin die Letzte hinter der Bühne, und meine Knie zittern. Meine Agentin hat mir gerade eröffnet, dass mein größtes Vorbild, Lauren Heart, auch an der Fragerunde teilnehmen wird. Ihr Dolmetscher steht neben uns und fummelt gerade an seinem Kopfhörer.

„Du bist gut, Emma. Du gehörst in diese Runde. Stell dein Licht nicht unter den Scheffel.“

Das höre ich in letzter Zeit öfter. Ich nehme Tina das Sektglas aus der Hand, leere es in einem Zug und gehe dann auf die Bühne. Bevor ich mich in einen der schwarzen Ledersessel setze, gebe ich jeder der anwesenden Damen die Hand, und versuche bei Lauren Heart nicht zu offensichtlich das Fangirl zu geben.

Der Moderator bringt die Zuschauermenge halbwegs zur Ruhe und beginnt damit, unser Gespräch in Gang zu bringen. Er stellt vorher abgesprochene Fragen an jede Einzelne von uns und lässt schließlich das Publikum zu Wort kommen. Es sind bestimmt drei- bis vierhundert Leute in dem Saal und es ist nicht so einfach, eine Ordnung reinzubekommen, damit auch alle verstehen, was gesprochen wird. Ich bin froh um jede Sekunde, in der der Fokus nicht auf mir liegt. Bisher bin ich von neugierigen Fans verschont geblieben. Kein Wunder, denn Lauren Heart ist natürlich viel interessanter als eine Gemma Lennart. Ich komme mir mit meinem englischen Fakenamen neben ihr ohnehin etwas lächerlich vor.

Irgendwann bekomme auch ich ein paar Fragen, die ich knapp, aber freundlich beantworte. Ich bin wesentlich besser im Umgang mit Fans übers Internet, als auf solchem Wege. Die anderen Damen in der Runde werden auch in die Mangel genommen und geben mir immer mal wieder einen Moment zum Durchatmen. Ich fühle mich ganz wohl in meinem neuen Kostüm und den schwarzen High Heels, aber dennoch mag ich es nicht, wenn ich so unter Beobachtung stehe.

Gerade will ich nach meinem Wasserglas greifen, als der Moderator wieder meinen Namen aufruft, und zielstrebig zu einer Person im Publikum geht. Ich muss für einen Moment gegen die Scheinwerfer anblinzeln, um etwas erkennen zu können, aber was ich da sehe, kann ich einfach nicht fassen. Es ist Sam, mein Sam. Und er scheint den festen Vorsatz zu haben, mir ein paar Fragen zu stellen. Jeder Versuch, ihn mit Blicken zu stoppen, ist in dieser Situation aussichtslos.

„Der erste Mann in der Runde, der eine Frage an Gemma hat“, verkündet der Moderator, damit auch jeder uns Aufmerksamkeit schenkt. Ich möchte im Boden versinken, sterben und mich dann in Luft auflösen. Das wird er büßen.

„Erstmal möchte ich sagen, dass ich ein großer Fan bin“, fängt er an, als würden wir uns tatsächlich nicht kennen. Ein Raunen geht durch die Menge, als auch der letzten Dame klar wird, was für ein Mann da gerade Fragen stellt.

„Danke“, reagiere ich höflich und distanziert.

„Dann ist mir in ihren Romanen ein Muster aufgefallen. Ausnahmslos alle männlichen Protagonisten sind in irgendeiner Weise groß, breitschultrig und nicht ganz hässlich, sowie in den meisten Fällen tätowiert.“

Oh, Sam. Dafür wirst du bezahlen. Auch wenn du gerade noch so sehr zum Anbeißen aussiehst, in deinem eng anliegenden, schwarzen Hemd und der grauen Anzughose.

„Das stimmt.“ Ich nicke, und ermutige ihn damit, fortzufahren. Meine zitternden Finger lege ich auf meinen übereinandergeschlagenen Beinen ab.

„Verzeihen sie mein forsches Vorgehen, aber falls das irgendeinen Aufschluss auf ihren persönlichen Männergeschmack gibt, dann würde ich sie gerne fragen, ob sie heute Abend mit mir ausgehen."

Damit hat er sich erfolgreich die Aufmerksamkeit des gesamten Saals, inklusive der Fotografen, gesichert. Oh, Samuel Wagner, ich bringe dich um.

Ich bin nicht in der Lage, irgendeine Antwort darauf zu geben, und schieße ihm stattdessen nur Giftpfeile mit meinen Blicken zu. Die ersten Frauen aus dem Publikum klatschen und feuern mich an. Sam legt in einer flehenden Geste die Handflächen aneinander und lächelt mir zu.

Tina tippt mir auf die Schulter.

„Ich regel das", flüstert sie mir ins Ohr. Ich sehe nur noch ihre Kehrseite, als sie sich einen Weg durchs Publikum bahnt.

Die Menge wird unruhig, und die ersten Frauen rufen, dass sie Sam nehmen würden, wenn ich ihn nicht möchte. Gott sei Dank hat der Moderator Mitleid mit mir und sucht sich einen neuen Fan, die dann zum Glück auch keine Fragen an mich hat. Ich beobachte Tina, die sich mit Sam unterhält und ihn dann mit nach draußen nimmt. Sie kommt wenige Momente später mit einem Grinsen im Gesicht wieder rein. Hoffentlich war sie nicht zu hart.

Seit zwei Stunden sitze ich schon in einer Reihe mit den anderen Autorinnen und signiere meine Bücher. Mein Rücken tut weh, und auch mein Handgelenk macht mir wieder Probleme, doch es wäre wohl noch schlimmer, wenn ich nicht Sams Bandage tragen würde.

Sam. Ich kann nicht glauben, dass er das getan hat. Meine Gedanken schweifen immer wieder zu ihm ab, und ich kann nicht anders, als innerlich zu grinsen und einen kleinen Freudentanz aufzuführen. Eigentlich müsste ich sauer sein, doch ich kann ihm das nicht übel nehmen. Er hat nichts getan, um mich zu blamieren, außer mich sehr originell anzuflirten. Meine Finger jucken, ihm eine Nachricht zu schreiben, doch ich hatte bis jetzt keine ruhige Minute. Allmählich reduziert sich die Schlange der Fans und es sieht so aus, als wäre dieser lange Tag bald beendet.

Inzwischen sehe ich kaum noch hoch, wenn ich meine Bücher signiere, doch in diesem Augenblick muss ich nicht aufschauen, um zu wissen, wer wenige Zentimeter vor mir steht. Eine ältere Dame ist noch vor ihm dran und lässt sich von mir zwei Bücher unterschreiben. Hinter ihm steht niemand mehr. Er hat gewartet, bis ich Zeit habe. Als die Frau mit ihren Bücher Platz macht, baut er sich vor mir auf, und legt mir alle sechs Bücher, die ich ihm gegeben habe, auf den Tisch. Jedes einzelne Taschenbuch weißt deutliche Lesespuren auf. Er hat sie eindeutig alle gelesen. Ich spüre die Blicke der anderen Leute um uns herum. Natürlich warten alle, was jetzt passiert, da Sam vorhin ein kleines Spektakel aus uns gemacht hat.

„Für wen soll ich signieren?“, frage ich sachlich, doch meine Mundwinkel zucken unwillkürlich, was auch Sam nicht entgeht.

„Für Samuel, der eine Schwäche für leidenschaftliche und kurvige Frauen hat.“

Ich sehe Tina ein paar Schritte hinter ihm stehen, die mir aufmunternd den ausgestreckten Daumen entgegenhält.

„Ich hasse dich, Sam“, flüstere ich, während ich seine Bücher signiere.

„Tust du nicht. Du liebst mich.“

„Was macht dich so sicher?“

„Geh mit mir aus, dann sag ich es dir."

Was kann ich anderes tun, als zuzustimmen? Der Mann bringt mich noch ins Grab.

„Ich kann es nicht glauben, dass du das getan hast." Immer noch fassungslos sitze ich mit Sam in einem Restaurant am Fischmarkt.

„Wenn es geholfen hat, dass ich deine Aufmerksamkeit wiederbekomme, dann war es das wert." Er reicht über den Tisch und nimmt meine Hand. Wir sind bereits beim Dessert und der Wein ist mir auch schon etwas in den Kopf gestiegen.

„Wie bist du eigentlich hier hingekommen? Du bist doch nicht die ganze Strecke mit dem Motorrad gefahren, oder?"

Sam schüttelt den Kopf.

„Nein. Ich bin mit dem Zug gekommen. Es war eine spontane Eingebung, deswegen hab ich noch nicht mal ein Zimmer. Markus wollte mir eigentlich sein Auto leihen, aber Nadine geht es nicht so gut."

„Oh. Was ist denn los mit ihr? Ich hab gar nichts von ihr gehört." Auch ich habe mich schon ein paar Tage nicht mehr gemeldet.

„Keine Ahnung. Sie ist sehr schlapp und hatte wohl ein paar Krämpfe. Die beiden sind heute Morgen zum Notdienst gefahren."

„Hast du etwas dagegen, wenn wir sie gleich noch mal anrufen?"

„Natürlich nicht, Em." Sam schenkt mir ein warmes Lächeln. „Was sollte ich denn bitte dagegen haben?"

„Ich will nur unseren Abend nicht unterbrechen."

Ich nehme den letzten Löffel von meiner Mousse au Chocolat und lasse sie mir genüsslich auf der Zunge zergehen.

„Haben wir denn einen gemeinsamen Abend? Oder

schickst du mich gleich wieder in die Wüste, beziehungsweise nach Hause?“ Sam sieht mich hoffnungsvoll an. Als ob ich je eine Chance gehabt hätte, ihn loszuwerden.

„Natürlich haben wir das. Auch wenn ich dir zuerst am Liebsten den Hals umgedreht hätte. Was du heute getan hast, hat mir echt viel bedeutet.“

„Erklär mir warum, Emma. Ich will verstehen, wie du tickst.“ Er winkt den Kellner ran, und zieht sein Portemonnaie aus der Hosentasche.

„Du hast Rücksicht auf meine Privatsphäre genommen, und trotzdem deutlich gemacht, dass dir mein Job nicht unangenehm ist.“

Sam lacht.

„Ich würde das jedem erzählen, wenn es für dich okay wäre. Du weißt schon, welchen Job ich habe? Wie kann mir das unangenehm sein? Ich könnte eine Pornodarstellerin als Freundin haben, und niemand würde das merkwürdig finden.“

„Bist du da so sicher?“ Natürlich übertreibt er da etwas, aber ich verstehe, worauf er hinaus will.

„Na gut, meine Mutter hätte sicher ein paar Worte für mich.“

Der Kellner kommt, und Sam zahlt unsere Rechnung.

„Und jetzt?“, fragt er, als er mir in den Mantel hilft. „Möchtest du irgendwo hin, wo wir noch ein bisschen reden können?“

„Ein kleiner Spaziergang wäre schön, und dann ins Hotel. Ich hatte genug Trubel für heute.“ Wir verlassen gemeinsam das Restaurant, und vor der Tür nehme ich Sams Hand, doch als ich zu ihm aufsehe, bin ich überrascht über sein enttäuschtes Gesicht.

„Was ist los?“, frage ich.

„Nichts. Es ist okay." Da wird mir klar, dass er mich falsch versteht. Ich drehe mich zu ihm und stecke meine Hände in seine Jackentaschen. Mein Kopf passt so perfekt auf seine Schulter.

„Sam?", flüstere ich.

„Ja, Emma?" Er legt die Arme um mich und zieht mich fester an sich.

„Ich wollte nicht alleine ins Hotel. Du bist kein Stress für mich, ganz im Gegenteil. Außerdem hatte ich nicht vor, dich jetzt wieder nach Hause zu schicken. Eigentlich dachte ich, wir könnten morgen zusammen zurückfahren, wenn das nicht deine Pläne durcheinander wirft."

„Ich bin erstaunlich planlos hier angekommen. Bis jetzt habe ich noch nicht mal ein Rückfahrticket. Sehr gerne würde ich mit dir kommen, Emma. Aber ich verstehe auch, wenn du das nicht möchtest."

Mit der Zungenspitze fahre ich über sein Ohrläppchen.

„Zum ersten Mal in meinem Leben trage ich Strapse, Samuel. Natürlich verstehe ich, wenn du lieber die Nacht im Zug verbringst."

In diesem Moment bin ich sehr froh, dass Nadine mich auf unserem Shoppingtrip zu diesen Dessous überredet hat, denn ich kann es nicht erwarten, sie ihm zu zeigen.

Sam braucht einen Moment, bis meine Aussage zu ihm durchsickert, doch als er die Bedeutung erfasst, schiebt er mich ein Stück von sich und nimmt mein Gesicht in seine Hände.

„Du kannst mir nicht so etwas sagen, und dann erwarten, dass ich noch einen entspannten Spaziergang mache." Er küsst mich zärtlich und streicht mit den Daumen über meine Wangen.

„Bis zum Hotel wirst du es doch wohl noch schaffen."

23.

„Erklär es mir!", fordere ich. Sam sitzt breitbeinig in dem einzigen Sessel meines Hotelzimmers und ich bin auf der Bettkante ihm gegenüber. Er hat die ersten beiden Knöpfe seines Hemdes geöffnet und streift sich gerade die Schuhe ab.

„Was soll ich dir erklären?"

Er weiß genau, was ich wissen will.

„Warum du glaubst, dass ich dich liebe." Es fällt mir schwer, das auszusprechen.

„Oh, Em. Übergib dich nicht gleich, bei diesem Wort."

„Und?" Ungehalten löse ich meinen Zopf und schüttele meine Haare aus.

„Was bekomme ich dafür?" Er beugt sich vor und stützt sich mit den Ellbogen auf den Knien ab.

„Du hattest schon ein Abendessen mit mir, wenn ich mich nicht täusche."

„Ich will dein Nippelpiercing sehen." Er sieht mir ins Gesicht, obwohl sein Blick verrät, dass er lieber woanders hinschauen möchte.

„Es ist noch nicht verheilt."

„Aber den Verband hast du abgemacht, oder?"

„Ja, natürlich. Alles genau nach Nadines Anweisung." Ich schlage meine Beine übereinander und lasse dabei ein Stück von meinen Strapsen blitzen. Sam hat solche Mühe, sich zurückzuhalten. Seine heftige Atmung verrät ihn, obwohl er sich um eine entspannte, selbstsichere Pose bemüht.

„Zeig es mir", fordert er.

„Dann sag es mir." So leicht lasse ich mich nicht abspeisen. Unter seinem Blick ziehen sich meine Brustwarzen zusammen, und ich beiße mir auf die Zunge, um nicht aufzustöhnen. Das Piercing verstärkt dieses bittersüße Gefühl nur.

„Ich will uns in dem Spiegel sehen, wenn ich in dir bin. Du

sollst genau beobachten, was ich mit dir mache." Er zeigt auf den verspiegelten Kleiderschrank hinter mir.

„Was macht dich so sicher, dass es dazu kommen wird?"

„Die Tatsache, dass du schon die ganze Zeit deine Schenkel aneinander reibst. Du stehst kurz davor, mich anzubetteln, damit ich dir dein Höschen abstreife, und dich lecke." Er beherrscht dieses Spiel. Aber auch ich bin nicht ganz aus der Übung.

„Da irrst du dich." Ehe er nachfragen kann, nehme ich mein Bein runter und spreize die Knie. Ich ziehe meinen Rock ein Stück hoch, damit er auch wirklich alles sieht. „Mein Höschen habe ich bereits im Waschraum des Restaurants verloren."

„Em", stöhnt er gequält und lässt den Kopf zwischen den Schultern hängen. Ich stehe vom Bett auf und gehe zu Sam. Er schaut immer noch auf den Boden, als ich mir vor ihm den Rock ausziehe.

Seine Hand wandert an mein Knie, doch er sieht nicht hoch. Ich knöpfe meine Bluse auf und lasse sie hinter mich fallen. Nur in BH und Strapsen stehe ich vor ihm. Etwas, dass ich vor ein paar Wochen noch nicht getan hätte.

„Ich kann dich riechen, Em", wispert Sam. „Du musst so feucht für mich sein, dass macht mich wahnsinnig." Er sieht hoch und sucht meinen Blick. Mit beiden Händen streichle ich über seinen Kopf und lächle ihm zu.

„Ist das okay, Sam?", frage ich, während ich an mir runter schaue. „Oder sehe ich damit lächerlich aus?"

Er schüttelt den Kopf und leckt sich über die Lippen. Seine Hände wandern zu meinem Po, an dem er mich fest an sich zieht. Er legt seine Stirn an meinen Bauch und atmet tief ein. „Das ist nicht okay, Emma. Weit entfernt davon. Das ist perfekt. Du bist perfekt."

Ich spreize meine Beine und lasse mich auf seinen Schoß sinken. Sam beobachtet mich, als ich seine Hose öffne und ihn daraus befreie. Er war schon hart, doch in meiner Hand schwillt er noch weiter an. Mit dem Daumen verteile ich den kleinen Tropfen auf der Spitze, was Sam dazu bringt, mich näher an sich zu schieben.

„Sag es mir, Sam", flüstere ich in sein Ohr.

„Heute bei der Convention …" Sam keucht auf, weil ich ihn immer noch in der Hand habe, und gerade über den kleinen Punkt unter der Eichel fahre. „Du wolltest so gerne auf mich sauer sein, aber du konntest es nicht. Du warst extrem gestresst, auch wenn du nach außen hin ruhig warst. Doch in dem Moment, als du mich gesehen hast, hat sich dein ganzes Auftreten verändert und du hast dich entspannt, obwohl du gezittert hast." Er beißt in meine Schulter und leckt sofort über die gereizte Stelle.

„Dein Lächeln ist atemberaubend, Em. Besonders wenn es nur mir gilt. Daran kann ich es sehen." Er greift unter meine Oberschenkel und steht mit mir zusammen auf. Bevor ich protestieren kann, dass ich zu schwer bin, hat er mich schon wieder aufs Bett geworfen. Er steht über mir, während er sich das Hemd aufknöpft, und betrachtet mich dabei.

„Das gibt mir Material für viele einsame Nächte", flüstert er mehr zu sich selbst.

„Und was ist, wenn ich nicht will, dass du noch mehr einsame Nächte hast?"

Sam hält in der Bewegung inne und sieht mich ernst an. Für einen Moment glaube ich, er fängt gleich an zu heulen, obwohl ich ihn mir nur schwer so emotional vorstellen kann.

„Ich hatte gehofft, dass du das sagst." Er wirft sein offenes Hemd hinter sich und zieht mich an der Hand in eine sitzende Position. Ich greife nach seiner Erektion, doch er weicht mir aus.

Sam schiebt sich zwischen meine Schenkel und küsst mich. Er zieht ein BH-Körbchen runter, und grinst verschlagen, als er sofort die richtige Seite erwischt.

„Hast du noch Schmerzen?", fragt er.

„Es fühlt sich ein wenig wund an, aber es tut nicht mehr weh. Du kannst es vorsichtig anfassen."

„Ich bin immer vorsichtig, Baby", raunt er und leckt über den harten Nippel. Das Gefühl fährt mir direkt in den Schoß.

„Ich will dich, Sam. Bitte." Ich versuche, ihn näher an mich zu schieben, doch er lässt mich nicht. Kopfschüttelnd wandert sein Mund über meinen Bauch.

„Erst muss ich dich schmecken." Er legt sich meine Beine über die Schultern und verliert keine Zeit, seine Zunge durch meine Spalte gleiten zu lassen. Mein Becken hebt sich ihm automatisch entgegen, doch er drückt mich wieder nach unten.

„Nicht so hastig. Du kommst erst, wenn ich in dir bin. Ich will es an meinem Schwanz fühlen." Er schiebt seine Hose runter und tritt sie die letzten Zentimeter mit den Füßen weg. Sofort widmet er sich wieder mir. Mit den Fingern teilt er meine Schamlippen und saugt an meiner Klit. Ich will die Beine schließen, doch er hält mich unten. Dafür greife ich nach dem Verschluss meiner Strumpfhalter, aber ehe ich nur einen öffnen kann, schiebt Sam meine Hand weg.

„Wag es nicht, die auszuziehen. Wer weiß, wann ich dich wieder in solcher Wäsche in die Finger bekomme."

Er lässt nur noch einmal seine Zunge um meinen Kitzler kreisen, bevor er meine Hüften packt, und mich auf den Bauch dreht. „Streck deinen süßen Arsch hoch", fordert er und zieht mich auf die Knie. Ich bin Wachs in seinen Händen. In diesem Moment könnte er mir so ziemlich alles befehlen.

Sam reibt seine Länge durch meine feuchte Spalte und benetzt sich mit den Zeichen meiner Lust. Als ich aufschaue, sehe ich ihn im Spiegel. Sein Blick ist auf die Verbindung zwischen uns fixiert.

„Bist du bereit für mich?“, fragt er mit rauer Stimme. „Ich will dir nicht wehtun, aber ich kann auch nicht mehr länger warten.“

„Was wäre, wenn ich nicht bereit bin?“

Sam sieht erschrocken auf und fängt meinen Blick im Spiegel ein.

„Dann müsste ich wahrscheinlich über dein pralles Hinterteil kommen.“ Er gibt mir einen kleinen Klaps und stöhnt auf, als er sich dabei an mir reibt.

„Reizvolle Vorstellung, Samuel. Aber ich will dich jetzt in mir spüren.“ Ich strecke ihm meinen Po entgegen und beuge mich noch ein Stück weiter runter, um ihm das Eindringen zu erleichtern. Sam schiebt sich mit einem Stoß in mich. Er hält sich so sehr an meinen Hüften fest, dass ich morgen wahrscheinlich seine Handabdrücke auf der Haut habe, und bewegt sich keinen Millimeter weiter.

„Shit.“ Er kneift angestrengt die Augen zu. „Beweg dich nicht, Em. Oder ich komme auf der Stelle.“

Die Vorstellung lässt mich um ihn zucken, was es ihm nicht gerade einfacher macht.

„Oh Gott.“ Er legt die Stirn zwischen meinen Schulterblättern ab und atmet heftig. Nach einem Moment scheint er sich im Griff zu haben. Er öffnet meinen BH und zieht mich mit sich hoch in eine kniende Position. Ich will mich gegen das Bild im Spiegel wehren, weil ich wieder nur meine Makel sehe. Sam lässt meinen abgewendeten Blick jedoch nicht gelten. Er streift meinen BH ab, schmeißt ihn hinter sich und drückt meinen abdrehten Kopf wieder nach vorne.

„Du wirst dabei zuschauen, Em. Du musst sehen, was ich sehe." Er legt seine Arme um mich und hält für einen Moment einfach nur still. Sein warmer Atem streift meinen Nacken und hinterlässt eine feuchte Spur auf meiner Haut. Ich spüre ihn in mir pochen und möchte so gerne meine Hüften bewegen, doch stattdessen lehne ich meine Wange an seinen tätowierten Oberarm und schließe für einen Moment die Augen. Sam greift nach meinen Händen, die auf seinen Handgelenken liegen.

„Mach die Augen auf, Emma. Sonst ziehe ich mich wieder an." Mit unseren verschränkten Händen wandert er zu meinem Schoß, wo ich gleich die Finger nach meiner geschwollenen Klit ausstrecke, doch Sam stoppt auf meinem Venushügel.

Ich öffne die Augen und sehe, wie er mich über meine Schulter beobachtet.

„Du bist schön." Ein Stoß seiner Hüften. „Siehst du, wie sich deine Nippel gleich noch fester zusammenziehen?" Mit seiner freien Hand kneift er in meine noch jungfräuliche Brustwarze. Wenn er mich nicht halten würde, dann wäre ich jetzt noch vorne zusammengesackt. In einem langsamen Rhythmus bewegt er sich endlich in mir.

„Kannst du das fühlen? Jeden Millimeter von meinem Schwanz, der dich massiert, jede Vene."

Und wie ich das fühle. Ich brauche dringend einen Finger auf meinem Kitzler, doch Sam lässt mich nicht los. Er leckt über den Puls an meinem Hals und beißt überraschend kräftig zu.

„Antworte mir, Emma!"

Es dauert einen Moment, doch schließlich finde ich meine Stimme wieder.

„Ich fühle es, Samuel. Hör nicht auf.“ Ich wende meinen Kopf herum und suche seinen Mund, von dem er mich einen Moment kosten lässt, bevor er wieder meinen Blick in den Spiegel zwingt.

„Wir sind perfekt zusammen“, keucht er an meiner Schulter und umfasst mit beiden Händen meine Brüste, die er sanft massiert. Das Tempo seiner Stöße nimmt zu, und ich spüre, dass er kurz davor ist, zu kommen. Ich will, ich muss auch, aber meine Arme sind in seinen Ellenbeugen eingeklemmt.

„Sam“, flehe ich und suche seinen Blick im Spiegel.

„Was, Emma. Sag es. Was willst du von mir?“

„Ich will kommen“, stöhne ich, und spüre schon das warme Kribbeln aus meinem Unterleib aufsteigen.

„Das sehe ich“, stellt er fest und fickt mich jetzt so schnell, dass man seine Hüften auf meinem Po aufklatschen hört.

„Hier“, lenkt er meinen Blick auf mein Schlüsselbein. „Hier fängt es an, wenn du kommst.“ Er fährt die Spur mit den Fingerspitzen nach.

„Die Röte steigt über deinen Hals in deine Wangen. Siehst du?“

Ich nicke, obwohl ich kaum noch klar sehen kann.

„Jetzt schau ganz genau hin, wie es sich explosionsartig über deinen Brustkorb ausbreitet und deine Nippel schmerzhaft hart werden lässt.“ Endlich kümmert er sich um meinen geschwollenen Kitzler, der schon die ganze Zeit um Aufmerksamkeit bettelt. Ich verliere den Fokus und lasse mich in seine Arme fallen, doch Sam greift mit der linken Hand unter mein Kinn und zwingt meinen Blick nach vorne.

„Sie hin, Emma!“

Und schon sehe und fühle ich es gleichzeitig, wie mein Körper in Sams Armen pulsiert und krampft. In den letzten Momenten meines Höhepunkts finden sich unsere Blicke, und ich kann gerade noch sehen, wie sich Sams Gesicht unter den Anstrengungen seines Orgasmus verzieht. Er sieht wunderschön aus. In einer spontanen Eingebung nutze ich seinen gelockerten Griff und lege meine Hand auf seine, die immer noch auf meiner Scham liegt. Er erfasst sofort, was ich will, und gemeinsam verhelfen wir mir zu einem noch heftigeren, zweiten Höhepunkt. Völlig erschöpft lassen wir uns aufs Bett fallen.

„Jesus, Emma. Bei dir fühle ich mich manchmal wie ein pubertierender Bengel. Du machst es mir wirklich schwer, mich zurückzuhalten.“ Er zieht mich in seine Arme und wirft die Decke über uns.

„Soll das ein Kompliment sein?“, frage ich träge lächelnd.

„Allerdings!“ Er ringt immer noch um Atem.

„Dann sag ich einfach mal danke.“

„Einfach so?“, fragt er verwundert.

„Ja, Samuel. Einfach so.“

„Na endlich. Aber jetzt mach die Augen zu.“

„Ich hab noch einen Teil meiner Wäsche an“, flüstere ich, obwohl ich eigentlich schon fast schlafe. Mit meiner Nase in seiner Halsbeuge einschlafen, dass will ich nicht mehr missen.

„Macht nichts, Baby. Dann kann ich dich beim Aufwachen gleich noch mal darin haben.“

Es ist noch nicht hell draußen, als wir von Sams Handy geweckt werden.

„Zu früh“, grummelt er zwischen meinen Schulterblättern und zieht mich in seine Arme. Nach einer Weile gibt der Anrufer auf.

Irgendwann in der Nacht habe ich doch noch die Strümpfe ausgezogen, da sie zu sehr gekratzt haben, um damit zu schlafen. Sam verteilt Küsse auf meinem Hals und presst seine sehr offensichtliche Morgenerektion an meinen Hintern. Eigentlich bin ich ein absoluter Morgenmuffel, doch jetzt schmiege ich mich enger an ihn und greife nach seinen Händen, um jede einzelne Fingerspitze zu küssen. Sam will gerade mein Knie anwinkeln, um besseren Zugriff zwischen meine Schenkel zu bekommen, als es aus meiner Handtasche klingelt. In derselben Sekunde wird uns beiden klar, was wir gestern vergessen haben. Sam springt vom Bett auf, und kramt in der Tasche nach meinem Telefon. Vor sich hinfluchend findet er es schließlich und nimmt direkt den Anruf entgegen. Sein Gesichtsausdruck verrät wenig, doch seine knappen Antworten sagen alles.

„Wo seid ihr jetzt“, fragt er schließlich. „Okay, Markus. Wir machen uns auf den Weg.“

Sam wirft mein Handy aufs Bett und setzt sich aufs Fußende. Er reibt sich durchs Gesicht und scheint nach den richtigen Worten zu suchen, doch ich denke, ich weiß, was passiert ist. Ich setze mich hinter ihn und lege den Kopf auf seine Schultern.

„Sie hat das Baby verloren, oder?“

Sam nickt nur, bevor er nach meinen Händen greift und sie auf die warme Haut seines Brustkorbs legt. Damit wir nicht wieder den Halt verlieren.

24.

Wenn Sam nicht bei mir gewesen wäre, dann weiß ich nicht, ob ich heil nach Hause gekommen wäre. In meinem Kopf herrscht ein einziges Chaos, das stärkste Gefühl ist wohl mein schlechtes Gewissen. Ich hatte mir fest vorgenommen, sie noch anzurufen, doch durch Sam habe ich mich ablenken lassen. Es ist nicht seine Schuld, aber ich bin wirklich keine gute Freundin.

„Bist du okay?“, fragt er, als er mein Auto vor Markus und Nadines Haustür parkt.

„Das spielt keine Rolle. Ich bin jetzt nicht wichtig.“ Irgendwie schaffe ich es, auf seinen Schoß zu klettern und mich an ihn zu klammern.

„Ich muss ihr jetzt helfen, Sam. Aber ich weiß nicht, wie ich das anstellen soll.“ Nur eine Nacht, und ich bin schon wieder so sehr von seiner Nähe abhängig.

„Sei einfach für sie da und hör ihr zu, wenn sie reden will. Du wirst schon spüren, was richtig ist. Wenn jemand weiß, wie es ihr jetzt geht, dann du.“ Er nimmt mein Gesicht und küsst mich auf den Mundwinkel. „Sollen wir hochgehen?“

„Das wäre wohl besser. Ich glaube, Markus könnte jetzt auch einen Freund brauchen.“

Sam nickt zustimmend und hebt mich vorsichtig von seinem Schoß, um sich abzuschnallen.

Markus sieht aus, als hätte er seit Tagen nicht geschlafen. Er öffnet uns in einem T-Shirt, das auch schon bessere Tage gesehen hat.

„Ich weiß nicht, was ich tun soll. Sie hört nicht auf zu weinen.“

„Wo ist sie?“, frage ich und umarme ihn kurz.

„Im Schlafzimmer.“

„Kann ich zu ihr?“

„Natürlich. Sie wartet schon auf dich.“ Er schließt die Tür und bleibt mit hängenden Schultern vor Sam stehen, der keine Scheu hat, ihn in den Arm zu nehmen. Ich lasse die Männer alleine und klopfe leise an der Schlafzimmertür, warte aber nicht auf eine Antwort, sondern trete einfach ein. Nadine hat sich unter zwei Decken vergraben, nur ein paar Haarsträhnen schauen raus.

Ich streife mir die Schuhe ab und lege meine Jacke auf einen Stuhl.

„Ist da noch Platz in deiner Höhle?“, frage ich. Als Antwort hebt sie die Decke ein Stück an und lässt mich mit drunter schlüpfen. Ich nehme eine Packung Taschentücher vom Nachttisch, bevor ich mich zu ihr geselle.

„Hey“, flüstere ich, und wische ihr die getrockneten Tränen aus dem Gesicht. Diese simple Geste reicht bei ihr schon wieder für eine neue Runde. Ich ziehe sie in meine Arme und lasse sie schluchzen. Mehr kann ich nicht tun.

„Soll ich dir etwas zu trinken holen?“, frage ich, als sie sich wieder beruhigt. Ich schiebe sie ein Stück von mir und wische die Tränenspuren aus ihrem Gesicht. Sie schüttelt nur den Kopf und schließt ihre verweinten Augen.

„Soll ich deinen Mann holen?“

„Nein“, antwortet sie mit rauer, verheulter Stimme. „Ich kann ihn jetzt nicht ertragen.“

„Warum nicht? Er macht sich Sorgen.“

„Weil er etwas für mich tun will, es aber nicht kann. Weil er versucht, mich mit blöden Floskeln aufzumuntern, die ich ihm am liebsten um die Ohren hauen würde. Weil es so verflucht wehtut.“ Und schon kommt die nächste Runde

Schluchzer. Ich versuche stark zu sein, doch auch bei mir fließen jetzt die Tränen.

„Ich weiß, Süße. Ich weiß.“ Ich halte meine Freundin, bis sie schließlich einschläft. Eine Weile bleibe ich so liegen, versuche mich dann aber unter ihr rauszuwinden. Leider wird sie dadurch wieder wach.

„Geh noch nicht“, bittet sie. „Erzähl mir was. Wie war dein Termin? Ist alles gut gelaufen? Wieso ist Sam dir eigentlich hinterher gefahren? Er hat ja ein riesiges Geheimnis daraus gemacht.“ Schon etwas gefasster als bei meiner Ankunft, schnaubt sie sich geräuschvoll die Nase.

Nur für den Bruchteil einer Sekunde denke ich darüber nach, wieder meine alte Lüge aufzugreifen, bis mir klar wird, wie lächerlich das ist. Also gebe ich ihr die beste Ablenkung in diesem Moment und erzähle ihr von meinem wirklichen Beruf.

Ich muss eine ganze Weile bei Nadine gewesen sein, denn als ich das Schlafzimmer verlasse, wird es draußen schon wieder dunkel. Markus springt sofort auf, als ich das Wohnzimmer betrete.

„Wie geht es ihr?“, fragt er besorgt.

Sam lächelt mich liebevoll an. Auf dem Couchtisch vor ihm steht eine Wodkaflasche mit zwei Gläsern.

„Du solltest zu ihr gehen“, sage ich. Markus will direkt an mir vorbeistürmen, doch ich halte ihn am Ärmel fest.

„Hör mir zu“, fordere ich. „Wenn du ihr noch einmal sagst, dass alles gut wird, dann trete ich dir in die Eier. Sie hat vor ein paar Stunden euer Baby verloren. Auch wenn deine Aussage objektiv gesehen stimmt, dann ist es das Schlimmste, was du ihr jetzt an den Kopf werfen kannst. Für sie ist gerade gar nichts gut, und es steht ihr auch zu, das so zu sehen. Es wird ihr bald besser gehen, Markus. Verstehst du mich?“ Ich schnippse vor seinem Gesicht rum, weil er zu Sam sieht.

„Ja, ja. Ich verstehe.“ Er schaut wieder zu mir. An seinem glasigen Blick erkenne ich, dass er schon einiges getrunken hat.

„In diesem Moment trauert sie um euer Baby, und wenn du irgendetwas sagst, um das runterzuspielen, dann kriegen wir Stress. Es wird alles gut, und die Zeit wird es heilen, aber wenn du ihr das jetzt sagst, dann wird sie nur hören, dass du ihren Schmerz nicht ernst nimmst.“

„Okay, okay. Danke, Emma.“ Er zieht mich in eine überraschend heftige Umarmung.

„Wenn du nicht weißt, was du sagen sollst, dann sag gar nichts“, erkläre ich ihm, als er wieder von mir ablässt. „Wenn du kannst, dann weine mit ihr. Wenn nicht, dann sei einfach nur da und fang sie auf. Nadine ist stark, Markus. Aber trotzdem braucht sie jetzt ihren Mann. Und du brauchst deine Frau. Es war auch dein Baby.“ Seine Augen füllen sich mit Tränen, doch bevor er auf die Idee kommt, sich in meinen Armen auszuheulen, schiebe ich ihn zum Schlafzimmer.

Erschöpft lasse ich mich neben Sam auf die Couch fallen, der mir gleich einen Arm um die Schultern legt.

„Du bist eine großartige Freundin. Wenn Markus sich nur einen Bruchteil dessen zu Herzen nimmt, was du ihm gerade gesagt hast, dann kommen die beiden vielleicht sogar unbeschadet da durch.“

„Ich weiß einfach nur, was mich damals am meisten verletzt hat, und ich wünsche mir für Nadine, dass es für sie nicht so ist. Aber sie ist nicht alleine, sie hat ihren Mann, und sie hat Freunde.“

„Jetzt hast du Freunde, Emma. Du bist nicht mehr allein.“

„Ich weiß, Sam. Kannst du mich hier rausbringen? Die beiden brauchen jetzt Zeit für sich."

„Natürlich. Wir brauchen auch noch ein bisschen Zeit. Nach der letzten Nacht. Wir sollten reden."

Das sollten wir wohl.

Wie schon so viele Male zuvor, hat Sam das unvergleichliche Talent, mich mit den verrücktesten Aktionen aus meinem Kopf zu holen.

„Woher kennst du diesen Platz?", frage ich, während ich meine Hände an einem Pappbecher mit heißem Kakao wärme. Wir sitzen auf einem abgeschiedenen Abenteuerspielplatz in der Nähe des Schlossparks. Über uns erhellt der Vollmond den Platz. Es wäre ganz schön gruselig, und kalt, wenn Sam uns nicht in eine mitgebrachte Decke gewickelt hätte.

„Ich bin früher jeden Sonntagmorgen mit meinem Vater hergekommen, wenn meine Mutter einfach mal ein bisschen Zeit für sich brauchte. Ich war wohl ein ziemlich aufgedrehtes Kind und konnte hier ein wenig Energie rauslassen."

„Kommst du heute noch her?"

Sam hat den Kopf in den Nacken gelegt und beobachtet den klaren Sternenhimmel über uns.

„Manchmal. Wenn ich Ruhe und Raum zum Denken brauche. Aber in der letzten Zeit nicht mehr."

Wahrscheinlich, weil ich ihn mit meinen Allüren so auf Trab gehalten habe.

„Ich hab Nadine von Gemma erzählt", sage ich leise und lege meinen Kopf auf seine Schulter.

„Das ist gut, Em. Wann sagst du es deiner Mutter?"

„Bald." Es gibt keinen guten Grund, es weiter zu verheimlichen. Meine Mutter wird vielleicht nicht begeistert sein, dass ich mir ausgerechnet so ein Genre ausgesucht habe, aber dennoch wird sie stolz auf mich sein.

Sam dreht sich auf der harten Holzbank zu mir und sieht mich an. Die Decke rutscht von unseren Schultern, also nimmt er sie hoch und legt sie nur um mich.

„Hab ich dich wieder?", fragt er unsicher.

„Hast du, Sam. Es tut mir leid, wie das alles gelaufen ist. Du bist mir wichtig, und ich will das hier nicht einfach wegschmeißen."

Sam nimmt meine Hände und küsst sie.

„Das ist gut zu wissen. Ich möchte nur eins sagen, Em. Mir ist bewusst, dass du noch ein paar Probleme mit dir selbst hast, und dass das nicht von heute auf morgen weggeht. Damit komme ich klar, und ich werde alles tun, um dir dabei zu helfen. Aber wenn wir das hier tun, wenn wir ein Paar sind, dann kannst du nicht jedes Mal vor mir weglaufen, wenn du dich in einer Situation unwohl fühlst. Denn das ist etwas, womit ich nicht umgehen kann und will. Das macht mich auch kaputt."

„Ich weiß, Sam. Und es tut mir so leid. Mir ist bewusst, dass ich total überreagiert habe."

Die Anspannung des Tages fällt von mir ab und lässt mir die Kälte in die Knochen kriechen. Sam bemerkt mein Zittern und zieht mich enger an sich, damit ich von seiner Körperwärme klauen kann.

„Dir muss klar sein, dass ich stolz darauf bin, dich an meiner Seite zu haben. Es bricht mir das Herz, wenn du dich so klein machst und das Gefühl hast, jeder andere sei besser als du."

„Ich arbeite dran", versichere ich ihm mit klappernden Zähnen.

„Ich sollte wohl besser meine Freundin nach Hause bringen."

„Sam, können wir …? Ich …" Es fällt mir so schwer, obwohl ich weiß, dass es wahr ist.

„Was denn, Emma?“ Er streicht mit der Nasenspitze über meine Ohrmuschel, was definitiv dafür sorgt, dass mir wärmer wird.

„Können wir Liebe machen? Ich brauch dich jetzt.“ Nah dran, würde ich sagen.

„Sehe ich aus, als könnte ich Nein zu dir sagen?“ Ich spüre sein Grinsen an meiner Wange. Er weiß genau, was ich damit meine, auch wenn ich es nicht ausgesprochen habe.

Später in der Nacht lasse ich einen schlafenden Sam in seinem Bett liegen und schleiche mich für ein Glas Wasser aus dem Schlafzimmer. Ich weiß, dass Sam gezeichnet hat, bevor wir ins Bett gegangen sind, doch ich wundere mich, dass sein Zeichenblock noch offen auf dem Couchtisch liegt. In der Küche lasse ich mir rasch einen Schluck Leitungswasser in ein sauberes Glas laufen und schleiche damit um die Couch herum. Im Dunkeln kann ich nicht erkennen, was er gezeichnet hat, zumindest nicht auf Entfernung. Es ist nicht meine Art, seine Sachen zu durchsuchen, doch jetzt siegt meine Neugier. Ich setze mich auf die Couch und sehe auf das aufgeschlagene Blatt. Es ist eine unvollendete Zeichnung von mir, wie ich mit meinem Laptop ihm gegenüber auf der Couch sitze und arbeite. Das bin unverkennbar ich auf diesem Bild, doch irgendwie erkenne ich mich darin kaum wieder. Es liegt nicht daran, das Sam schlecht zeichnet. Ganz im Gegenteil. Er scheint jedes kleine Detail zu erfassen, und daraus etwas wunderschönes zu machen. Ich schlage die anderen Blätter auf und finde noch mehr Zeichnungen von mir in verschiedenen Positionen. Wie ich ihn beim Kochen beobachte, während ich in meinem Bett schlafe und dabei halb entblößt vor ihm liege, beim Kaffeetrinken an seiner Küchentheke. Selbst das Bild, auf dem ich halb nackt bin, sieht sehr schmeichelhaft aus. Er hat auch die Rundung an meinem Bauch nicht ausgelassen, und es trotzdem geschafft, mich sexy aussehen zu lassen.

Mit einem Schlag wird mir deutlich, dass Sam mich wirklich schön findet. Auf diesen Bildern kann ich mich durch seine Augen sehen. Selbst wenn ich mir fremd bin, zeigt es doch, dass er mir keinen Honig um den Mund schmiert, sondern mir nur ehrlich sagt, was er sieht.

25.

Es geht mir gut. Seit langer Zeit kann ich ehrlich sagen, dass es mir gut geht. Wir sind bei Sams Eltern zum Weihnachtsessen, und ich habe nicht das Gefühl flüchten zu müssen. Es geht mir wirklich gut. Das wiederhole ich nicht so oft, weil ich kurz vor einem Zusammenbruch stehe, sondern weil es stimmt. So einfach. Sam macht mich glücklich. Doch was viel wichtiger ist, ich habe verstanden, dass ich in der Lage bin, Sam glücklich zu machen. Das ist ein erhebendes Gefühl und gibt mir ein ungewohntes Selbstbewusstsein. Natürlich habe ich immer noch meine Momente, in denen ich in alte Muster zurückfalle, aber es wird besser. Sam hat ein gutes Gespür dafür entwickelt, wann sich solche Situationen anbahnen und schafft es jedes Mal, mich hochzuziehen, ehe ich zu tief sinke.

„Möchtest du noch Wein, Emma?“ Sams Mutter Brigitte sieht mich fragend an und hält die Weinflasche in meine Richtung.

„Nein, danke. Ich hatte schon zwei Gläser und muss gleich noch fahren.“

Sam hält ihr dafür sein Glas hin.

„Ehrlich gesagt denke ich, dass keiner von euch beiden heute noch fahren sollte“, bemerkt Sams Vater vom Kopf der Tafel. „Es schneit seit Stunden und ich glaube nicht, dass der Streudienst an Heiligabend besonders fleißig ist.“

Ich bekomme keine Chance, meine Fahrtüchtigkeit zu bezeugen.

„Das sehe ich auch so“, bestärkt ihn Brigitte. „Ihr könnt in Sams altem Zimmer schlafen. Ich habe gestern noch Staub gewischt und das Bett frisch bezogen.“

Sam zuckt mit den Schultern und überlässt die Entscheidung mir.

„Ist das Bett nicht ein wenig schmal für uns beide?“, frage ich.

„Ich komme damit klar.“ Sam nimmt meine Hand und küsst mich grinsend in die Handfläche.

Nach dem Essen ziehen wir uns ins Wohnzimmer zurück. Bernd startet den kleinen Kaminofen, der uns schnell in eine angenehme Wärme hüllt. Brigitte sitzt mit mir auf der Couch, während die Männer irgendein neues Programm an Bernds Computer ausprobieren. Wir beobachten den Schneefall im Garten und wärmen unsere Hände an Bechern voller Glühwein.

„Ich bin froh, dass du es bist, weißt du?“, sagt Brigitte nach einer Weile.

„Dass ich was bin?“, frage ich verdutzt.

„Die Frau, bei der Sam zum ersten Mal „Ich liebe dich“ gesagt hat.“

„Er hat was?“ Die Nachricht muss ich erst mal sacken lassen. Ich weiß, dass Sam über solche Dinge mit seiner Mutter redet, doch das verwundert mich schon.

„Bist du sicher?“, frage ich.

„Absolut. Er hat es mir zwar gesagt, aber es war mir auch so klar.“

„Wir haben nie so detailliert darüber gesprochen, aber ich bin eigentlich davon ausgegangen, dass es da wenigstens schon mal eine Frau gab.“

„Er hatte Freundinnen, aber das ist dir sicher bewusst. Doch es war nie wirklich ernst. Ehrlich gesagt hat mir das Sorgen gemacht. Er ist schon über dreißig und hatte nie eine ernsthafte Beziehung. Ich weiß, dass mein Sohn nicht den konventionellsten Partner darstellt, aber er ist ein von Grund auf guter Kerl, trotz der harten Schale."

So hart fand ich Sams Schale nie, trotz der Tattoos und Piercings.

„Das weiß ich schon lange, Brigitte. Du hast einen guten Job gemacht. Er ist ein toller Mann."

„Danke, Emma." Sie streichelt mir über die Wange und hat tatsächlich ein paar Tränen in den Augen. „Ich will dir etwas zeigen." Sie steht auf und geht zum Bücherregal am anderen Ende des Raums.

Sam beobachtet sie und macht große Augen.

„Oh nein. Mama, willst du das wirklich tun?", fragt er, als er sieht, was sie aus dem Regal zieht. „Ich hab sie gerade erst zurück. Damit schlägst du sie in die Flucht."

Brigitte kommt mit einem Fotoalbum zurück.

„Emma ist nicht so leicht zu schocken, Sam. Außerdem warst du so ein süßes Kind", ruft sie über ihre Schulter und setzt sich wieder neben mich. Sam schüttelt den Kopf, lässt seine Mutter dann aber gewähren.

Die ersten Fotos zeigen ein properes, nicht mehr so neugeborenes Baby, mit einem gigantischen Haarschopf. Ich erinnere mich, dass Sam erst mit drei Monaten zu seinen Eltern gekommen ist.

„Er war so ein geduldiges und entspanntes Baby." Brigitte blättert weiter und zeigt mir Sams erste Jahre. „Ich hab noch mehr Bilder, aber in dem Album sind nur die besten der ersten achtzehn Jahre."

Mit Verwunderung beobachte ich die gravierende Veränderung zwischen Sams dreizehntem und achtzehntem Lebensjahr. Brigitte bemerkt meine Blicke, lässt es mich aber erst einmal verarbeiten. Sam war übergewichtig, und das nicht nur ein bisschen. Darüber hat er nie gesprochen.

„Er hatte noch mal einen richtigen Wachstumsschub zwischen achtzehn und zwanzig", flüstert sie. „Außerdem hat er hart gearbeitet, um so auszusehen wie heute. Er hatte nicht die einfachste Kindheit. Heutzutage sieht das etwas anders aus, aber Sam hatte wegen seiner Hautfarbe noch einiges einzustecken. Er würde das jetzt nicht mehr zugeben, doch zusammen mit diesem Gewicht hatte er es nicht leicht. Die Hänseleien haben ihn wirklich fertiggemacht, aber letztendlich nur dazu geführt, dass er noch mehr gegessen hat."

Ich bin froh, dass sie keine Reaktion von mir erwartet, denn ich weiß gerade wirklich nicht, was ich dazu sagen soll. Nur ein Satz geht mir die ganze Zeit durch den Kopf. Sam versteht mich.

Es war keine große Erkenntnis, die ich vorhin hatte, und doch hat es so viel verändert. Sam ist ein wenig angeheitert, nicht wirklich betrunken, doch seine Versuche, sich die Hose auszuziehen, sind nicht wirklich geschickt. Nur im Slip sitze ich auf der Bettkante in seinem Kinderzimmer und beobachte meinen attraktiven Freund, wie er auf einem Bein durchs Zimmer stolpert.

„Hattest du ein Glas Wein zuviel?", frage ich grinsend.

Sam setzt sich schließlich auf die Schreibtischkante, um sich den Rest der Hose abzustreifen.

„Das ist nicht lustig, Pinkpants. Ich hätte mir den Hals brechen können." Er schmeißt seine Hose in die Zimmerecke, obwohl er normalerweise einen größeren Ordnungssinn hat.

„Hoffentlich hat meine Mutter dich nicht zu sehr mit meinem Kinderbildern genervt." Er kniet sich zwischen meine Oberschenkel und sieht zu mir auf.

„Kein Stück, Sam. Es war interessant." Ich streiche durch seine Haare, die schon wieder sehr lang geworden sind. Er schaut mich einfach nur an, ohne ein Wort zu sagen. Mir ist klar, was er sagen möchte. Die Worte, die er schon lange nicht mehr ausgesprochen hat. Nicht weil er erwartet, dass ich es endlich sage. Er will mich einfach nicht unter Druck setzen.

„Das Bett ist wirklich viel zu klein für uns beide“, sage ich, und küsse seine Mundwinkel.

Sam nickt und schließt die Augen.

„Passt schon“, flüstert er.

Den perfekten Moment gibt es nicht, deswegen entscheide ich mich für diesen, der sich richtig anfühlt.

„Ich liebe dich.“ Es ist mehr ein Wispern, aber Sam hat es zweifellos verstanden. Er antwortet nicht darauf, aber das erwarte ich auch nicht. Seine Gefühle hat er mir gegenüber oft genug deutlich gemacht. Sein Lächeln ist Antwort genug.

Sam schiebt sich mit mir aufs Bett und schafft es irgendwie, meinen Slip abzustreifen.

„Wir können doch nicht …“, flüstere ich zwischen zwei Küssen. „Nicht im Haus deiner Eltern.“

„Ganz leise“, flüstert er an meinem Ohr. „Und ganz langsam.“ Er zieht seine Boxershorts ein Stück runter, und ich helfe ihm mit meinen Füßen, bis auch das letzte Kleidungsstück auf dem Boden liegt.

„Was ist, wenn jemand reinkommt?“ Sam lässt sich von meinen Bedenken nicht abhalten und nimmt meine gepiercte Brustwarze zwischen die Lippen. Sie ist inzwischen vollständig verheilt und hat mir schon eine Menge Vergnügen beschert. Ich winde mich unter Sam und schiebe ihm mein Becken entgegen.

„Die Tür habe ich abgeschlossen, auch wenn meine Eltern nicht einfach hier reinstürmen würden.“ Er lässt die Zunge um den steifen Nippel kreisen und testet mich gleichzeitig mit dem Finger.

„Darf ich dich haben, Em? Ich kann nicht mehr länger warten." Er sieht mich flehend an, während er seinen feuchten Zeigefinger ablutscht. Ich nehme seine Hand weg und ersetze sie durch meinen Mund. Es ist immer wieder aufregend, mich auf seinen Lippen zu schmecken. All das, was ich in den letzten Jahren nur in der Theorie beschrieben habe, zeigt er mir. Und er zeigt mir, wie gut es sein kann.

Sam greift unter meine Kniekehlen und legt meine Beine über seine Unterarme. Wir beobachten beide, wie er langsam in mich eindringt. Ich spüre die süße Dehnung, mit der sich mein Körper ihm anpasst.

„Sag es mir!", fordert er und kreist mit dem Daumen über das geschwollene Nervenbündel zwischen meinen Schenkeln.

„Ich liebe dich, Samuel." Ich ziehe ihn zu mir runter und drücke ihn mit den Fersen tiefer in mich.

Er bedeckt mein Gesicht mit Küssen und bewegt sich in einem trägen Rhythmus in mir. Sam reibt bei jeder Bewegung über meinen Venushügel und bringt mich damit rasch an den Rand meines Höhepunkts. Es war mir lange nicht bewusst, aber ich komme ziemlich laut. Normalerweise liebt Sam es, wenn er hören kann, wie gut ich mich bei ihm fühle, doch hier und jetzt geht es leider nicht.

Er erstickt mein Stöhnen mit Küssen. Als ich komme, beiße ich ihm versehentlich auf die Unterlippe. So fest, dass ich sogar Blut schmecke. Doch selbst das hält Sam nicht davon ab, heftig in mir zu kommen. Ich spüre ihn noch für eine ganze Weile pulsieren, bevor er sich aus mir zurückzieht und auf die Seite rollt. Er hält mich fest an sich gedrückt, damit ich nicht aus dem Bett falle. Ich strecke meine Finger aus, um seine verletzte Lippe zu berühren.

„Alles Okay", winkt er ab. „Ich mag es, wenn ich am nächsten Tag noch fühlen kann, was wir in der Nacht zuvor getrieben haben." Er schafft es irgendwie, die Decke unter uns rauszuziehen und uns zuzudecken. Zufrieden lege ich meinen Kopf in seine Halsbeuge und entspanne mich in seinem Arm.

„Das beste Weihnachtsgeschenk überhaupt", wispert er in mein Ohr, bevor ich einschlafe.

26.

Es ist weniger als ein Jahr her, dass ich Sam zum ersten Mal gesehen habe, und ich kann nicht glauben, was wir vor zwei Tagen getan haben. Sam ist schon vor einer ganzen Weile zu mir gezogen, deswegen haben wir heute unsere Familien und Freunde unter dem Vorwand einer Einweihungsparty eingeladen. Das macht zwar nicht viel Sinn, weil ich ja schon lange hier wohne, doch bisher hat niemand unser Motiv hinterfragt. Der Garten hinterm Haus ist dank Sams Muskelkraft inzwischen zu einer echten Oase gewachsen. Für den heutigen Tag haben wir kleine Laternen in die Bäume gehängt und den Grill angeschmissen. Es ist ein milder Augustabend und allmählich trudeln unsere Gäste ein. Ich trage gerade die letzten Salate nach draußen, als die hochschwangere Nadine durch die Terrassentür tritt und sich gleich auf einem Liegestuhl platziert. Markus und Sam kommen hinter ihr nach draußen und unterhalten sich angeregt, bis Nadine nach Wasser und einer Fußmassage ruft. Sie sieht aus, als würden jeden Moment die Wehen einsetzen, dabei ist sie erst im siebten Monat. Die Zwillingsschwangerschaft erschöpft sie, aber sie ist so glücklich darüber, dass sie all das mit einem Lächeln erträgt. Noch! Denn die beiden Jungs müssen noch mindestens einen Monat drin bleiben.

Ich beobachte aus der Entfernung, wie Markus sich um die Getränke kümmert und Sam ihr die Füße massiert. Es macht mich nicht eifersüchtig, nicht bei Nadine. Ich finde es sogar sehr rührend, wie er sich um sie kümmert. Sein breites Lächeln, wenn Nadine ihn die Tritte der Babys fühlen lässt, ist unbeschreiblich.

Sam weiß noch nicht, was ich heute Morgen erst entdeckt

habe, doch ich habe keine Angst, ihm von den zwei kleinen Strichen auf dem Teststreifen zu erzählen. Wir wussten beide, was passiert, wenn ich die Pille absetzen muss, weil ich sie nicht mehr vertrage, und wir nicht auf Kondome ausweichen. All das macht mir keine Sorgen, nicht mit Sam an meiner Seite. Es macht mich glücklich, dass unser Kind zusammen mit den Zwillingen von Nadine und Markus aufwachsen kann. Doch noch glücklicher macht es mich, dass mein Kind so einen wunderbaren Vater haben wird. Ich kann es nicht erwarten, ihm davon zu erzählen, aber zuerst gibt es eine andere Nachricht zu verkünden.

Ich hoffe wirklich sehr, dass meine Mutter mir das nicht übel nimmt, aber der Gedanke einer großen Feier, die Monate im Voraus geplant werden muss, hat mich einfach nur abgeschreckt. Außerdem mag sie Sam viel zu sehr, um lange sauer zu sein.

All unsere Gäste haben sich an der großen Tafel in der Mitte des Gartens versammelt. Sogar Eric und Nina, die ich inzwischen auch als meine Freunde betrachte, sind mit der kleinen Lucy hier. Ich sitze neben Nadine, die nach meiner Hand greift. Sie weiß schon Bescheid über unsere spontane Aktion und spürt meine Nervosität.

Sam stellt sich hinter mich und legt mir die Hände auf die Schultern.

„Du hast es so gewollt, Em“, flüstert er in mein Ohr und streicht mit dem Daumen über die beiden Sterne hinter meiner Ohrmuschel. Er küsst mich auf die Wange und klopft dann mit einem Messer an mein Wasserglas.

Sofort hat mein Mann die Aufmerksamkeit unserer Liebsten, als er ihnen verkündet, dass sie sich nicht auf einer Einweihungsparty, sondern unserer Hochzeitfeier befinden.

Über die Autorin:

Melanie Hinz wurde 1980 in Mönchengladbach geboren und lebt noch heute mit ihrer Familie dort. Bücher waren immer ihre Leidenschaft und sind in jeder Ecke ihrer Wohnung zu finden. Neben ihrer Bücherliebe hat die Autorin eine Leidenschaft zu Tattoos, welche sich immer in irgendeiner Form in ihren Geschichten wiederfinden.

2418329R00153

Printed in Germany
by Amazon Distribution
GmbH, Leipzig